EDMONDO DE AMICIS

SULL'OCEANO

AL VALOROSO COMANDANTE

CARLO DE AMEZAGA

DEDICO QUESTO LIBRO

IN SEGNO D'AFFETTO E DI GRATITUDINE

L'IMBARCO DEGLI EMIGRANTI

Quando arrivai, verso sera, l'imbarco degli emigranti era già cominciato da un'ora, e il *Galileo*[1], congiunto alla calata da un piccolo ponte mobile, continuava a insaccar miseria: una processione interminabile di gente che usciva a gruppi dall'edifizio dirimpetto, dove un delegato della Questura esaminava i passaporti. La maggior parte, avendo passato una o due notti all'aria aperta, accucciati come cani per le strade di Genova, erano stanchi e pieni di sonno. Operai, contadini, donne con bambini alla mammella, ragazzetti che avevano ancora attaccata al petto la piastrina di latta dell'asilo infantile passavano, portando quasi tutti una seggiola pieghevole sotto il braccio, sacche e valigie d'ogni forma alla mano o sul capo, bracciate di materasse e di coperte, e il biglietto col numero della cuccetta stretto fra le labbra. Delle povere donne che avevano un bambino da ciascuna mano, reggevano i loro grossi fagotti coi denti; delle vecchie contadine in zoccoli, alzando la gonnella per non inciampare nelle traversine del ponte, mostravano le gambe nude e stecchite; molti erano scalzi, e portavan le scarpe appese al collo. Di tratto in tratto passavano tra quella miseria signori vestiti di spolverine eleganti, preti, signore con grandi cappelli piumati, che tenevano in mano o un cagnolino, o una cappelliera, o un fascio di romanzi

1 Non è il *Galileo* della Società di Navigazione generale.

francesi illustrati, dell'antica edizione Lévy. Poi, improvvisamente, la processione umana era interrotta, e veniva avanti sotto una tempesta di legnate e di bestemmie un branco di bovi e di montoni, i quali, arrivati a bordo, sviandosi di qua o di là, e spaventandosi, confondevano i muggiti e i belati coi nitriti dei cavalli di prua, con le grida dei marinai e dei facchini, con lo strepito assordante della gru a vapore, che sollevava per aria mucchi di bauli e di casse. Dopo di che la sfilata degli emigranti ricominciava: visi e vestiti d'ogni parte d'Italia, robusti lavoratori dagli occhi tristi, vecchi cenciosi e sporchi, donne gravide, ragazze allegre, giovanotti brilli, villani in maniche di camicia, e ragazzi dietro ragazzi, che, messo appena il piede in coperta, in mezzo a quella confusione di passeggieri, di camerieri, d'ufficiali, d'impiegati della Società e di guardie di dogana, rimanevano attoniti, o si smarrivano come in una piazza affollata. Due ore dopo che era cominciato l'imbarco, il grande piroscafo, sempre immobile, come un cetaceo enorme che addentasse la riva, succhiava ancora sangue italiano.

Via via che salivano, gli emigranti passavano davanti a un tavolino, a cui era seduto l'ufficiale Commissario; il quale li riuniva in gruppi di mezza dozzina, chiamati *ranci*, inscrivendo i nomi sopra un foglio stampato, che rimetteva al passeggiere più anziano, perché andasse con quello a prendere il mangiare in cucina, all'ore dei pasti. Le famiglie minori di sei persone si facevano inscrivere con un conoscente o col primo venuto; e durante quel lavoro dell'inscrizione traspariva in tutti un vivo timore d'essere ingannati nel conto dei mezzi posti e dei quarti di posto per i ragazzi e per i bambini, la diffidenza invincibile che inspira al contadino ogni uomo che tenga la penna in mano e un registro davanti. Nascevan contestazioni, s'udivano lamenti e proteste. Poi le famiglie si separavano: gli uomini da una parte, dall'altra le donne e i ragazzi erano condotti ai loro dormitori. Ed era una pietà veder quelle donne scendere stentatamente per le scalette ripide, e avanzarsi tentoni per quei dormitori vasti e bassi, tra quelle innumerevoli cuccette disposte a piani come i palchi delle bigattiere, e le une, affannate, domandar conto d'un involto smarrito a un marinaio che non le capiva, le altre buttarsi a sedere dove si fosse, spossate, e come sbalordite, e molte andar e venire a caso, guardando con inquietudine tutte quelle compagne di viaggio sconosciute, inquiete come loro, confuse anch'esse da quell'affollamento e da quel disordine. Alcune, discese al primo piano, vedendo altre scalette che andavano giù nel buio, si rifiutavano di discendere ancora. Dalla boccaporta spalancata vidi una donna che singhiozzava forte, col viso nella cuccetta: intesi dire che poche ore prima d'imbarcarsi le era morta quasi all'improvviso una bambina, e che suo marito aveva dovuto lasciare il cadavere all'ufficio di Pubblica Sicurezza del porto, perché lo facessero portare all'ospedale. Delle donne, le più rimanevano sotto; gli uomini, invece, deposte le loro robe, risalivano, e s'appoggiavano ai parapetti. Curioso! Quasi tutti si trovavano per la prima volta sopra un grande piroscafo che avrebbe dovuto essere per loro come un nuovo mondo, pieno di maraviglie e di misteri; e non uno guardava intorno o in alto o s'arrestava a considerare una sola delle cento cose mirabili che non aveva mai viste. Alcuni guardavano con molta attenzione un oggetto qualunque, come la valigia o la seggiola d'un vicino, o un numero scritto sopra una cassa; altri rosicchiavano una mela o sbocconcellavano una pagnotta, esaminandola a ogni morso, placidissimamente, come avrebbero fatto davanti all'uscio della loro stalla. Qualche donna aveva gli occhi rossi. Dei giovanotti sghignazzavano; ma, in alcuni, si capiva che l'allegria era forzata. Il maggior numero non mostrava che stanchezza o apatia. Il cielo era rannuvolato e cominciava a imbrunire.

A un tratto s'udiron delle grida furiose dall'ufficio dei passaporti e si vide accorrer gente. Si seppe poi che era un contadino, con la moglie e quattro figliuoli, che il medico aveva riconosciuti affetti di pellagra. Alle prime interrogazioni, il padre s'era rivelato matto, ed essendogli stato negato l'imbarco, aveva dato in ismanie.

Sulla calata v'era un centinaio di persone: parenti degli emigranti, pochissimi; i più, curiosi, e molti amici e parenti della gente d'equipaggio, assuefatti a quelle separazioni.

Installati tutti i passeggieri, seguì sopra il piroscafo una certa quiete, che lasciava sentire il brontolìo sordo della macchina a vapore. Quasi tutti erano in coperta, affollati e silenziosi. Quegli ultimi momenti d'aspettazione parevano eterni.

Finalmente s'udiron gridare i marinai a poppa e a prua ad un tempo: — Chi non è passeggiere, a terra!

Queste parole fecero correre un fremito da un capo all'altro del *Galileo*. In pochi minuti tutti gli estranei discesero, il ponte fu levato, le gomene tolte, la scala alzata: s'udì un fischio, e il piroscafo si cominciò a movere. Allora delle donne scoppiarono in pianto, dei giovani che ridevano si fecero seri, e si vide qualche uomo barbuto, fino allora impassibile, passarsi una mano sugli occhi. A questa commozione contrastava stranamente la pacatezza dei saluti che scambiavano i marinai e gli ufficiali con gli amici e i parenti raccolti sulla calata, come se si partisse per la Spezia. — Tante cose. — Mi raccomando per quel pacco. — Dirai a Gigia che farò la commissione. — Impostala a Montevideo. — Siamo intesi per il vino. — Buona passeggiata. — Sta bene. — Alcuni, arrivati allora allora, fecero ancora in tempo a gettare dei mazzi di sigari e delle arance, che furon colte per aria a bordo; ma le ultime caddero in mare. Nella città brillavano già dei lumi. Il piroscafo scivolava pian piano nella mezza oscurità del porto, quasi furtivamente, come se portasse via un carico di carne umana rubata. Io mi spinsi fino a prua, nel più fitto della gente, ch'era tutta rivolta verso terra, a guardar l'anfiteatro di Genova, che s'andava rapidamente illuminando. Pochi parlavano, a bassa voce. Vedevo qua e là, tra il buio, delle donne sedute, coi bambini stretti al petto, con la testa abbandonata fra le mani. Vicino al castello di prua una voce rauca e solitaria gridò in tuono di sarcasmo: — Viva l'Italia! — e alzando gli occhi, vidi un vecchio lungo che mostrava il pugno alla patria. Quando fummo fuori del porto, era notte.

Rattristato da quello spettacolo, tornai a poppa, e discesi nel dormitorio di prima classe, a cercare il mio camerino. Bisogna dire che la prima discesa in questa specie di alberghi sottomarini somiglia deplorevolmente ad una prima entrata nelle carceri cellulari. In quei corridoi stretti e schiacciati, impregnati delle esalazioni saline dei legnami, di puzzo di lumi a olio, d'odor di pelle di bulgaro e di profumi di signore, mi ritrovai in mezzo a un andirivieni di gente affaccendata, che si disputavano i camerieri e le cameriere con quell'egoismo villano che è proprio dei viaggiatori nella furia del primo installamento. In quella confusione, rischiarata inegualmente qua e là, vidi di sfuggita il viso ridente d'una bella signora bionda, tre o quattro barboni neri, un prete altissimo, e una larga faccia tosta di cameriera irritata, e udii parole genovesi, francesi, italiane, spagnuole. Allo svolto d'un corridoio m'imbattei in una negra. Da un camerino usciva il solfeggio d'una voce di tenore. E di faccia a quel camerino trovai il mio, un gabbiotto di una mezza dozzina di metri cubi, con un letto di Procuste da un lato, un divano dall'altro, e nel terzo uno specchio da barbiere, posto sopra una catinella incastrata nella parete, accanto a un lume a bilico, che dondolava con l'aria di dirmi: Che matta idea t'è venuta d'andare in America! Sopra il divano luccicava un finestrino rotondo somigliante a un grand'occhio di vetro, in cui mi venne fatto di fissare lo sguardo, come in un occhio umano, che mi ammiccasse, con un'espressione di canzonatura. E in fatti, l'idea di aver da dormire ventiquattro notti in quel cubicolo soffocante, il presentimento dell'uggia e dei calori della zona torrida, e delle capate che avrei dato nelle pareti i giorni di cattivo tempo, e dei mille pensieri inquieti o tristi che avrei dovuto ruminare là dentro per lo spazio di seimila miglia... Ma oramai non valeva pentirsi. Guardai le mie valigie, che mi dicevano tante cose in quei momenti, e le palpai come avrei fatto di cani fedeli, ultimi resti viventi della mia casa; pregai Dominedio che non mi facesse pentire d'aver rifiutato le proposte d'un impiegato di una Società d'assicurazione, che era venuto a tentarmi il giorno prima della partenza; e benedicendo nel mio cuore i buoni e fidi amici che m'erano stati accanto fino all'ultimo momento, cullato dal caro mare della mia patria, m'addormentai.

NEL GOLFO DI LEONE

Quando mi svegliai era giorno fatto, e il piroscafo rullava già nel golfo di Leone. Subito udii i gargarismi del tenore nella cabina di faccia, e in quella accanto alla mia una voce secca di donna che diceva: — La tua spazzola? Che so io della tua spazzola! Cercala! —; una voce che rivelava non solo una stizza momentanea, ma un temperamento acre e duro, e che mi destò un senso di viva commiserazione per il proprietario dell'oggetto smarrito. Più in là un'altra voce femminile cantava la ninna nanna a un bambino, con una cantilena strana, e una modulazione che non mi parve potesse essere d'una creatura della nostra razza: mi venne in mente che fosse la negra incontrata la sera, e il canto era tagliato dalle voci sommesse e fischianti di due cameriere che leticavano nel corridoio, a proposito d'una *picaggietta* (un asciugamani). Tesi l'orecchio: bastarono poche parole a persuadermi che se una donna al mondo può tener testa a una cameriera genovese, quella non può essere che una cameriera veneziana. Un cameriere entrò nella cabina col caffè. La prima mattina si osserva tutto. Era un giovinotto bellino e spiacevole, coi capelli impomatati che colavano, pieno di rispetto per sé stesso, e sorridente alla propria bellezza come un attore vanitoso. Domandato come si chiamasse, rispose: — Antonio — con modestia affettata, come se quell'*Antonio* fosse il falso nome di un duchino, travestitosi da cameriere per un'impresa amorosa. Uscito lui, uscii anch'io, appoggiandomi alle pareti, e svoltando nel corridoio principale, vidi la schiena del gigantesco prete della sera avanti, che rientrava nella sua cabina, e un passo più in là, per lo spiraglio d'un uscio, proprio nel punto che ricadeva la cortina verde, due mani bianche che tiravano una calza di seta nera sopra una bellissima gamba. I passeggieri erano ancora quasi tutti nei loro camerini, dove si sentiva sbatter l'acqua nelle catinelle, e un gran fruscìo di spazzole e di mani frugacchianti nelle valigie. A poppa, non trovai che tre persone. Il mare era mosso, ma d'un bel colore azzurro, e il tempo chiaro. Non si vedeva terra.

Ma lo spettacolo eran le terze classi, dove la maggior parte degli emigranti, presi dal mal di mare, giacevano alla rinfusa, buttati a traverso alle panche, in atteggiamenti di malati o di morti, coi visi sudici e i capelli rabbuffati, in mezzo a un grande arruffio di coperte e di stracci. Si vedevan delle famiglie strette in gruppi compassionevoli, con quell'aria d'abbandono e di smarrimento, che è propria della famiglia senza tetto: il marito seduto e addormentato, la moglie col capo appoggiato sulle spalle di lui, e i bimbi sul tavolato, che dormivano col capo sulle ginocchia di tutti e due: dei mucchi di cenci, dove non si vedeva nessun viso, e non n'usciva che un braccio di bimbo o una treccia di donna. Delle donne pallide e scarmigliate si dirigevano verso le porte del dormitorio, barcollando e aggrappandosi qua e là. Quello che Padre Bartoli chiama nobilmente l'angoscia e lo sdegno dello stomaco doveva aver già fatto il grande repulisti, desiderato da ogni buon comandante, delle solite frutte cattive di cui s'impinzano a Genova gli emigranti poveri e delle sacramentali scorpacciate che fanno all'osteria quelli che hanno qualche cosa. Anche quelli che non soffrivano avevan l'aria abbattuta, e più l'aspetto di deportati che d'emigranti. Pareva che la prima esperienza della vita inerte e disagiata del bastimento avesse smorzato in quasi tutti il coraggio e le speranze con cui eran partiti, e che in quella prostrazione d'animo succeduta all'agitazione della partenza, si fosse ridestato in essi il senso di tutti i dubbi, di tutte le noie e amarezze degli ultimi giorni della loro vita di casa, occupati nella vendita delle vacche e di quel palmo di terra, in discussioni aspre col padrone e col parroco, e in addii dolorosi. E il peggio era sotto, nel grande dormitorio, di cui s'apriva la boccaporta vicino al cassero di poppa: affacciandovisi, si vedevano nella mezza oscurità corpi sopra corpi, come nei bastimenti che riportano in patria le salme degli emigrati chinesi; e veniva su di là, come da uno spedale sotterraneo, un concerto di lamenti, di rantoli e di tossi, da metter la tentazione di sbarcare a Marsiglia. La sola nota amena di quello spettacolo erano i pochi intrepidi che, sopra coperta, uscivan dalle cucine con le gamelle colme di minestra tra le mani, per andarsela a mangiare in pace ai loro posti: alcuni, facendo prodigi d'equilibrio, ci riuscivano; altri, messo un piede in fallo, cadevano col muso nella gamella, spandendo brodo e paste da tutte le parti, in mezzo a uno scatenamento di maledizioni.

Udii con piacere la campanella che ci chiamava a tavola, dove speravo di veder un quadro più gaio.

Ci trovammo circa a una cinquantina, seduti a una tavola lunghissima, in mezzo a un vasto salone, tutto messo a oro e a specchi, e rischiarato da molti finestrini, in cui si vedeva ballare l'orizzonte del mare. Nell'atto di sedere, e per qualche minuto dopo, i commensali non fecero che squadrarsi a vicenda, celando sotto un'indifferenza simulata la curiosità scrutatrice che ispirano sempre le persone ignote con le quali si sa di dover vivere per qualche tempo in una familiarità inevitabile. Il mare essendo un po' agitato, mancavano varie signore. Notai subito in fondo alla tavola il prete gigante, il quale sorpassava di tutta la testa i suoi vicini: una testa d'uccello grifagno, piccola e calva, con gli occhi orlati di presciutto, piantata sur un collo interminabile; e mi diedero nell'occhio le sue mani, mentre spiegavano il tovagliolo, smisurate e magre, con certe dita che parevano tentacoli di polipi: la figura d'un Don Chisciotte, senza poesia. Dalla stessa parte, ma più in qua, riconobbi la signora bionda che avevo incontrata di sotto la sera innanzi. Era una bella signora sui trent'anni, con due occhi troppo azzurri e un nasino spensierato, fresca e mobilissima, vestita con eleganza un po' troppo vistosa; la quale girava su tutti i commensali, come se conoscesse tutti, uno sguardo vago e sorridente di ballerina alla ribalta; e non so perché, avrei giurato che la calza di seta nera intravvista la mattina non poteva essere che sua. Il proprietario legittimo di quella seta era senza dubbio un signore sulla cinquantina, che le sedeva accanto: una faccia rassegnata e benevola, contornata d'una zazzera professorale, con due piccoli occhi socchiusi, nei quali brillava un sorriso d'un'astuzia più ostentata che vera, che gli doveva essere abituale. Alla sua destra c'erano due ragazze, che parevano parenti, o amiche intime; di una delle quali, vestita di color verde mare, mi colpì il viso smunto e pallidissimo, spiccante anche più sotto una massa di capelli neri e lucidi, che facevan l'impressione della capigliatura d'una morta: e aveva appesa al collo una grossa croce nera. C'era poi una coppia matrimoniale curiosa: due sposi certamente, giovanissimi, piccoli tutti e due, due stucchini di Lucca, che mangiavano col viso basso e si parlavano senza guardarsi, impacciati, come se avessero soggezione dei commensali. Non avrei dato più di vent'anni all'uno, né più di diciassette all'altra, e avrei scommesso che non eran passati più di quindici giorni dalla loro apparizione al Municipio: una monachella e un seminarista avvedutosi in tempo d'un'assoluta mancanza di vocazione, e che non avevan punto bisogno di darsi del nero sotto gli occhi. Da un lato dello sposo troneggiava una matrona coi capelli mal tinti, col seno al mento, con un faccione come lo fanno i caricaturisti alla luna di cattivo umore, segnato sopra la bocca dalle tracce non dubbie d'un depilatorio troppo caustico: la quale era tutta occupata a mangiare con coscienza, facendosi tirar giù da una di quelle credenze aeree che ci ciondolavano sul capo come lampadari, ora la senapa, ora il pepe, ora la mostarda, come se volesse raccomodarsi lo stomaco guasto e schiarirsi la voce rauca, che andava provando tratto tratto con un colpetto di tosse. A capo della tavola sedeva il Comandante, una specie di Ercole raccorciato e accigliato, rosso di capelli e acceso nel viso; il quale parlava con voce burbera, ora in puro genovese al passaggiere che aveva a destra, ora in spagnuolo impuro a un signore che aveva a sinistra: un vecchio alto e asciutto, di lunghi capelli bianchissimi e d'occhi vivi e profondi, arieggiante gli ultimi ritratti del poeta Hamerling.

Non conoscendosi ancora fra loro i più dei passeggieri, s'udiva appena qualche conversazione a voce bassa, accompagnata dal tintinnìo delle oliere sospese, e interrotta ogni tanto dal colpo secco con cui un commensale arrestava sulla tavola una mela o una arancia scappata; quando una frase spagnuola detta ad alta voce e seguita da un coro di risate, fece voltar tutte le teste verso il fondo del salone. — È una brigata d'Argentini, — disse il mio vicino di sinistra.

Mentre mi voltavo a guardarli, mi sviò l'attenzione la faccia maschia e bella del mio vicino di destra, di cui non avevo ancora inteso la voce. Era un uomo sui quarant'anni, dell'aspetto d'un antico soldato, di corpo poderoso, ma che s'indovinava svelto ancora; già grigio. La fronte ardita e gli occhi iniettati di sangue mi rammentarono Nino Bixio; ma la parte inferiore del viso era più mite, benché triste e come contratta da una espressione di disprezzo, che faceva violenza alla bontà della bocca. Non so bene per quale associazione di idee, pensai a una di quelle nobili figure di Garibaldini del 60, che avevo conosciute nelle pagine indimenticabili di Cesare Abba, e mi fissai nel capo ch'egli avesse fatto quella campagna, e che dovesse essere lombardo.

Mentre guardavo lui, il mio vicino di sinistra sbatté la forchetta sulla tavola, dicendo: — È inutile... se mangio, crepo.

Costui era un ometto mingherlino, con un viso di dolor di corpo e una gran barba nera, troppo lunga per lui, che gli pareva appiccicata, come quelle dei piccoli maghi che saltan fuori dalle scatole a molla.

Gli domandai se si sentisse male. Mi rispose con la pronta familiarità dei malati, a cui si parla della loro malattia.

Non si sentiva male o, per dir meglio, non soffriva propriamente il mal di mare. Soffriva d'una malattia particolare, più morale che fisica che era un'avversione invincibile al mare, un'inquietudine irosa e triste che lo pigliava al primo salire sul piroscafo, e che non l'abbandonava più fino all'arrivo, se anche avesse avuto sempre il mare come un lago e il cielo come uno specchio. Aveva fatto parecchie traversate dell'oceano, perché la sua famiglia era stabilita nell'Argentina, a Mendoza; ma pativa all'ultima le medesime torture che alla prima: di giorno una spossatezza e un'agitazione morbosa, e di notte un'insonnia incurabile, tormentata dalle più nere immaginazioni che possano passare per mente umana. Odiava a tal segno il mare che era capace di star sette giorni di seguito senza guardarlo, e ogni volta che trovava in un libro una descrizione marina, la saltava a piè pari. Mi giurava, infine, che se si fosse potuto andare in America per terra, egli avrebbe viaggiato un anno in carrozza piuttosto che far quella traversata di tre settimane. A tanto era ridotto. Un medico suo amico gli aveva detto per celia, ma egli credeva fermamente, che quella violenta avversione al mare non poteva derivar da altro che da un presentimento misterioso di dover morire in un naufragio.

— Sciâ se leve queste idee da a testa, avvocato! — gli disse il suo vicino dall'altra parte.

L'avvocato scrollò il capo, accennando con l'indice il fondo del mare.

Vedendo che aveva già conoscenze a bordo, gli domandai informazioni. Come avevo indovinato giusto! Il mio vicino di destra, in fatti, doveva essere lombardo: egli l'aveva inteso parlare lombardo con un amico, sulla calata di Genova: e un antico garibaldino, senza dubbio: glie l'aveva detto la mattina il Commissario. — Ma come lo sa lei? — mi domandò. — Io insuperbii della mia facoltà divinatrice. Egli continuò a darmi notizie. La famiglia che era in fondo alla tavola, composta di padre e madre, e di quattro figliuoli, era una famiglia brasiliana, che andava al Paraguay. Il giovane coi baffetti biondi, che sedeva accanto al brasiliano più piccolo, credeva che fosse un tenore italiano (era il mio vicino di camerino) che andava a cantare a Montevideo. Quello che parlava forte in quel momento, dalla nostra parte della tavola, era un cattivo originale di mugnaio piemontese, che, diventato ricco nell'Argentina, vi ritornava ora per sempre, dopo aver fatto un breve soggiorno in patria, dove pareva che non avesse trovato l'accoglienza trionfale che s'aspettava; e fin dalla sera innanzi era stato inteso raccontar a un cameriere la sua storia, e dir corna dell'Italia, la quale non avrebbe avuto le sue ossa. Qui s'interruppe, e mi disse a bassa voce: — Guardi quel braccio.

Accennava alla ragazza pallida, con la croce al collo, che avevo già notata. Guardai, e provai un senso quasi di ribrezzo: non era un braccio il suo, ma un povero osso bianco che pareva uscito da un sepolcro. E osservai nello stesso tempo i suoi occhi velati, e quasi svaniti, d'un'espressione di tristezza e di dolcezza infinita, che sembrava guardassero tutto e non vedessero nulla. E osservai che anche il Garibaldino la fissava cogli occhi socchiusi, forse per nascondere il sentimento di compassione che ispirava a lui pure.

La compagnia, in somma, presentava una varietà abbastanza soddisfacente per un osservatore. Notai fra gli altri uno strano viso di color bronzeo, d'un uomo sui trentacinque anni, di fisonomia grave, e vagamente malinconica, dal quale non potei staccare gli occhi per un pezzo quando l'avvocato m'ebbe detto ch'era un Peruviano; poiché mi pareva che la forma oblunga del capo e la grande bocca e la barba rada rispondessero alle descrizioni che si leggon nelle storie di quegli Incas misteriosi, che m'avevan sempre tormentato la fantasia. Me lo raffiguravo vestito di lana rossa, con una benda intorno al capo e gli orecchini dorati, inteso a segnare i suoi pensieri coi fili variopinti d'una cordicella a nodi, e vedevo sfolgorare dietro di lui le gigantesche statue d'oro del palazzo imperiale di Cuzco, circondato di giardini scintillanti di frutti e di fiori d'oro. Ed era invece il proprietario d'una fabbrica di zolfanelli di Lima, che discorreva prosaicamente della sua industria col commensale che gli stava di faccia.

Alle frutta le conversazioni s'animarono un poco. Sentii che il Comandante raccontava un'avventura di quando era capitano di bastimento a vela;

un'avventura il cui scioglimento, a giudicare dal gesto, doveva essere una solenne distribuzione di scapaccioni fatta da lui in non so che porto straniero a non so quale *mascarson*, che gli aveva mancato di rispetto. In fondo alla tavola gli Argentini provocarono più volte delle risate sonore pigliandosi spasso, a quanto mi parve, d'un commesso viaggiatore francese dai capelli grigi, il solito commesso che si trova in tutti i piroscafi, il quale rispondeva con la disinvoltura imperturbabile d'un vecchio monello, profondendo le spiritosaggini del solito prontuario, che tutti i suoi colleghi hanno a memoria. Mentre servivano il caffè, il piroscafo fece due o tre mosse più forti, e allora s'alzò da tavola, guardata da tutti, una bella signora argentina, che non avevo ancora veduta; ma essendosene andata barcollando, sorretta da suo marito, non mi potei accertare della "grazia maravigliosa d'andatura" che gli scrittori di viaggi attribuiscono alle donne del suo paese. Mi potei però accorgere, dalla curiosità ammirativa di tutti gli sguardi, che già le doveva esser stato riconosciuto il primato estetico tra le signore del *Galileo*, e che difficilmente sarebbe stata scoronata nel corso del viaggio. Poco dopo tutti gli altri s'alzarono, tornarono a guardarsi da capo a piedi, con la coda dell'occhio, come all'entrata, e poi si sparpagliarono a poppa, nel fumatoio e per i camerini, mostrando già sul viso la noia delle sei ore eterne che li dividevano dal pranzo.

Io però non m'annoiavo: un sentimento mi riempiva l'anima, nuovo e piacevolissimo, che non si può provare in nessun luogo, in nessuna condizione al mondo, fuorché sopra un piroscafo che attraversi un oceano: il sentimento d'un'assoluta libertà dello spirito. Potevo dire, insomma: per venti giorni, sono diviso dall'universo abitato, son sicuro di non vedere altri miei simili che quelli che ho intorno, i quali sono per me tutto il genere umano; per venti giorni sono sciolto d'ogni dovere e d'ogni servitù sociale, e certo che nessun dolore mi verrà dal mondo esteriore, perché non mi può giungere nessuna notizia da nessuna parte. Mille sventure possono minacciarmi, nessuna mi può raggiungere. L'Europa si può sconvolgere, io non lo saprò. Venti giorni di orizzonte senza limite, di meditazione senza disturbo, di pace senza timore, di ozio senza rimorso. Un lungo volo senza fatica a traverso a un deserto sterminato, davanti a uno spettacolo sublime, dentro un'aria purissima, verso un mondo sconosciuto, in mezzo a gente che non mi conosce. Prigioniero in un'isola, è vero; ma in un'isola che mi porta e che mi serve, che guizza sotto i miei piedi, e mi trasfonde nel sangue il fremito della sua vita, ed è un frammento palpitante della mia patria.

L'ITALIA A BORDO

E poi, come ricetta contro la noia, avevo una lettera di presentazione per il Commissario, scritta da un amico di Genova, il quale lo pregava di facilitarmi le osservazioni che avrei voluto fare sul *Galileo.* Prima che s'arrivasse a Gibilterra, gli andai a far visita. Egli stava di casa in coperta, vicino all'ufficio del Comandante, in uno dei due lunghi passaggi che vanno da poppa a prua; al quale, perché v'era un andirivieni continuo di gente, gli ufficiali avevano posto il nome di *Corso Roma.* Lo trovai in un camerino bianco, tutto ornato di ritratti fotografici, e pieno di piccoli oggetti di comodità e di ninnoli, che gli davano un'aria di nido domestico, affatto diversa da quella delle nostre celle nude di locanda. Era un bel giovanotto genovese, biondo, che vestiva con grazia la divisa modesta d'ufficiale di bordo, e lasciava trasparire dalla serietà del viso regolare e immobile un'acuta facoltà d'osservazione e un fino senso comico. Mi condusse subito nel suo ufficio, posto dall'altra parte del *Corso.* Oltre che amministratore e depositario della posta, egli era sul piroscafo un quissimile di pretore, che vegliava sul buon ordine e giudicava le liti che potessero insorgere tra i passeggieri di terza classe.

Bastò uno scambio di poche parole a farmi capire che avrei avuto nel viaggio un assai più vasto e nuovo campo d'osservazione di quello che mi fossi immaginato. Per effetto dell'agglomerazione in cui erano costretti a vivere, e delle grandi differenze d'indole e di costumi che passavan fra di loro, ed anche dello stato d'animo straordinario nel quale si trovavano, quella moltitudine di emigranti dava luogo, nel corso di pochi giorni, a una molteplicità e varietà di casi psicologici e di fatti, quale appena suol darla a terra, nello spazio di un anno, una popolazione quattro volte maggiore. Nei primi giorni non me ne sarei potuto fare un'idea. Bisognava aspettare che si fossero un poco assettati e ritrovati, che fossero nate le relazioni, le simpatie, le gelosie, i contrasti, e che si fosse elevata la temperatura. Occorreva lasciare ai capi originali il tempo d'acquistare la loro piccola celebrità, ai capipopolo di formarsi il loro uditorio, alle "bellezze" di essere conosciute, ai pettegoli dei due sessi, di trovar materiale da lavorare e da rivendere: poi la vita di bordo avrebbe preso il carattere e l'andamento della vita di un grosso villaggio, dove tutti gli abitanti, oziosi per necessità o per abito, passassero la giornata per le strade e mangiassero tutti insieme sulla piazza. Io potevo dunque immaginare che razza di cronaca quotidiana ci sarebbe stata. E dicendo questo, il Commissario scrollava il capo con un leggiero sorriso, che faceva indovinare i tesori di pazienza ch'ei doveva spendere, e la stranezza delle scene a cui gli toccava d'assistere.

Aveva sul tavolino un monte di passaporti, di cui mi mostrò lo spoglio. Il *Galileo* portava mille e seicento passeggieri di terza classe, dei quali più di quattrocento tra donne e bambini: non compresi nel numero gli uomini dell'equipaggio, che toccavan quasi i duecento. Tutti i posti erano occupati. La maggior parte degli emigranti, come sempre, provenivano dall'Italia alta, e otto su dieci dalla campagna. Molti Valsusini, Friulani, agricoltori della bassa Lombardia e dell'alta Valtellina: dei contadini d'Alba e d'Alessandria che andavano all'Argentina non per altro che per la mietitura, ossia per metter da parte trecento lire in tre mesi, navigando quaranta giorni. Molti della Val di Sesia, molti pure di que' bei paesi che fanno corona ai nostri laghi, così belli che pare non possa venir in mente a nessuno d'abbandonarli: tessitori di Como, famigli d'Intra, segantini del Veronese. Della Liguria il contingente solito, dato in massima parte dai circondari d'Albenga, di Savona e di Chiavari, diviso in brigatelle, spesate del viaggio da un agente che le accompagna, al quale si obbligano di pagare una certa somma in America, entro un tempo convenuto. Fra questi c'erano parecchie di quelle nerborute portatrici d'ardesie di Cogorno, che possono giocar di forza coi maschi più vigorosi. Di Toscani un piccolo numero: qualche lavoratore d'alabastro di Volterra, fabbricatori di figurine di Lucca, agricoltori dei dintorni di Firenzuola, qualcuno dei quali, come accade spesso, avrebbe forse un giorno smesso la zappa per fare il suonatore ambulante. C'erano dei suonatori d'arpa e di violino della Basilicata e dell'Abruzzo, e di quei famosi calderai, che vanno a far sonare la loro incudine in tutte le parti del mondo. Delle province meridionali i più erano pecorari e caprari del litorale dell'Adriatico, particolarmente della terra di Barletta, e molti *cafoni* di quel di Catanzaro e di Cosenza. Poi dei merciaiuoli girovaghi napoletani; degli speculatori che, per cansare il dazio d'importazione, portavano in America della paglia greggia, che avrebbero lavorata là; calzolai e sarti della Garfagnana, sterratori del Biellese, campagnuoli dell'isola d'Ustica. In somma, fame e coraggio di tutte le province e di tutte le professioni, ed anche molti affamati senza professione, di quelli aspiranti ad impieghi indeterminati, che vanno alla caccia della fortuna con gli occhi bendati e con le mani ciondoloni, e son la parte più malsana e men fortunata dell'emigrazione. Delle donne il numero maggiore avevan con sé la famiglia; ma molte pure erano sole, o non accompagnate che da un'amica; e fra queste, parecchie liguri, che andavano a cercar servizio come cuoche o cameriere; altre che andavano a cercar marito, allettate dalla minor concorrenza con cui avrebbero avuto a lottare nel nuovo mondo; e alcune che emigravano con uno scopo più largo e più facile. A tutti questi italiani eran mescolati degli Svizzeri, qualche Austriaco, pochi Francesi di Provenza. Quasi tutti avevan per meta l'Argentina, un piccolo numero l'Uruguay, pochissimi le repubbliche della costa del Pacifico. Qualcuno, anche, non sapeva bene dove sarebbe andato: nel continente americano, senz'altro: arrivato là, avrebbe visto. C'era un frate che andava alla Terra del Fuoco.

La compagnia, dunque, era svariatissima, e prometteva bene. E non era soltanto un grosso villaggio, come m'osservava il Commissario; ma un piccolo Stato. Nella terza classe c'era il popolo, la borghesia nella seconda, nella prima l'aristocrazia; il comandante e gli ufficiali superiori rappresentavano il Governo; il Commissario, la magistratura; e della stampa poteva fare ufficio il registro dei reclami e dei complimenti aperto nella sala da pranzo; oltre che i passeggieri stessi, qualche volta, non sapendo che far altro per ammazzare la noia, fondavano un giornale quotidiano. Ne vedrà e ne sentirà di tutti i generi, — mi disse, — e la commedia crescerà d'attrattiva fino all'ultimo giorno. — Intanto mi preparò alla rappresentazione, mostrandomi alcuni documenti curiosissimi d'ingenuità contadinesca, delle lettere di raccomandazione che certi emigranti avevan consegnate a lui e al Comandante, scritte in favor loro da parenti, o da altre persone sconosciutissime all'uno e all'altro. — Signor Comandante del bastimento, le raccomando tanto il tal dei tali, nativo del mio paese, bravo agricoltore, ottimo padre di famiglia, mio buon amico... — Alcuni avevano di queste lettere, firmate da Tizi ignoti, perfino per alte autorità di Montevideo e di Buenos Ayres. Gli erano anche state presentate da passeggiere bellocce e sorridenti delle commendatizie evidentemente apocrife d'un padre o d'uno zio, come un modo indiretto di domandar protezione, lasciando capire che non sarebbero state sorde alla voce della gratitudine. — Le raccomando con tutto il cuore mia sorella, che essendo giovane e sola in mezzo a tanta gente, potrebbe trovarsi esposta... — E fin dal primo giorno aveva trovato nel suo ufficio un bigliettino scarabocchiato col lapis, senza nome; una dichiarazione cieca di simpatia, con l'espressione d'una vaga speranza che *lui* avrebbe riconosciuto il viso *di lei* in mezzo a tutti gli altri, *dal sentimento*; ma che per carità non dicesse nulla, che custodisse il segreto e perdonasse l'imprudenza. *Amore, alma del mondo.* Questo era il grand'affare in quei lunghi viaggi transatlantici. O fosse per effetto dell'ozio, che lasciava troppo libere le fantasie già eccitate dalle molte commozioni dei giorni antecedenti, o per un particolare influsso fisiologico dell'atmosfera marina, congiunto ad una tendenza insolita alla tenerezza, nata dal sentimento della solitudine, era un fatto, mi disse il Commissario, che la "popolazione" del piroscafo gli dava da pensare e da fare principalmente da quel lato lì, e che quella, per conseguenza, sarebbe stata la frase dominante nella grande sinfonia che avrei sentito suonare per tre settimane. E conchiuse sorridendo: — Se io sapessi scrivere un libro!

Eppure, per quei primi giorni, mi attirò assai di più lo spettacolo dell'arca che quello degli animali. E credo che segua il medesimo a chiunque viaggi per la prima volta in uno di quei colossi che fanno lo scambio del sangue e dell'oro fra i due mondi. Da principio ci si confonde la testa in quel labirinto di passaggi, di cantucci, di nicchie, e in quel via vai di gente dell'equipaggio, d'ufficio e di vestiario diverso, che sbucano e si rimbucano di continuo in una quantità di porticine riposte, somiglianti a quelle d'una carcere o d'un ministero: non par possibile che ci sia bisogno di tanta complicazione di architettura e di servizio per governare e mandare avanti il barcone. Ma poi, quando uno si comincia a raccapezzare, allora ammira la perfezione a cui è arrivato a poco a poco l'ingegno umano nell'arte di stringere insieme, di sovrapporre, d'incastrare l'un nell'altro tutti quei bugigattoli d'uffici, di magazzini, di stanze da dormire, di laboratori d'ogni fatta, in ciascuno dei quali si vede, passando, qualcuno che scrive, o cuce, o impasta, o cucina, o lava, o martella, quasi rimpiattato, con appena tanto spazio da rigirarsi, come un grillo nel buco, e che pure sembra a suo agio, come se fosse nato e vissuto sempre là dentro, sospeso tra l'oceano e il cielo. La macchina smisurata che muove tutto è il nucleo, e la poppa e la prua sono come i sobborghi di quella specie di città forte, detta *castello centrale*; la quale è formata dai dormitori della seconda classe, dai camerini degli ufficiali, dei macchinisti, del medico e dei cuochi, dai forni, dalla cucina, dai bagni, dalla pasticceria, dalla calderina, dai depositi dei viveri, della biancheria, dei fanali, della posta. E questa città del mezzo, percorsa da due lunghe vie laterali, tutta affaccendamento e rumore, e piena d'odor di carbone, d'olio, di catrame e di fritto, è coperta da una terrazza vastissima, come da una piazza pénsile, alla quale il fusto enorme dell'albero maestro e i due giganteschi fumaiuoli che s'alzano fra le grandi trombe a vento e le alte grue delle lance, e in fondo il palco di comando, col suo lungo terrazzino aereo, danno un aspetto monumentale stranissimo, che alletta la fantasia come l'immagine d'una città misteriosa. Da questa terrazza, occupata in gran parte dai passeggieri di terza, si domina tutta la prua, un pezzo d'arca di Noè, un'altra vasta piazza affollata di passeggieri, che ha lungo i due lati le stalle dei bovi e dei cavalli, le stie dei piccioni e delle galline, le gabbie dei montoni e dei conigli, in fondo il lavatoio a vapore e il macello, di qua i cernieri dell'acqua dolce e gli acquai marini, nel mezzo la casetta dell'osteria e la boccaporta dei dormitori femminili, chiusa da una bizzarra sovrapposizione di tetti vetrati che servon di sedili alle donne, e al di sopra di ogni cosa l'albero di trinchetto, che disegna i suoi cordami e le sue scale nere sul cielo. Ultimo s'alza il castello di prua, che copre i dormitori dei marinai, la fabbrica del ghiaccio e l'ospedale, formando un'altra piazzetta finita in punta, dove un'altra folla si pigia fra gli argani, le bitte, il molinello e le grandi catene delle àncore e altre boccaporte e altre trombe a vento, come sopra il bastione d'una fortezza avanzata, dalla quale l'estremità opposta del piroscafo, col suo ampio cassero ombreggiato dalle tende e popolato di signore, si vede piccola, confusa, lontanissima, da parere incredibile quasi che faccia parte del medesimo corpo. E non son queste che le parti esteriori del colosso; che sotto vaneggia un altro mondo, sconosciuto ai passeggieri: magazzini sterminati di carbone, torrenti d'acqua dolce, provvigioni di viveri per una città assediata, depositi enormi di cavi, di vele, di bozzelli, di braghe, un labirinto interminabile di vani semioscuri riboccanti di bagagli, d'anditi per cui non si passa che curvi, di scalette che si perdon nelle tenebre, di recessi profondi e umidi ai quali non giunge neppure il brulichìo della folla che si agita sopra, e dove si crederebbe d'essere sepolti nei sotterranei granitici d'una fortezza, se il tremito delle pareti non ci avvertisse che tutt'all'intorno freme una vita immensa, e che l'edifizio è fragile e va.

Così, osservando parte per parte il *Galileo*, e sfogliando i passaporti col Commissario, passai i primi tre giorni, che dal Golfo di Leone in là furono di bellissimo tempo; ma giungendo la mattina del quarto giorno allo stretto di Gibilterra, trovammo una nebbia fitta che non ci lasciò vedere né la rocca, né la costa di Spagna, né quella d'Africa, e ci rese difficile il passaggio. Non difficile per la ragione che teneva inquiete molte donne della terza classe, le quali – mi disse il Commissario – immaginavano che il piroscafo si dovesse infilare in una specie di canale strozzato fra le rocce, dove non avrebbe potuto passare che scorticandosi, a rischio d'andare in pezzi, come le barche per l'apertura della grotta azzurra di Capri; ma perché, a cagion della nebbia, e del gran numero di bastimenti che s'incontrano là, in quel vestibolo dell'oceano, dove si baciano quasi i due continenti, era molto facile un abbordo, che poteva mandarci tutti a fondo, senza lasciarci il tempo di recitar l'atto di contrizione. Fu quindi necessario di procedere con grandissima cautela. E allora si vide una scena mirabile, da cui si sarebbe potuto cavare un grande quadro, intitolato in genovese: – *A füffetta*[2] – solenne e comico a un tempo. Il *Galileo* andava innanzi lentissimamente dentro alla nebbia densa, che intercettava la vista da tutte le parti, a brevissima distanza dal bordo; tutti gli ufficiali stavano all'erta; il Comandante, ritto sul palco di comando, mandava sotto ordine su ordine, di piegare dall'uno o dall'altro lato; la macchina a vapore gittava ogni momento la sua voce d'allarme, una specie d'urlo rauco e lamentevole, come l'annuncio d'una disgrazia. E a destra, a sinistra, davanti, di dietro, rispondevano altri suoni rauchi e sinistri di piroscafi invisibili, alcuni lontani che parevano ruggiti di leoni dell'Africa, altri vicinissimi, come di piroscafi che fossero sul punto d'investirci, altri radi e fiochi, altri fitti e affannosi come grida umane che minacciassero e supplicassero insieme. E ad ogni suono, tutti i mille e seicento passeggieri, affollati e ritti in coperta, si voltavano vivamente di là donde il suono veniva, con gli occhi spalancati, trattenendo il respiro, e molti accorrevano da quella parte, dando colore di curiosità alla paura, ma col viso brutto, come aspettandosi di veder apparire la prua d'un colosso che ci venisse sopra. Non si sentiva una voce in quella moltitudine, non si vedeva un viso che sorridesse. Istintivamente le famiglie si stringevano, molti s'andavano affollando vicino alle lance sospese, altri adocchiavano di traverso i salvavite appesi qua e là, tutti volgevano alternatamente gli occhi al comandante, come all'immagine d'un santo protettore, e diritto davanti a sé, su quella nebbia malaugurosa, che poteva nasconder la morte. Uno solo pareva indifferente sul cassero di poppa, ed era il mio vicino di tavola, l'avvocato, seduto con le spalle al mare, che leggeva; e già stavo per ammirare il suo eroismo; ma subito mi disingannai, osservando che il libro gli ballava tra le mani la più allegra danza che possa mai ballare un bicchiere di zozza nel pugno d'uno sbornione condannato. E quella musica funerea di segnali durò più d'un'ora, e con essa il silenzio pauroso a bordo, e quell'andare lentissimo del piroscafo, come d'un esploratore che s'avanzasse nell'agguato d'una flotta nemica. Un'ora eterna. Infine non si sentì più che qualche suono lontano, il piroscafo cominciò a

2 La tremarella.

correre più rapido, e il comandante, scendendo dal palco col fazzoletto alla fronte, diede il segnale della liberazione. Giravamo allora intorno al Capo Spartel, e il *Galileo* faceva la sua entrata nell'Atlantico, in mezzo a uno sciame saltellante di delfini, salutati dagli emigranti con un concerto di grida e di fischi.

La nebbia quasi a un tratto svanì, e a sinistra si mostrò la costa d'Africa: una catena di monti lontani, d'una chiarezza di cristallo. E l'Atlantico ci cullava con le sue onde lunghe e placide, simili a vastissimi tappeti azzurri, frangiati d'argento, scossi da miriadi di mani invisibili, gli uni dietro gli altri, senza fine; a traverso ai quali il *Galileo* distendeva, passando, uno sterminato strascico di trina bianca. Non era diverso il nuovo mare da quello donde uscivamo; eppure ci veniva fatto di alzar la fronte come se lo spirito fosse più libero e l'occhio spaziasse più lontano, e di ber l'aria a lunghe inspirazioni, con un senso nuovo di piacere, come se già ci portasse i profumi potenti delle grandi foreste dell'America latina, alla quale andava diritto il nostro pensiero con un volo di seimila miglia. Il cielo era tersissimo, e pendeva sull'orizzonte uno spicchio bianco di luna, quasi svanito nella soavità dell'azzurro. Pareva che quell'oceano, a cui la maggior parte di noi aveva pensato fino allora con inquietudine, ci dicesse: — Venite, sono immenso, ma buono.

A PRUA E A POPPA

Due giorni dopo, si poteva dire che ogni cosa fosse in ordine a prua, ed io cominciai le mie osservazioni. Quando salii sul palco di comando, poco dopo le otto, che era l'ora della colezione, la prua offriva l'aspetto tra d'un mercato di campagna e d'un accampamento di zingari, che avessero disfatto le tende. Ciascun gruppo d'emigranti aveva preso il suo posto, dove passava la maggior parte della giornata, e i posti presi, per consuetudine tradizionale, eran rispettati da tutti. Dovunque si potesse star seduti senza ingombrare il passaggio, in tutti i cantucci che formavan le torri di cordami e i mucchi di fieno o di merci addossati all'opera morta, s'era ficcata, come una covata di gatti, una brigatella di conoscenti o una famigliuola, con le sue seggiole e qualche cuscino o coperta, e alcune eran così ben rimpiattate, che vi si sarebbe potuto passar davanti dieci volte senza scoprirle; poiché la povera gente si adatta a tutti i vani come l'acqua. Una parte dei passeggieri intingevano ancora le gallette nel caffè nero, con le gamelle di latta sulle ginocchia; alcuni lavavano le loro stoviglie negli acquai, o distribuivano l'acqua dolce al loro *rancio* coi così detti bidoni, della forma di coni tronchi, dipinti di rosso e di verde; gli altri stavano accovacciati lungo i parapetti, nelle positure proprie dei contadini, abituati a riposar sulla terra, o passeggiavano con le mani in tasca, come la domenica sulla piazza del villaggio; mentre le donne, coi capelli sciolti giù per le spalle, si pettinavano davanti a specchietti da venti centesimi, ravviavano i ragazzi, passandosi a vicenda spazzole, saponi, asciugamani, davano il latte ai bambini, rimendavano panni e lavavan pezzuole in quattro gocce d'acqua, tutte affaccendate, angustiate visibilmente dalla ristrettezza dello spazio e dalla mancanza di cento cose. Tra la folla fitta e nera si vedevan girare lunghe berrette blu di cafoni, busti verdi di donne calabresi, larghi cappelli di feltro di contadini dell'Alta Italia, cuffie di montanare, papaline rosse, *italianelli*, raggiere di spilli di villanelle della Brianza, e teste bianche di vecchi e nere capigliature selvagge e una varietà mirabile di facce stanche, tristi, ridenti, attonite, sinistre; molte delle quali facevan creder vero che l'emigrazione porti via dal paese i germi di molti delitti.

Ma l'oceano essendo tranquillo, e l'aria limpida e fresca, molti erano allegri. E si poteva notare che, quetata l'agitazione della partenza, nella quale erano stati assorti tutti i pensieri, l'eterno femminino aveva già ripreso il suo eterno impero anche lì; non solo, ma che per effetto della scarsità ne era già cresciuto il valore, come in America. Pochi uomini stavan rivolti verso il mare; i più passavan a rassegna le passeggiere. I giovani, seduti sopra i parapetti, con una gamba spenzoloni di fuori e i cappelli arrovesciati sulla nuca, pigliavan degli atteggiamenti di baldanza marinaresca, parlando forte e modulando il riso in maniera da attirar l'attenzione, e quasi tutti guardavano verso la boccaporta del dormitorio femminile, dove s'erano raccolte, come sopra un palco molte giovani ben pettinate, con nastrini nei capelli, con vestiti chiari, con fazzoletti vistosi, annodati con garbo: la parte intraprendente, pareva, del bel sesso di terza. Fra queste spiccava una bella donnetta, – una contadina di Capracotta, – con un visetto regolare e dolce di madonna (lavata male), a cui diceva mirabilmente un fazzoletto da collo, che portava incrociato sul petto, tutto purpureo di rose e di garofani, che parean veri e fiammeggiavano agli occhi. E notai due ragazze, l'una bruna e l'altra rossa, due graziose facce sfrontate, messe con una certa civetteria cittadinesca, che discorrevano con grande animazione, dando di tratto in tratto in risate squillanti, dopo aver fissato ora un passeggiere, ora un altro, come se facessero la rivista dei tipi ridicoli dell'"emigrazione". Il Commissario, capitato là mentre le osservavo, mi disse che eran lombarde, sole, sedicenti coriste, due diavolesse che promettevano di dargli molte noie durante il viaggio. E come io non capivo a che genere di noie volesse accennare, egli mi rivelò una delle maggiori piaghe della vita di bordo, in quelle piene d'emigranti: la gelosia delle donne maritate. Una tremenda cosa! Le oneste mogli coi bimbi in collo l'avevano a morte con quelle avventuriere impudenti che tiravano a *stregare* i loro mariti disoccupati, approfittando di quella confusione di gente; e ne nascevan liti rabbiose, in cui toccava a lui di fare da conciliatore. Ah! ne avrebbe sentite, più tardi. Ce n'era disgraziatamente qualche dozzina in quella traversata, che pareva si fossero accozzate pel suo malanno. E m'indicò un'altra ragazza, una specie di donna-cannone, seduta dietro a quelle due, col capo alto, vestita di nero, una faccia di leonessa, bruna, non brutta, ma Dio ne liberi; la quale aveva una civetteria particolare, la superbia, il ticchio di primeggiare e di farsi desiderare con l'ostentazione di un principesco disprezzo per la gente purchessia, di una pudicizia ultra delicata, paurosa d'esser profanata dagli aliti; e minacciava tutti, dicendo d'avere a Montevideo un parente giornalista, che faceva tremare il Governo. Già dalla prima sera era andata da lui a chieder giustizia contro un contadino, il quale, passandole accanto, le aveva urtato una grossa borsa di cuoio, che portava a tracolla; e domandata in via di discorso, del perché andasse in America, aveva risposto alteramente: — Per prendere aria! —

Bene, quella era una finta spostata; ma c'erano anche degli spostati veri; e il Commissario, dopo aver un po' cercato con gli occhi, m'indicò delle famiglie, delle persone sole, rincantucciate, per quanto era possibile, fuor della folla, le quali dal contegno, dai vestiti logori, ma di stoffa e di taglio signorile, mostravano d'esser gente stata costretta a partir per l'America da un rovescio improvviso di fortuna, che gli aveva gittati dall'agiatezza sul lastrico, con neppur tanto in tasca da prendere un biglietto di seconda classe. C'erano, fra gli altri, due coniugi, con una ragazzina d'una decina d'anni, che stavan ritti in disparte, vicino alla stalla dei bovi, con l'aria imbarazzata di chi non osa di sedersi: tutti e due sulla quarantina, macilenti, d'aspetto tristissimo. Eran negozianti. La donna, alta e sottile, con gli occhi rossi, che pareva uscita di fresco da una malattia, aveva passato tutto il primo giorno nel dormitorio, in mezzo alle contadine, piangendo sul capo della sua figliuola, senza mangiare. — Miserie! — disse il Commissario. — Ce n'è da per tutto; ma in mare paion più tristi.

Intanto, guardando abbasso, proprio sotto il palco di comando, io avevo fatto una scoperta maravigliosa, una delle più belle figure che avessi mai viste per mare o per terra, vive, dipinte o scolpite, dal primo giorno che giravo il mondo. Il Commissario mi disse ch'era una genovese. Sedeva sopra un panchettino, accanto a un vecchio che pareva suo padre, seduto sul tavolato, e lavava il viso a un ragazzetto in piedi, che aveva l'aria d'un suo fratello. Era una ragazza grande, bionda, con un viso ovale d'una regolarità e purezza di lineamenti angelici, d'occhi grandi e chiari, bianchissima; perfetta del corpo, eccettuate le mani, un po' troppo lunghe; vestita d'un giubbino bianco svolazzante e d'una gonnella azzurra, che parea che stringesse due cosce di marmo. Dal vestito, benché pulitissimo, si vedeva ch'era povera; e aveva una dignità tutta signorile; ma mista a un'apparenza così ingenua, a una grazia così semplice d'atteggiamenti e di mosse, che non stonava con l'umiltà del suo stato. Dava l'idea d'una bambina di dieci anni che fosse cresciuta così in pochi giorni. Parecchi passeggieri, intorno, la guardavano, e altri, passando, si voltavano a darle un'occhiata. Ma per tutto il tempo che rimanemmo a guardarla, non girò una volta gli occhi intorno, non diede mai il minimo segno d'accorgersi che l'ammirassero, e il suo viso mantenne una tranquillità così immobile, così trasparente, direi quasi, da rendere impossibile anche il più vago sospetto che quel contegno fosse un artificio. Ed era così diversa in tutto dalla folla circostante, che sembrava solitaria in mezzo a uno spazio libero, benché la gente la premesse da ogni parte. In che modo si trovava là quel *miracolo gentile*? E la sua fama doveva già essere grande a bordo, perché a un dato momento vedemmo affacciarsi a un finestrino, e guardarla con l'aria di un ammiratore abituale, nientemeno che il cuoco della terza classe, con tanto di berretta bianca, un faccione rosso e brusco, d'una straordinaria alterigia, sul quale appariva la coscienza di esser per gli emigranti il più importante personaggio del piroscafo, riverito, temuto, corteggiato come un imperatore. — E anche costei, — disse scotendo il capo il Commissario, — senza volerlo, mi darà da pensare. — E prevedeva un viaggio scellerato.

Ma se qualche cosa poteva far sorridere, lo spettacolo, tutt'insieme, stringeva l'anima. Certo, in quel gran numero, ci saranno stati molti che avrebbero potuto campare onestamente in patria, e che non emigravano se non per uscire da una mediocrità, di cui avevano torto di non contentarsi; ed anche molti altri che, lasciati a casa dei debiti dolosi e la reputazione perduta, non andavano in America per lavorare, ma per vedere se vi fosse miglior aria che in Italia per l'ozio e la furfanteria. Ma la maggior parte, bisognava riconoscerlo, eran gente costretta a emigrare dalla fame, dopo essersi dibattuta inutilmente, per anni, sotto l'artiglio della miseria. C'eran bene di quei lavoratori avventizi del Vercellese, che con moglie e figliuoli, ammazzandosi a lavorare, non riescono a guadagnare cinquecento lire l'anno, quando pure trovan lavoro; di quei contadini del Mantovano che, nei mesi freddi, passano sull'altra riva del Po a raccogliere tuberose nere, con le quali, bollite nell'acqua, non si sostentano, ma riescono a non morire durante l'inverno; e di quei mondatori di riso della bassa Lombardia che per una lira al giorno sudano ore ed ore, sferzati dal sole, con la febbre nell'ossa, sull'acqua melmosa che li avvelena, per campare di polenta, di pan muffito e di lardo rancido. C'erano anche di quei contadini del Pavese che, per vestirsi e provvedersi strumenti da lavoro, ipotecano le proprie braccia, e non potendo lavorar tanto da pagare il debito, rinnovano la locazione in fin d'ogni anno a condizioni più dure, riducendosi a una schiavitù affamata e senza speranza, da cui non hanno più altra uscita che la fuga o la morte. C'erano molti di quei Calabresi che vivon d'un pane di lenticchie selvatiche, somigliante a un impasto di segatura di legna e di mota, e che nelle cattive annate mangiano le erbacce dei campi, cotte senza sale, o divorano le cime crude delle *sulle*, come il bestiame, e di quei bifolchi della Basilicata, che fanno cinque o sei miglia ogni giorno per recarsi sul luogo del lavoro, portando gli strumenti sul dorso, e dormono col maiale e con l'asino sulla nuda terra, in orribili stamberghe senza camino, rischiarate da pezzi di legno resinoso, non assaggiando un pezzo di carne in tutto l'anno, se non quando muore per accidente uno dei loro animali. E c'erano pure molti di quei poveri mangiatori di *panrozzo* e di *acqua-sale* delle Puglie, che con una metà del loro pane e centocinquanta lire l'anno debbon mantenere la famiglia in città, lontana da loro, e nella campagna dove si stroncano, dormono sopra sacchi di paglia, entro a nicchie scavate nei muri d'una cameraccia, in cui stilla la pioggia e soffia il vento. C'era in fine un buon numero di quei vari milioni di piccoli proprietari di terre, ridotti da una gravezza di imposta *unica al mondo* in una condizione più infelice di quella dei proletari, abitanti in catapecchie da cui molti di questi rifuggirebbero, e tanto miseri, che "non potrebbero nemmeno vivere igienicamente, quando vi fossero obbligati per legge." Tutti costoro non emigravano per spirito d'avventura. Per accertarsene bastava vedere quanti corpi di solida ossatura v'erano in quella folla, ai quali le privazioni avevano strappata la carne, e quanti visi fieri che dicevano d'aver lungamente combattuto e sanguinato prima di disertare il campo di battaglia. Non giovava nemmeno, per scemar la pietà, addurre l'antica accusa di mollezza e d'accidia lanciata dagli stranieri ai coltivatori della terra italiana: accusa caduta da un pezzo davanti a una solenne verità, dagli stranieri stessi proclamata, che così nel mezzogiorno che nel settentrione essi *prodigano tanto sudore sulla gleba che non sarebbe possibile di più*, e più che proclamata, provata dai cento paesi che li chiamano e li preferiscono. La pietà era loro dovuta intera e profonda. E mettevano più pietà, se si pensava a quanti di loro avevan già forse in tasca dei contratti rovinosi, stretti con gli incettatori che fiutano la disperazione nelle capanne, e la comprano; a quanti sarebbero stati afferrati all'arrivo da altri truffatori, e sfruttati tirannicamente per anni; a quanti altri forse portavano già nel corpo, da troppo tempo mal nutrito e fiaccato dalle fatiche, il germe d'una malattia che li avrebbe uccisi nel nuovo mondo. E avevo un bel pensare alle cagioni remote e complesse di quella miseria, davanti alla quale, come disse un ministro, "ci troviamo altrettanto addolorati che impotenti", all'impoverimento progressivo del suolo, all'agricoltura trasandata per la rivoluzione, alle imposte aggravate per necessità politica, alle eredità del passato, alla concorrenza straniera, alla malaria. Mio malgrado, mi risonavano in mente, come un ritornello, quelle parole del Giordani: il nostro paese sarà benedetto quando si ricorderà che anche i contadini sono uomini. Non mi potevo levar dal cuore che ci avevano pure una gran parte di colpa, in quella miseria, la malvagità e l'egoismo umano: tanti signori indolenti per cui la campagna non è che uno spasso spensierato di pochi giorni e la vita grama dei lavoratori una querimonia convenzionale d'umanitari utopisti, tanti fittavoli senza discrezione né coscienza, tanti usurai senza cuore né legge, tanta caterva d'impresari e di trafficanti, che voglion far quattrini a ogni patto, non sacrificando nulla e calpestando tutto, dispregiatori feroci degli istrumenti di cui si servono, e la cui fortuna non è dovuta ad altro che a una infaticata successione di lesinerie, di durezze, di piccoli ladrocini e di piccoli inganni, di briciole di pane e di centesimi disputati da cento parti, per trent'anni continui, a chi non ha abbastanza da mangiare. E poi mi venivano in mente i mille altri, che, empitisi di cotone gli orecchi, si fregan le mani, e canticchiano; e pensavo che c'è qualche cosa di peggio che sfruttar la miseria e sprezzarla: ed è il negare che esista, mentre ci urla e ci singhiozza alla porta.

Avrei voluto discendere fra quella gente e parlar con qualcuno; ma mi parve meglio aspettare un giorno che ci fosse meno folla. Per liberarmi dai pensieri sconfortanti, andai a passare un'ora sulla *piazzetta*, uno spazio che era dalla parte sinistra del piroscafo, compreso tra il castello centrale e il cassero di poppa; al quale avevan dato il nome di *piazzetta* perché, aprendosi lì le porte del salone, della sala da fumare e della dispensa, vi si formavano ogni momento dei crocchi di passeggieri, e il luogo essendo riparato dai venti alisei che soffiavano in poppa, ci venivano delle signore a ricamare o a leggere. E in fatti gli davan una cert'aria di piazzetta da palco scenico i camerini che v'eran da un lato, simili alle casette mobili delle scene, con le loro finestre a persiane, e il passaggio coperto che vi sboccava, come una strada pubblica. Lì si andava a vedere il cammino fatto e i gradi di longitudine e di latitudine, scritti ogni giorno sopra una lavagnina, appesa alla porta del salone; ci venivano per solito gli ufficiali a prendere l'altezza del sole, e ci affluivano le prime notizie della piccola cronaca quotidiana. Era un cantuccio dove si fumava il sigaro con piacere, come davanti a un caffè, con una certa illusione d'esser a terra, e di far vita cittadina. Qualche volta vi cascava uno spruzzo d'acqua improvviso, che innaffiava i ricami e i libri alle signore, e queste scappavano; ma ritornavan poco dopo. E là, nei primi giorni, avevan fatto conoscenza fra loro la maggior parte dei passeggieri.

Quando v'arrivai, quella mattina, mi si presentò da sé, con disinvoltura simpatica, un passeggiere, al quale non avevo quasi badato fino allora, e che doveva esser poi la mia compagnia più piacevole fino alla fine del viaggio. Era un torinese, agente di una casa bancaria di Genova, il quale andava all'Argentina quasi ogni anno; uno di quegli uomini che si danno a conoscere a fondo in un'ora: una figura di brillante comico, vestito bene, bianco di capelli e nero di baffi, con un viso serio che faceva ridere, degli occhi di scolaretto, un cervello pieno di bubbole, un buon umore inalterato e una parlantina facilissima; un poco toscaneggiante, ma senz'affettazione; tormentato da una curiosità di comare, non occupato d'altro che della gente che aveva intorno, e accorto e perseverante come un vecchio poliziotto a indagare e a scoprire i fatti di tutti, e abilissimo a cavarne materia di spasso per sé e per gli altri, senza destar mai la diffidenza di alcuno. Egli conosceva vita e miracoli di parecchi passeggieri, coi quali aveva già fatto una o due volte la traversata dell'oceano; e dopo dieci minuti di conversazione cominciò a domandarmi familiarmente, accennando l'uno o l'altro: — Sa chi è quello lì? Sa chi è quella signora? — Ma io non potei dargli retta subito, perché un altro personaggio attirò la mia attenzione: il tipo di una razza di gente curiosa, che ancora non conoscevo.

Era il mugnaio, che tartassava l'Italia, dondolandosi in mezzo a un crocchio di passeggieri, orgoglioso della sua pancia di nuovo acquisto, come d'un'insegna di signoria. Era vestito da fattore benestante, e aveva un grosso anello d'oro alla mano destra: l'occhio falso, il naso petulante, la bocca vanitosa. Dal viso e dal discorso s'indovinava l'antico emigrante spiantato, il quale, fatta fortuna, ma rimasto ignorante, crede, ritornando al suo paese, di non aver che a mostrare la borsa e sdottorare davanti alla farmacia di luoghi e di cose lontane, mescendo spacconate e bugie, per farsi eleggere consigliere e nominar sindaco, e montar sul collo dei suoi compaesani, ch'egli si figura rimminchioniti, perché non si son mossi da casa. Quello lì aveva certo avuto un solenne disinganno, e toccato delle scottature all'amor proprio, che gli dovevano ancor bruciare fieramente, sotto alla giovialità grossolana che ostentava. Tre mesi, diceva, gli eran bastati a persuadersi che l'aria del suo paese non faceva più per lui. Dopo vent'anni aveva creduto di trovarvi una *trasformazione*, un progresso: v'aveva ritrovate invece le idee d'una volta, tutti i vecchi pregiudizi, la vita gretta e una maledetta trucia! Cento cani intorno a un osso, quando c'era un osso poi nessuna iniziativa negli affari, un andare in tutte le cose coi piedi di piombo, in mezzo a mille impacci, una diffidenza d'avari fradici, una mancanza assoluta di *caballerosidad.* E dicendo questo, tirava delle occhiate di traverso agl'italiani vicini a lui, come compiacendosi di ferirli nell'orgoglio nazionale. Ma bisognava sentire che vocabolario: era il primo saggio ch'io intendevo della strana lingua parlata dalla nostra gente del popolo dopo molti anni di soggiorno nell'Argentina, dove, col mescolarsi ai *figli del paese*, e a concittadini di varie parti d'Italia, quasi tutti perdono una parte del proprio dialetto e acquistano un po' d'italiano, per confonder poi italiano e dialetto con la lingua locale, mettendo desinenze vernacole a radicali spagnuole, e viceversa, traducendo letteralmente frasi proprie dei due linguaggi, le quali nella traduzione mutan significato o non ne serban più alcuno, e saltando quattro volte, nel corso di un periodo, da una lingua all'altra, come deliranti. Trasecolando gli udii dire *si precisa molta plata* per "ci vuol molto danaro", *guastar capitali* per "spender capitali", *son salito con un carigo di trigo* per "son partito con un carico di grano". E in quest'orribile gergo tirava via a dar addosso alla Camera dei Deputati, al governo *atrasado* (rimasto addietro), al popolo di *mendìgos*, e perfino ai monumenti d'arte, dicendo che, nel ripassare per Milano, aveva trovato il

Duomo molto più piccolo di come l'aveva nella mente. Magnificava invece la bellezza delle pianure americane, facendo un gesto largo e goffo di paesista briaco. Ma poi ricadeva sempre sull'Italia con un intercalare che doveva aver preso nelle cronachette dei giornali di provincia: — Medio evo, medio evo.

L'agente di cambio che lo stava a sentire con me, ridendogli in faccia, e che aveva esperienza di quella razza di patriotti, mi disse che, quando erano in America, giocavano al gioco opposto, ossia si lagnavan di tutto, facendo leva al proprio orgoglio della patria lontana, appetto alla quale giudicavan incivile, ignorante, disonesto il paese da cui erano ospitati, e in cui s'erano fatti d'oro. Ma, di punto in bianco, troncò quel discorso per dirmi che aveva scoperto un amenissimo originale nell'equipaggio, un vecchio marinaio gobbo, preposto alla vigilanza dei dormitori delle donne; ufficio delicatissimo, che richiedeva nell'impiegato non solo la guarentigia d'un'età arcimatura, ma quella della mancanza assoluta di qualsiasi pregio estetico della persona, che potesse toccare un cuore femminile. Questo piccolo gobbo canuto, che doveva separare i due sessi la sera, e badare la notte che nessuna donna uscisse dai dormitori, era un impasto bizzarro di filosofo e di buffone, che spifferava continue sentenze sulle donne, tormento della sua vita, con una solennità predicatoria e qualche volta con dei giri di parole così difficili, che non si capiva affatto quel che volesse dire. Io avrei dovuto interrogarlo, che mi ci sarei divertito infinitamente. — E quest'altro, — mi domandò — l'ha notato? — E mi accennò il bel cameriere impomatato di prima classe, che passava con un vassoio in mano, girando lo sguardo languido sulle signore. Quello era una specie di Ruy Blas marino, che mirava in alto, e si studiava in tutti i modi di far capire che dell'umiltà della sua condizione sociale era consolato a bordo da miracolose e misteriose fortune; e intanto sultaneggiava fra le due cameriere, una genovese frolla e una veneta fresca, che si mangiavano il fegato dalla gelosia, e si scanagliavano ogni mattina nei corridoi, con la cuffia per traverso e le mani sui fianchi, lasciando scampanellar le signore.

In quel momento ci passò davanti un passeggiere, il genovese che a tavola sedeva alla destra del Comandante, un onesto bofficione di cinquant'anni, con un occhio solo e una barba di crino di spazzola; e, passando, fece all'agente un atto della mano, che non compresi. Poi salì sul cassero. Domandai che cosa quell'atto volesse dire. — Vuol dire — mi rispose l'agente — che oggi a desinare ci saranno i maccheroni al sugo. — E mi abbozzò il ritratto di quel signore. Era un negoziante agiato, stabilito a Buenos Ayres, — un infelice come se ne trovan tanti, che, pure godendo a bordo d'un'ottima salute, non possono né discorrere, né leggere, né pensare, e s'annoiano in un modo inimmaginabile, d'una noia che li sgomenta, li tortura, li uccide. Quello là, per sollevarsi un poco, s'era dedicato alla gastronomia, a cui per natura tendeva; aveva fatto relazione col cuoco; era il primo a saper la mattina che cosa si sarebbe mangiato la sera, e ne portava in giro la notizia; entrava venti volte al giorno in cucina, stava a veder pelare i polli, discorreva con gli sguatteri, visitava i forni, bazzicava col pasticciere e con l'oste di prua, scendeva nei magazzini dei viveri, beveva dieci bicchierini di vermouth per far venire l'ora del desinare, e parlava poco, ma non d'altro che di pappatoria, e quando non s'occupava di questa, stava delle ore nella sua cuccetta, con le mani incrociate dietro la nuca, con gli occhi sbarrati, come un ipnotizzato, tirando degli sbadigli da leone, enormi e lamentevoli, l'un sull'altro, senza interruzione, da far pensare (ammessa la fede di non so che popolo, che ad ogni sbadiglio esca dalla bocca dell'uomo l'anima d'un antenato) ch'egli avesse già esalata fin l'anima di padre Adamo.

— Conosce altri? — domandai. — E come no? — (Pretto argentino. *Y como noo?* cantato: tutti gli italiani se lo appropriano.) Ma questa volta, trattandosi di persone molto vicine a noi, abbassò la voce, e mi disse nell'orecchio che guardassi nell'angolo della piazzetta, a sinistra. Fra le signore, ce n'era una di quarant'anni, di occhi grandi e scrutatori, smorticcia, vestita elegantemente: un viso singolare, che, visto un po' di lontano, quando sorrideva, mostrando i bei denti bianchi, pareva bello e buono, e andava a genio; ma, ad avvicinarsi, vi si vedeva come saltar fuori dei tratti duri, delle piccole rughe cattive, e una di quelle bocche amare di ambiziosi delusi e d'invidiosi, che rivelano l'abito d'una maldicenza spietata. Accanto a lei stava seduta una seccherella di ragazza, dell'apparenza d'una quindicina d'anni, d'un biondo slavato, col vestito corto: un viso che non diceva nulla, chino sul ricamo. La signora leggicchiava un libro, ma alzando lo sguardo pronto ed acuto ad ogni passo, ad ogni parola che sentisse intorno a sé, vicino o lontano. Erano madre e figliuola, mi disse l'agente; avevano fatto il viaggio con lui l'anno scorso sul *Fulmine*: la madre aveva condotta la figliuola a perfezionarsi nel pianoforte in Germania: nate in Italia, oriunde spagnuole, stabilite nell'Argentina. La madre aveva una lingua da tanaglie, capace di far nascere un subbuglio in un piroscafo, rosa a tal segno dalla gelosia dei cenci, che ogni nuovo vestito di signora che apparisse a bordo, le era come un colpo di *navaja* nel fianco. — E che le pare della figliuola? — Non mi pareva nulla: una figura di educanda cresciuta male, senza sangue in corpo, da baloccarsi ancora con le bambole. — Ah! che granchio! — esclamò l'agente — mi scusi. — E mi tirò dall'altra parte della piazzetta per parlar più libero. Quel piccolo crostino a cui nessuno badava era un vero soggetto psichiatrico, da dar a studiare agli alienisti. Nel viaggio dell'anno prima, sul *Fulmine*, c'era uno degli ufficiali di bordo, suo amico, un bel giovane, che discorreva qualche volta con la madre, e che in tutto il viaggio non aveva forse scambiato venti parole con quell'acqua cheta bruttina, dalla quale era guardato con l'occhio della più tranquilla indifferenza. Ebbene, lì dentro s'era acceso uno di quegli amori violenti che divampano solamente a bordo, nel silenzio del camerino, in mezzo alla solitudine dell'oceano, dove le anime s'aggrappano qualche volta alle anime con la rabbia con cui s'avvinghiano i naufraghi alle tavole galleggianti. Appena sbarcate a Genova, la signora e la ragazza erano partite per la Germania, e l'ufficiale aveva ricevuto il dì dopo una lettera di otto pagine piene d'una passione così furibonda, di frasi così roventi; ma che frasi! grida d'amore da far fremere, un *tu* brutale ad ogni riga, cascate d'aggettivi insensati, parole ch'eran morsi, baci e singhiozzi, un linguaggio incredibile e irripetibile, – a tredici anni! – e misti a questa lava molti spropositi grammaticali e ortografici, e in mezzo a due fogli... dei capelli. E guardandomi fisso, soggiunse: — Dei capelli. Ma Dio sa do-ve ave-va la te-sta quando se li era tagliati! Ha capito? — È da notarsi: una lettera senza indirizzo per la risposta, una lettera senza secondo fine, dunque, non altro che uno sfogo irrefrenabile dell'anima e del corpo martoriati da venti giorni di silenzio e d'impostura. Io tornai a guardar la ragazza, e mi scappò detto: — È impossibile! — Ma l'agente fece un gesto, come se avessi negato la luce del sole. Era vero. E con questo?... Un documento umano. Ecco tutto.

Mentre egli diceva questo, s'avvicinava il garibaldino, che veniva da prua. Quando mi passò accanto, mi scappò di domandargli: — È stato fra gli emigranti? — così, per simpatia. Egli parve stupito che gli rivolgessi la parola e accennò di sì, soffermandosi, ma di fianco, come chi vuol fare un discorso corto. L'agente, che doveva indovinare in quel signore un'antipatia istintiva per gli uomini della sua indole, si tirò in disparte.

Ridomandai: — Ha visto quei poveri contadini?

— I contadini —, rispose lentamente, guardando il mare —, sono embrioni di borghesi.

Non afferrai subito il suo concetto.

— Hanno il solo merito —, continuò, senza guardarmi —, di non mascherarsi con la rettorica patriottica e umanitaria. Del resto... lo stesso egoismo di belve addomesticate. Il ventre, la borsa. Nemmeno l'ideale della redenzione della loro classe. Ciascuno vorrebbe veder più miserabili tutti, pur di campar lui meglio di prima. Tornino gli Austriaci, ma ad arricchirli, saran con loro. — E soggiunse, dopo una pausa: — Facciano buon viaggio.

— Eppure — osservai — quando sono in America, ricordano e amano la patria.

Egli s'appoggiò al parapetto, rivolto al mare. Poi rispose: — La terra, non la patria.

— Non credo, — risposi.

Egli scrollò le spalle. Poi, senza preamboli, col tuono di chi parla per liberarsi una volta per sempre da un importuno, più che per bisogno di confidarsi a lui, aperse l'animo suo con poche parole rapide e secche. Nemmeno lui rimpiangeva la patria, infine. Essa era riuscita troppo al di sotto dell'ideale per cui s'era battuto. Un'Italia di declamatori e d'intriganti, appestata ancora di tutta la cortigianeria antica, idropica di vanità, priva d'ogni grande ideale, non amata né temuta da alcuno, accarezzata e schiaffeggiata ora dall'uno or dall'altro, come una donna pubblica, non forte d'altro che della pazienza del giumento. Dall'alto al basso non vedeva che una putrefazione universale. Una politica disposta sempre a leccar la mano al più potente, chiunque fosse; uno scetticismo tormentato dal terrore segreto del prete; una filantropia non ispirata da sentimenti generosi degli individui, ma da interessi paurosi di classe. E nessuna salda fede, nemmeno monarchica. Dei milioni di monarchici, incapaci di difendere prodemente, a un bisogno, la loro bandiera, pronti a mettersi a pancia a terra davanti al berretto frigio, appena lo vedessero in alto. Una passione furiosa in tutti d'arrivare, non alla gloria, ma alla fortuna; l'educazione della gioventù non rivolta ad altro; ciascuna famiglia mutata in una ditta senza scrupoli, che batterebbe moneta falsa per far strada ai figliuoli. E le sorelle incamminate per la via dei fratelli, perdendosi di giorno in giorno nella educazione e nella vita della donna ogni spirito di poesia e di gentilezza. E mentre l'istruzione popolare, una pura apparenza, non faceva che seminare orgoglio e invidia, cresceva la miseria e fioriva il delitto. Metà degli uomini che avevan data la vita per la redenzione dell'Italia, se fossero risuscitati, si sarebbero fatti saltare le cervella.

Detto questo, voltò il capo dall'altra parte.

— Questa non è la verità —, gli dissi. — Dei disinganni che ci furon per tutti, siamo stati causa noi stessi, immaginandoci che la liberazione e l'unificazione d'Italia avrebbe prodotto un'immediata e completa rigenerazione morale, ed estirpato miracolosamente la miseria e il delitto. Non confrontiamo lo stato presente con l'ideale, da cui tutti i popoli sono presso a poco egualmente lontani: confrontiamolo col passato. Questo era così obbrobrioso e orrendo, che il solo fatto d'esserne usciti, in qualunque modo, ci deve confortare di tutto.

Non mi rispose.

Gli domandai se andava all'Argentina, se ci aveva dei parenti. Andava all'Argentina, e non ci aveva nessuno.

Allora osservai per la prima volta che aveva una cicatrice dietro l'orecchio, profonda, come d'una ferita di palla di pistola.

Gli domandai se aveva fatto la campagna del sessantasei, non parendomi, per l'età, che potesse aver fatto quella del sessanta.

Aveva fatto anche questa, a sedici anni.

Gli domandai, guardandolo con attenzione, se era stato ferito.

— Mai, — rispose, naturalmente.

Ma nello stesso punto si voltò all'improvviso, e sorprendendomi a guardarlo dietro l'orecchio, mi diede un rapido sguardo indagatore, arrossendo leggermente alla sommità delle guance, mentre gli passava negli occhi un lampo di dispetto. Poi, accigliato, si voltò da capo a guardare l'orizzonte, con un atto brusco che voleva dire chiaramente: — Mi lasci stare. — Ma quello sguardo m'aveva rivelato un segreto della sua vita: un momento terribile, a cui era stato certo condotto da lunghe amarezze, e dopo un grande mutamento seguito a poco a poco nell'anima sua, la quale doveva esser stata un tempo sana e piena di forza feconda come il suo bel corpo di soldato e d'atleta. Ed era morto ogni entusiasmo, e forse anche ogni affetto in lui; ma lo scetticismo in cui era caduto, non era ignobile, perché soffriva, e amava ancora il bene in cui non sperava più: erano rovine, ma d'un edifizio d'oro. Compresi, peraltro, che non sarebbe mai entrato in relazione né con me né con altri, e lo lasciai solo, a guardare il mare.

E andai a guardarlo anch'io, dall'altra parte, poiché dal giorno della partenza non ci si era ancora mostrato così: tutto a belle onde allegre, che venivan su morbide e lucide di cento sfumature verdi e azzurre di cristallo, di velluto, di raso, sormontate di ciuffi e di pennacchi d'argento e di criniere bianche arricciate, e di mille piccole iridi brillanti a traverso a un polverio finissimo di gocciole, su cui si levavano qua e là degli spruzzi candidi altissimi, che eran come le grida di gioia di quella folla danzante al sole, sotto le carezze dell'aliseo. Si vedeva l'onda gonfiarsi quasi fino all'altezza dell'opera morta, e svanire ad un tratto, come una minaccia che si risolvesse in ischerzo, e poi daccapo sollevarsi, come per dire una parola, e risedere indispettita di non poterla dire, per dar luogo ad altre onde che accorrevano, ci guardavano, e sparivano anch'esse, col loro segreto. E si sarebbe rimasti per ore a contemplare quel formarsi e dissolversi continuo di catene di monti nevosi, di valli cupe, di province solitarie e fantastiche, formate, disperse, rifatte, scompigliate come la faccia d'un mondo dal capriccio d'un Dio. Ma quel ribollimento era intorno a noi solamente: lontano, tutt'in giro, il mare era come immobile, d'un azzurro ridente, e tutto picchiettato di macchiette bianche, che parevan le vele di una flotta infinita che ci accompagnasse.

SIGNORI E SIGNORE

Con un gazzettino vivente com'era quell'agente bancario, non tardai a conoscere, anche senza volerlo, quasi tutti i passeggieri di prima. La mattina seguente egli mi si venne a mettere accanto a tavola, al posto dell'avvocato, che non s'era levato da letto. Ogni giorno egli faceva una mezza dozzina di conoscenze nuove. La sera avanti aveva attaccato conversazione con gli sposi, che occupavano il camerino accanto al suo, ed essendosi accorto ch'eran così timidi e impacciati davanti alla gente, si proponeva di stuzzicarli un poco. Appena seduto, domandò allo sposo, che gli era seduto di faccia, se aveva riposato bene. Quegli rispose *bene, grazie*, guardandolo con occhio inquieto. — Eppure —, disse l'altro con l'aria più naturale del mondo, fissando lui e lei, — mi è parso che questa notte il mare fosse agitato. — I vicini sorrisero, e quelli, arrossendo tutti e due, si misero a osservare le posate con attenzione profonda. Ma l'agente non mostrò d'avvedersene. E attaccò il lucignolo subito, parlando piano e spedito, senza far però meno onore alla cucina del *Galileo*. Il prete lungo era un napoletano, stabilito da circa trent'anni nell'Argentina, dove ritornava dopo un breve viaggio in Italia, fatto, diceva (ma era dubbio), per vedere il Papa. Gli aveva inteso raccontar la sua storia una sera. Era andato all'Argentina senza camicia, aveva fatto il parroco nelle colonie agricole nascenti, in varii Stati della Repubblica, in terre quasi disabitate, dove andava a portare il viatico a cavallo, galoppando per notti intere, col santissimo Sacramento a tracolla e la rivoltella alla cintura, e diceva d'esser stato più volte assalito e d'essersi difeso a rivoltellate, e che anche si era dato il caso di viaggiatori, i quali, incontrandolo al lume della luna, atterriti dalla sua gigantesca ombra nera, s'erano dati alla fuga. Si capiva che doveva aver curato altrettanto la borsa propria che l'anima altrui, facendosi pagar matrimoni e sepolture a prezzi d'affezione, tant'è vero che si vantava francamente d'aver messo insieme un buon gruzzolo, e non parlava d'altro che di *pesos* e di *patacones*, con un certo giro inquietante della mano a ventarola, e con un accento di Basso porto, che trent'anni di parlata spagnuola non eran riusciti ad alterare. Del tenore sapeva poco: doveva avere una bella voce, ma un po' di gatto scorticato: del resto, il solito pavone in corpo: fin dal primo giorno andava mostrando ai passeggieri un giornale logoro, con un articoletto di cronaca teatrale, in cui erano sottolineate le parole: *quest'artista possiede la chiave del cuore umano*; e quella chiave del cuore diceva l'agente che lo faceva pensare a quella di casa dei suoi uditori; ma si poteva anche ingannare. Credeva che stesse preparando un concerto vocale e istrumentale per la sera del passaggio dell'equatore. Conosceva meglio la signora bionda dalle calze nere, svizzera italiana, moglie d'un italiano, professore non sapeva di che a Montevideo: aveva fatto con lei il viaggio da Genova in America due anni prima. Una amabilissima creatura, buona come il pane, un cervello di passero, bella e ignorante come una dalia, una vera fanciullona di trent'anni, a cui la condizione degli uomini soli in un lungo viaggio di mare ispirava un sentimento di pietà amorosa e coraggiosa. In dieci anni, rifacendo ogni tanto una scappata in patria, essa aveva già rallegrato del suo riso infantile e consolato della sua dolce pietà sette o otto piroscafi, e godeva d'una certa celebrità simpatica presso le *società di navigazione*. Nel viaggio di due anni avanti, fra l'altre, le era seguita un'avventura comica con un deputato argentino, il quale si trovava appunto con noi, per caso, sul *Galileo*. Costui, che era un signore faceto e amabile, ma assestato e intollerantissimo del disordine nelle cose sue, occupava un camerino sopra coperta. Ora mentre egli giocava nel salone o passeggiava a prua, la signora e una sua amica avevano preso l'abitudine d'andargli a metter tutto sottosopra per farlo poi ammattire a riordinare. E il gioco era riuscito bene parecchie volte. Ma un giorno essendosi arrischiata sola la svizzerella a fare il solito arruffio, era sopraggiunto all'impensata l'argentino e, montato sulle furie, aveva chiuso l'uscio del camerino per obbligarla a rimettere ogni cosa al suo posto. Senonché le cose spostate essendo molte, il lavoro di riordinamento era durato un pezzo, e levatasi in quel frattempo una burrasca per effetto d'un colpo di vento improvviso, la signora aveva dovuto rimaner chiusa là dentro per varie ore, mentre di sotto, pei corridoi, il marito spaventato la chiamava da ogni parte ad alte grida, e voleva che si gettasse una lancia in mare per ripescarla, senz'accorgersi della ridente commiserazione che lo circondava. Nondimeno tutto era finito senza guai. Ma in questo viaggio pareva che il signore e la signora non dessero segno di conoscersi. Io mi voltai a guardar lui, in fondo alla tavola: era un bruno tra i trentotto e i quaranta, di profilo energico, con l'occhialetto: una faccia d'uomo, infatti, da non permettere che gli si violasse impunemente il domicilio. Quanto al marito professore, disse l'agente, era un bel capo: appassionato, sebbene avesse una faccia più letteraria che scientifica, per gli studi di meccanica nautica: passava le giornate in grevi meditazioni davanti alla macchina, ai timoni, ai verricelli, a ogni più piccolo ordigno del piroscafo, facendosi dare dagli uffiziali delle spiegazioni minute, che andava poi a ripetere a prua, per il gusto di sbocconcellare al popolo il pane della scienza, mentre altri gli addentava il suo a poppa. Ma in quel momento io stavo osservando, accanto all'argentino, un signore biondo slavato, con due favoriti che parevan due salici piangenti di capelli, come quei che si vedono nelle vetrine dei parrucchieri; il quale girava intorno degli occhi di pesce sospettosi, e non parlava a nessuno. Domandai all'agente se sapeva chi fosse. Oh! un bel caso. Si sospettava che fosse un ladro fuggitivo. Ne correva la voce sul *Galileo*. Era un francese. Non si sapeva quale dei passeggieri, leggendo il *Figaro* arrivato a Genova il giorno stesso della partenza, aveva creduto di riconoscere una maravigliosa rassomiglianza fra quella faccia strana e diffidente, e certi connotati che dava il giornale parigino di un cassiere di non so quale casa bancaria di Lione, scappato tre giorni prima, lasciando un vuoto di macchina pneumatica. Egli avrebbe fatto delle investigazioni: alla peggio, sperava di scoprire il segreto all'arrivo, quando fosse salita a bordo la polizia. Della coppia matrimoniale che sedea dirimpetto a costui, non aveva ancora chiesto informazioni: erano i miei due vicini di camerino, quelli della *spazzola*: la signora, sulla quarantina, piccoletta, con due occhi freddi, e un perpetuo sorriso forzato sulle labbra sottili; non brutta, ma di quelle persone a cui l'animo ha guastato il viso, le quali, a primo aspetto, ispirano ripugnanza per cagion del male che debbono fare agli altri, e compassione per quello che debbono soffrire esse medesime: il marito, una figura di maggior di cavalleria in riposo, d'animo forte, pareva; ma domato da una natura più forte della sua, e logorato da un'afflizione sorda e immutabile. Non si parlavano mai, come se non si conoscessero, e non erano mai insieme, fuorché a tavola; ma il mio vicino aveva osservato che lei saettava a lui delle terribili occhiate di traverso, quando le pareva che fissasse qualche signora: all'affetto morto era sopravvissuta la gelosia dell'orgoglio. Una coppia male accoppiata, insomma, come due forzati stretti da una catena, fra i quali ci doveva essere un'avversione profonda, e un mistero. Quello che conosceva meglio di tutti era il comandante: bravo marinaio, rozzo e irascibile, possessore d'un vocabolario maravigliosamente ricco di sacrati e d'ingiurie genovesi, che prodigava al basso personale dell'equipaggio: vere litanie d'improperi, condotte con un crescendo di effetto irresistibile; e altero della vigoria dei suoi pugni, dei quali s'era molto servito durante i suoi vent'anni di onorato comando. Aveva una fissazione, quella d'una severità assoluta in fatto di morale. *Porcaie a bordo no ne véuggio.* — Non voglio porcherie a bordo — era il suo intercalare. Voleva il bastimento casto come un monastero, e credeva d'ottenerlo. All'occasione dava delle lezioni memorabili. In uno degli ultimi viaggi, avendo scoperto una sera che due passeggieri di diverso sesso, non legati né dal codice né dalla chiesa, erano addormentati in un camerino di coperta, egli aveva fatto inchiodare una grand'asse a traverso all'uscio, e ce l'aveva lasciata fino a che i due, il dì seguente, morsi dalla fame, dopo aver picchiato furiosamente, erano stati costretti a uscire coram populo, *mëzi morti da a vergêugna.* Ma aveva rischiato d'ammalare dalla rabbia nell'ultima traversata, portando da Buenos Ayres a Genova un'intera compagnia lirica, e un corpo di ballo di cento e venti gambe; a tener a segno le quali non ci sarebbero stati sul piroscafo abbastanza assi né chiodi; e tutta la sua eloquenza minacciosa nella lingua del *scì* non aveva impedito che il *Galileo* si convertisse in un paradiso maomettano, filante dodici miglia all'ora. In condizioni ordinarie, peraltro, quando non era soverchiato dal numero e dall'audacia del nemico, era rigoroso al punto da non tollerare nemmeno un corteggiamento discreto. Ma si vantava di far stare tutti a segno senza mancare menomamente alle leggi della cortesia, di saper dir tutto a tutti senza offendere. Quando un passeggiere si stringeva troppo intorno a una signora, egli lo chiamava in disparte, e gli diceva rispettosamente: — Mi scusi, lei comincia a diventar nauseante (*angoscioso*). Porcaie a bordo no ne vêuggio. – Del rimanente, un galantuomo. Il vecchio maestoso che gli stava accanto – l'Hamerling –, era un chileno, un gran signore, chiamato a bordo *quello che fa forare una montagna*, perché aveva fatto quel po' di viaggio dal suo paese (trentacinque giorni di mare) per andare a comprare delle perforatrici in Inghilterra, non trattenendosi in Europa, dallo sbarco all'imbarco, che due settimane precise. Serio, come sono i chileni in generale, e di modi aristocratici, aveva bazzicato nei primi giorni la brigata degli argentini; ma questi avendolo punto in una disputa sull'eterna questione dei confini meridionali delle due repubbliche, egli se n'era scostato, e non parlava più che col comandante e col prete. Altri non conosceva, per il momento, il mio vicino. Ma andava spiando un giovane toscano sbarbatello e azzimato, seduto a tavola davanti alla moglie del professore, addosso alla quale lasciava gli occhi, assorto a tal segno che qualche volta gli rimaneva la forchetta per aria, a mezza via tra il piatto e la bocca, come colpita anch'essa d'ammirazione. Costui aveva l'aspetto d'un Don Giovannino affamato, che facesse la prima volata lunga fuori di casa; ma dotato, sotto quell'apparenza di primo amoroso esordiente, d'un'audacia unica; e mentre circuiva la svizzera, che doveva aver conosciuto a terra, faceva ogni momento delle escursioni a prua, fiutando l'aria come un poledro stallino, la sera in special modo, con molto rischio di farsi spolverare dagli emigranti i panni attillati, ch'ei cambiava due volte al giorno. Ciò dicendo, l'agente fece rotolare un'arancia fin quasi sul piatto dello sposo, e tese improvvisamente la mano, dicendo: — Favorisca... — Povero sposo! Proprio in quel momento, approfittando della solita confusione d'ogni fin di pasto, egli lasciava spenzolare il braccio destro sotto la tavola, mentre la sposa teneva nascosto nello stesso modo il braccio sinistro: alla improvvisa domanda, le due mani risalirono vivamente sopra la mensa, separate, è vero, ma troppo tardi: la "casta porpora" aveva già tradito il segreto. — Son troppo felici, — mi disse sotto voce l'agente; — *gli* voglio amareggiare la vita. — Poi s'alzò, e mezz'ora dopo, salendo sul cassero, lo vidi sul castello centrale, che discorreva con un prete delle seconde classi. Ma queste, quasi spopolate, non dovevano offrire gran pascolo alla sua curiosità. C'eran due preti vecchi che leggevano quasi sempre il breviario; una vecchia signora sola, con gli occhiali verdi, che sfogliava dalla mattina alla sera una raccolta di antichi giornali illustrati, e una famiglia numerosa, tutta vestita a lutto, che formava in mezzo al piroscafo un gruppo nero e triste, immobile per ore intere. Solamente i due ragazzi più piccoli facevano qualche volta, per il ponte pénsile, una scappata fin sul cassero di poppa, dove la signorina dalla croce nera li carezzava mestamente, con le sue manine affilate d'inferma.

RANCORI E AMORI

Uno spruzzo d'acqua ricevuto in pieno viso la mattina all'alba, nel punto che aprivo il finestrino per respirare, mi fece stare in cuccetta tutto il giorno dopo, con un turbante bagnato intorno al capo, a meditare sulla brutalità *del gran padre Oceàno*: lo schiaffo era stato così violento e appoggiato bene, che m'aveva mandato a battere della contraccassa del cervello nella parete opposta al camerino, e fatto ricadere stordito, in un lago d'acqua, con la bocca piena di sale.

Per quest'accidente non potei fare che la mattina del nono giorno la mia prima visita agli emigranti. Ruy Blas, porgendomi dignitosamente il caffè, m'annunziò che il tempo era bello; ma più che il suo decotto, mi svegliò il solito concerto mattutino dei gorgheggi del tenore e del gnaulío del bimbo brasiliano, accompagnati dalle note del pianoforte, che doveva esser sonato da quel bel tometto della signorina della lettera. Fra questi rumori, mi ferì l'orecchio una discussione concitata che veniva dal camerino accanto, occupato dalla signora della spazzola e da suo marito. Oh miseria! Non capivo che qualche parola qua e là; ma lo stridore e l'accento di quelle due voci, ferme nella loro concitazione, e animate da un sentimento meno caldo e più tristo dell'ira, rivelavano la consuetudine della disputa nata di nulla, involontaria quasi, come uno straripamento improvviso di pensieri e di sensi maligni, ch'ei lasciassero andare per non morir soffocati. Il dialogo era rotto da risa sardoniche e da parole tronche, ripetute parecchie volte or dall'uno or dall'altro, sullo stesso tuono, come un ritornello ingiurioso, e da certi: — Taci! Taci! — piuttosto che detti, fischiati, in cui non si distingueva più la voce dell'uomo da quella della donna, e parevan lacerati dai denti. Era come una lotta sommessa di soffi avvelenati, cento volte più penosa a sentirsi che le percosse e le grida. Che tremenda cosa quell'odio coniugale dentro a quella segreta, nel mezzo dell'oceano, quelle due creature avviticchiate per mordersi, che portavano da un mondo all'altro l'inferno che le straziava! Tutt'a un tratto tacquero, e pochi minuti dopo, mentre io uscivo, uscivano essi pure, vestiti di tutto punto, e apparentemente impassibili; ma, arrivati alle due scalette che conducevano in coperta, voltarono l'uno a destra l'altro a sinistra, senza guardarsi. Pel corridoio m'imbattei nel giovine toscano, attillato, che stava in sentinella, e passando davanti all'uscio della signora svizzera, mi parve di veder scintillare al fessolino un occhio azzurro. Poi m'urtai nell'agente, il quale mi disse ex-abrupto: — Ma sa che quegli sposi mi seccano! — Aveva sentito che la sposa, la sera, diceva le orazioni. E poi... mille noie. Fra le altre cose, a tempo perso, studiavano la grammatica spagnuola: coniugavano dei verbi a mezza voce, interrompendosi a ogni tempo per darsi dei baci. Giusto la sera avanti aveva inteso un passato remoto insopportabile. Voleva farsi cambiar di camerino. E aveva notizie nuove da darmi intorno a nuovi personaggi; ma lo pregai di serbarle a più tardi, e andai difilato a prua, col proposito di mescolarmi cogli emigranti, e di entrare in discorso con loro.

Era l'ora della pulizia, la prua affollata, il cielo chiaro: tutto pareva propizio. Ma non tardai ad accorgermi che l'impresa era meno facile di quello che credevo. Mentre passavo in mezzo alla gente seduta, badando a non pestare i piedi a nessuno, m'intesi dire alle spalle: — Largo ai signori! — e voltandomi, incontrai lo sguardo d'un contadino, il quale mi fissò sogghignando con un'aria che confermava arditamente il senso sarcastico dell'esclamazione. Un poco più in là, avendo steso la mano per carezzare un bambino, sua madre lo tirò a sé con cattivo garbo, senza guardarmi. Non posso dire la pena che ne provai. Io non avevo pensato allo stato d'animo in cui era naturale che si trovasse molta di quella gente mentre erano ancora tumultuanti in essa le memorie della vita intollerabile, per troncar la quale avevan deciso di lasciar la patria, e acceso tuttavia il risentimento contro quella svariata falange di proprietari, esattori, fattori, avvocati, agenti, autorità, designati da loro col nome generico di signori, e creduti congiurati tutti insieme ai loro danni, e autori primi della loro miseria. Per essi io ero un rappresentante di quella classe. E neppure avevo pensato che dovesse riuscir loro particolarmente odioso, in quello stato d'animo, un abitante di quel piccolo mondo privilegiato di poppa, immagine dell'altro a cui s'eran sottratti; il quale li accompagnava anche sul mare, come un vampiro, che li volesse andare a dissanguare fino in America. Ciò posto, era impossibile che comprendessero il sentimento rispettoso e benevolo che mi animava, e imprudente l'attaccar discorso così di punto in bianco con alcuno di loro. Se l'avessi fatto, m'avrebbero creduto mosso da una curiosità crudele di sentir racconti di guai, o preso per un intrigante, per qualche impresario mestatore, imbarcatosi sul *Galileo* per accaparrar lavoratori di sottomano, senza l'incomodo della concorrenza. Queste riflessioni fecero cadere improvvisamente tutte le mie speranze.

Allora buttai via il sigaro, e cominciai a girare guardando gli alberi e i cordami, come se non m'occupassi che del piroscafo; ma tendendo l'orecchio. Molti gruppi fissi s'eran già formati, come accade sempre, fra emigranti della stessa provincia o della stessa professione. La maggior parte eran di contadini. E non mi fu difficile di cogliere l'argomento predominante delle conversazioni: il triste stato della classe agricola in Italia; – troppa concorrenza di lavoratori, tutta a vantaggio dei proprietari e dei fittavoli; – salari scarsi, – viveri cari, – tasse eccessive, – stagioni senza lavoro, – cattive annate, – padroni ingordi, – nessuna speranza di migliorare il proprio stato. I discorsi, per lo più, avevan forma di racconti: racconti di miserie, di birbonate e d'ingiustizie. In un crocchio, in cui pareva che dominasse come una nota d'allegria amara, ridevan della rabbia che avrebbero divorata i signori quando si fossero ritrovati senza braccia, costretti a raddoppiare i salari, o a dar le loro terre per un boccone di pane. — Quando saremo andati via tutti, — diceva uno, — creperanno di fame anche loro. — E un altro: — Non passa dieci anni, *dà fuori* la rivoluzione. — Ma quelli che lanciavan le frasi più arrischiate, parlavan più basso, e dopo aver data intorno un'occhiata, perché temevano molti, come poi seppi, che a bordo ci fosse un servizio segreto di polizia, per conto del Governo. C'erano dei crocchi di contadini calabresi, con le loro mantelline a cappuccio, e i loro sandali, legati con le zampitte; ma pochi di essi parlavano. In altri gruppi si discorreva del mare e dell'America: e si riconoscevan facilmente quelli che v'eran già stati, all'attenzione con cui gli altri li stavano a sentire, e alla voce alta, al tono di sicurezza col quale sdottoravano; perché è incredibile quanto possa in molti la vanità anche in quelle angustie, quanto sia forte il prurito di farsi conoscere, di fabbricarsi un piedestallo anche tra quella povera folla, per mostrarsi superiori alla miseria in cui son ridotti e da cui son circondati.

Quelli che udivo parlare più spesso erano i liguri, e quasi si sarebbero riconosciuti, senza sentirli, all'aspetto sicuro, e quasi baldanzoso, derivante dalla coscienza dello spirito commerciale e marinaresco e dei cinquant'anni d'emigrazione fortunata della loro razza: avevan l'aria o se la davano, di trovarsi sul piroscafo a loro agio, come in casa propria. I montanari, per contro, quasi tutti immobili e taciturni, e come istupiditi dallo spettacolo di quell'immenso piano uniforme, tanto diverso da quello angusto, rotto, intimo delle loro montagne. Si vedevano poi, tra i moltissimi ritti impalati come automi, o accovacciati come fiere, parecchi di quegli spiriti allegri e leggieri, che le novità e il contatto della folla eccitano come il vino: e questi gironzavano di crocchio in crocchio e rivolgevano la parola da tutte le parti, ridendo alla gente e al mare, come se avessero saputo di trovar dei mucchi d'oro allo sbarco. E già dalle molte coppie d'uomini e anche di donne che chiacchieravano tranquillamente, seduti l'uno di fronte all'altro, come sull'uscio di casa, fumando o lavorando, si capiva che s'erano strette molte di quelle amicizie di viaggio, alcune delle quali perdurano, o si riappiccano, dopo molti anni, in America, e rimangono le predilette, improntate per tutta la vita di quel primo bisogno, che le fece nascere, di espandersi e di farsi coraggio a vicenda dinanzi all'avvenire misterioso. Delle donne facevan cerchio, coi bimbi in braccio, come ai crocicchi delle strade. Vicino alla *cambusa*, – l'osteria delle terze, – vidi le coriste lombarde, ridenti con disinvoltura teatrale, in mezzo a un gruppo di giovanotti svizzeri; i quali, forse con intenzione politica, portavano tutti un berretto di panno rosso, e supplivano con una mimica troppo eloquente alla scarsa conoscenza della grammatica meneghina. Incontrai la grossa bolognese, col suo inseparabile borsone a tracolla, saettato da molti sguardi curiosi, la quale passeggiava sola, a passi di prima donna, guardandosi ogni momento ai piedi, con una smorfia di nausea, per scansare le lordure. Il tavolato, infatti, sparso di pezzetti di carta, di bucce di mela, di briciole di gallette, d'un po' d'ogni cosa, aveva l'apparenza d'un campo dove avesse bivaccato un reggimento. E, in generale, le facce e i panni dei soldati non discordavano dall'aspetto del terreno. Molti visi, anzi, pareva che serbassero ancora intatte le scaglie del dì della partenza. Ma trattenni dentro, osservandoli, ogni parola di rimprovero, poiché pensai agli emigranti tedeschi che trovano a Brema, prima d'imbarcarsi, vitto, ricovero e bagni, per rimettersi dal viaggio di terra; mentre i nostri dormono sui marciapiedi.

Mi diressi dalla parte dei cernieri dell'acqua dolce. La bella genovese era sempre là, col suo giubbino bianco e con la gonnella azzurra, tra il piccolo fratello e il padre, occupata a cucire: pulita e fresca come un fiore. Ma gli ammiratori si erano raffittiti: aveva ora intorno, a varie distanze, una dozzina di passeggieri, che la covavan con gli occhi, e scherzavano tra loro, parlandosi negli orecchi, con certi ghigni e baleni nello sguardo, che non lasciavano incertezza sull'indole della loro ammirazione. Altri s'avvicinavano, s'alzavano in punta dei piedi per vederla, e poi se n'andavano. Era già famosa, dunque, e sarebbe stata lei, senza dubbio, il "grande successo" del viaggio nella società di prua. Ma la celebrità non l'aveva mutata di un'ombra. Ogni tanto essa alzava gli occhi azzurri, tranquillissimi, come se invece d'uomini, avesse avuto attorno degli alberi, e sempre con la stessa placidità graziosa riabbassava il capo sul lavoro, ripresentando come inconsapevolmente a tutti quegli sguardi il suo bellissimo collo bianco e il viluppo magnifico delle sue trecce dorate. Ah! povera cucina della terza classe! Voltandomi verso il finestrino, vidi la faccia vermiglia del cuoco, con la fronte corrugata e gli occhi fissi. Fuor d'ogni dubbio, divampava una passione tra le cazzaruole. La salute pubblica era in pericolo. Mentre l'osservavo, vidi che il suo sguardo, deviando dalla ragazza, pigliava un'espressione più truce, ed io, seguendolo, riuscii con gli occhi sopra un viso del cerchio degli ammiratori, che mi distrasse da lui. Era un giovine di forse meno di vent'anni, spersonito e imberbe, con due spallucce misere che parevano un attaccapanni, un che di mezzo, all'aspetto, tra il maestro di villaggio e lo scrivano, di quelli che vanno in America a cercare un impieguccio: seduto sopra un barile ritto, egli teneva lo sguardo confitto nella ragazza con un'espressione d'amore così ardente, d'adorazione così umile, che avrebbe strappato un'occhiata di compassione a una donna di marmo. Aveva l'aria d'esser solo a bordo: portava una cintura di cuoio giallo ai fianchi, che doveva contenere tutto il suo peculio. L'osservai per un pezzo, e sempre lo vidi con quegli occhi fissi, umidi, animati di un leggerissimo sorriso triste, come di pietà per sé stesso, e con tutta la persona immobile, nell'atteggiamento di chi si contenta d'ammirare, e non aspetta né spera nulla, e starebbe lì per la vita. In tutto quel tempo, la ragazza non mostrò d'accorgersi di lui. Egli languiva là, solitario, come uno stilita sulla colonna, e il calore della sua povera fiamma ignorata andava disperso nello spazio come il fumo del *Galileo*.

Di là andai sul castello di prua, che era pieno di gente. Salendo, intesi dire accanto a me: — *Già, vegnen chì al teater*. Quel *vegnen* era per me, naturalmente. Qui fui accolto peggio che altrove, con occhiataccie e con voltate di spalle, e non con questo soltanto: *sub terris tonuisse putes*. Mi venne in mente, e non m'ingannavo, che fosse quella una specie di *montagna*, dove si raccogliessero gli emigranti di idee più rivoluzionarie, quelli che avevan bisogno d'appartarsi per tener dei discorsi arrischiati, e che di là, come da un focolare di malcontento, dovessero muovere le proteste contro il vitto e le congiure contro il regolamento. Si vedevan delle facce ardite e scure, e degli atteggiamenti di bravi in riposo. Dovevan essere tutti celibi, o di quegli emigranti che lasciano a casa la moglie, dopo due o tre anni di matrimonio: categoria molto numerosa, o perché sian spinti a emigrare dai bisogni nascenti della famiglia, o perché, fatto il primo esperimento della vita coniugale, e seccatisi, ne vogliano uscire per quella via. In un crocchio, riconobbi il vecchio lungo che aveva mostrato il pugno alla patria la sera della partenza: un tipo di avventuriere scarno, con gli occhi accesi, con certe corde del collo che gli volean crepare la pelle, vestito d'un logoro gabbano verde, che pareva uno spoglio di commediante: scoperto il capo, con le ciocche grigie al vento. E parlava forte, con accento toscano, gesticolando con l'indice in alto. Intesi, girando alla larga, la parola *pagnottisti,* e ricevetti tra capo e collo una guardataccia a fendente, che mi fece allungare il passo. Vicino alla boccaporta del molinello, sonava un piccolo pifferaro; ma il vento si portava via le note, e nessuno gli badava. Alcuni, seduti in cerchio sul tavolato, giocavano alle carte. E all'estrema punta del piroscafo, sopra il tagliamare stava in piedi una strana figura di saltimbanco, con una lunga faccia ossuta e olivastra illuminata da due grand'occhi verdi, coi capelli neri cadenti sulle spalle, e le braccia seminude incrociate sul petto, sur una delle quali eran tatuate le iniziali AS e una croce: e così ritto e tetro in quella solitudine, ora levato su ora portato giù dal movimento forte della prua, come se danzasse per aria, pareva l'immagine personificata di tutte le tristezze e di tutte le miserie accumulate su quelle tavole, il simbolo vivente della esistenza errabonda e del destino incerto di tutti. V'era una sola donna lassù, una vecchia, seduta sopra una bitta accanto a suo marito, pure vecchio; tutti e due con le braccia incrociate sulle ginocchia, e la fronte chinata sulle braccia, in modo che non si vedevano i visi, ma solo i capelli grigi e radi, e i due colli rugosi, che mostravan passata la settantina, allungati in un atteggiamento di abbandono e di stanchezza mortale. Che andavano a fare in America? A raggiungere dei figliuoli, forse. Nulla avevo ancor visto a bordo di più compassionevole di quelle due vecchiaie disfatte, e quasi già afferrate dalla morte, che emigravano alla terra della lotta e dell'avvenire. Mi chinai a guardarli: dormivano. A pochi passi da loro, ritto contro il parapetto, incappucciato e solitario, c'era il frate che andava alla Terra del Fuoco; una faccia di cera, con due occhi vuoti, impassibile.

Scendendo dal castello di prua, mi trovai faccia a faccia col medico: un napoletano, Giovanni Nicotera pretto sputato, ma con gli occhi e i modi d'un altro, distratti e flemmatici: caso non raro di rassomiglianza fisica fra persone di natura opposta. Scesi con lui nell'infermeria, una specie di stanzone oblungo, rischiarato dall'alto, con due ordini di cuccette all'intorno. C'era un bambino malato di rosolia, un amore di bambino, coi capelli biondi arricciolati, rosso dalla febbre, e accanto a lui, in piedi, una campagnuola dei dintorni di Napoli, un pezzo di donna, che appena visto il medico, si mise a piangere, soffocando i singhiozzi nelle mani. Il medico esaminò il bambino, poi le disse in tuono di rimprovero: — La malattia fa il suo corso. Non v'avete a inquietare. Levatevi quell'ideaccia dal capo. — E mi spiegò che certe donnacole le avevano sconvolto l'anima dicendole che, se fosse seguita una disgrazia, le avrebbero buttato il bambino in mare: a quest'idea essa si disperava. Poi domandò forte, voltandosi da un'altra parte: — E voi, come va? — Allora vidi spuntare di dentro a una cuccetta bassa la testa d'un vecchio macilento; il quale, malgrado che il medico vi si opponesse, volle cacciar fuori le gambe, e mettersi a sedere sull'orlo della sua buca. Era vestito. Rispose con un filo di voce: — Non c'è tanto male. — Il medico lo esaminò, e crollò il capo. Aveva una polmonite grave, s'era dovuto coricare il dì dopo della partenza. Era un contadino pinerolese, solo, che andava all'Argentina a raggiungere un suo figliuolo. Io gli domandai in che parte dell'Argentina si trovasse. Non lo sapeva. Il suo figliuolo minore era andato all'Argentina tre anni prima, lasciandolo a casa con l'altro, che gli era morto. Allora quello gli aveva fatto scrivere che andasse con lui, mandandogli un *buono* per il viaggio, ma senza dargli l'indirizzo preciso perché lavorava alle strade e mutava sede. Gli aveva però indicato il modo di ritrovarlo. E dicendo questo il povero vecchio ficcò la mano scarna in una tasca del petto, e ne cavò una manata di carte logore e unte, che incominciò a far scorrere con le dita tremanti. In quel punto un movimento brusco del piroscafo lo fece urtar forte col capo calvo contro il tetto della cuccetta: egli vi passò la mano su, per sentir se c'era sangue e riprese a far passare i fogli: buste lacere, carte con cifre – forse gli ultimi conti del padrone – una ricevuta, un piccolo calendario. Trovò finalmente un mezzo foglio sgualcito, dove era scritto a caratteri grossi, ma schiccherati d'inchiostro e quasi illeggibili, il nome d'un villaggio della provincia di Buenos Ayres, nel quale, al tal numero della tal via, egli avrebbe trovato ospitalità in una famiglia piemontese, presso di cui, dentro il mese, sarebbe venuto a prenderlo un *patriotta*, suo compagno di lavoro, che l'avrebbe condotto dov'era il figliolo: *'l me Carlo*. Con quelle indicazioni, vecchio, malato, ignaro di tutto, era partito per l'America! — Ho una gran paura —, disse il medico uscendo —, che sia partito troppo tardi.

E volle che andassi con lui a vedere il "presepio". In un cantuccio di prua, formato da una stia di tacchini e da una grossa botte addossata all'opera morta, – largo appena da vuotarvi un sacco di carbone –, s'era fatto il covo una famiglia di cinque persone, che vi passavan la giornata, pigiate e appiccicate in modo fra sé e alle pareti, da far pensare che non si fossero ficcati là che per gioco. Era una famiglia di contadini, dei dintorni di Mestre: marito e moglie ancor giovani: lei incinta avanzata; due gemelli maschi di sei anni, e una ragazzina sui nove, che aveva il capo fasciato. Questa faceva la calza, sul davanti, e i marmocchi biondi erano imprigionati fra le gambe del padre, che fumava la pipa, con le spalle al parapetto, porgendo un braccio alla moglie, che gli rimendava la manica. Poveri, ma puliti: sei visi che spiravano una cert'aria di bontà e di rassegnazione serena. All'avvicinarsi del medico, l'uomo s'alzò sorridendo, e gli disse che la *putela* stava meglio: s'era ferita due giorni innanzi ruzzolando per la scala del dormitorio. — E come va questa cucina? — gli domandò il medico. Il contadino andava ogni giorno in cucina, con altri emigranti, a sbucciar patate e a sgranar fagiuoli sotto la direzione dei sottocuochi, che davan loro in compenso qualche bicchier di vino. — La va ben —, rispose — almanco se beve. — Ma quel *capo-cogo* era d'un umore! Poi, interrogato, raccontò la sua storia. Uno zio gli aveva lasciato un po' di terreno, tanto da poterci campare, o quasi, lavorando per due. *Ma co' no ghe xè fortuna*, ogni cosa va alla diavola. Sul podere c'era qualche ipoteca, e poi... cento e dieci lire d'imposta, due annate cattive da principio: insomma, egli s'era rotto la schiena per cinque anni senza riuscire a cavarsela. E sì che la *muger* sfondava al lavoro quanto un uomo; ma eran cinque bocche, e tre non aiutavano. Stroncarsi l'anima, esser sempre indebitato, e polenta e sempre polenta, e veder i figliuoli che deperivano di giorno in giorno, non era una cosa che potesse durare. Poi una lunga malattia della ragazza. Da ultimo il fulmine gli aveva ammazzato una vacca. E allora, buona notte. Aveva venduto tutto, voleva un po' vedere se in America ci fosse modo di strappar la vita. Buona volontà e coraggio non gli mancavano... *Ma co' no ghe xè fortuna!* Poi disse con premura: — *Saludè, putei, che vien la paronçina* — E fui molto stupito di veder venire innanzi, in mezzo alla folla di prua, la signorina dalla croce nera, col suo vestito color verdemare, appoggiata al braccio della sua compagna, più pallida, più esile che non l'avessi mai vista. S'avvicinò alla famiglia, domandò notizie alla ragazza, in veneziano, e passò la mano sulle teste dei gemelli: poi cavò di tasca un piccolo pacco, che doveva esser di frutta o confetti, e lo porse loro con una certa grazia stanca di malata, e col suo sorriso malinconico, d'una grande dolcezza. Frattanto il medico, tiratomi indietro, mi diceva che era essa pure di Mestre, e che aveva riconosciuto quella famiglia di contadini il giorno della partenza, mentre s'imbarcavano: era figliuola d'un ingegnere, vedovo, il quale dirigeva i lavori d'una strada ferrata nell'interno dell'Uruguay, da due anni; e andava con la zia, che aveva un anno solo più di lei, per vederlo "ancora una volta." Io chiedevo spiegazione di queste ultime parole, quando la signorina tossì, e non ebbi più bisogno di finir la frase. E occorreva ancora che il medico mi accennasse una donna seduta là vicino, sola, la quale guardava quella famiglia con due occhi vitrei, e come atterriti, in cui appariva il barlume d'un sentimento d'invidia, e il pensiero immobile d'un affetto perduto. Era una veneta, quella pure, che andava a raggiungere un suo fratello a Rosario, poiché due mesi innanzi, in una rissa, le avevano pugnalato il marito.

E tutta questa miseria è italiana! — pensavo ritornando a poppa. E ogni piroscafo che parte da Genova n'è pieno, e ne parton da Napoli, da Messina, da Venezia, da Marsiglia, ogni settimana, tutto l'anno, da decine d'anni! E ancora si potevan chiamare fortunati, per il viaggio almeno, quegli emigranti del *Galileo*, in confronto ai tanti altri che, negli anni andati, per mancanza di posti in stiva, erano stati accampati come bestiame sopra coperta, dove avevan vissuto per settimane inzuppati d'acqua e patito un freddo di morte; e agli altri moltissimi che avevan rischiato di crepar di fame e di sete in bastimenti sprovvisti di tutto, o di morir avvelenati dal merluzzo avariato o dall'acqua corrotta. E n'erano morti. E pensavo ai molti altri che, imbarcati per l'America da agenzie infami, erano stati sbarcati a tradimento in un porto d'Europa, dove avevan dovuto tender la mano per le vie; o avendo pagato per viaggiare in un piroscafo, erano stati cacciati in un legno a vela, e tenuti in mare sei mesi; o credendo di esser condotti al Plata, dove li aspettavano i parenti e il clima del loro paese, erano stati gittati sulla costa del Brasile, dove li avevan decimati il clima torrido e la febbre gialla. E pensando a tutte queste infamie e alle migliaia di miei concittadini che, in grandi città straniere, campan la vita coi più degradanti mestieri, e ai branchi d'istrioni affamati che spargiamo alle quattro plaghe dei venti, e alla tratta miseranda dei fanciulli, e ad altre cose, provavo un senso d'invidia amara per tutti coloro che possono girare il mondo senza trovare in ogni parte miserie e dolori del proprio sangue.

Ma a raddolcire ogni amarezza, il buon Dio aveva messo a bordo due commessi viaggiatori francesi. Uno era parigino, un buon giovane, benché un poco lezioso; ma una faccia, poveretto, che mi pareva d'averla vista per la prima volta in un'opera illustrata del Darwin, al capitolo delle catarrine. L'altro l'ho già accennato: era un marsigliese di cinquant'anni, con busto di Patagone e le gambe corte, di cui una arcata, che strascicava; e aveva una faccia di Napoleone I gonfiato, d'una gravità che faceva parere doppiamente buffe le continue e grosse corbellerie che gli uscivan di bocca. Si spacciava per corrispondente commerciale del *Journal des Débats*; ma non ci credeva nessuno; e si piccava di letteratura, citando a ogni proposito un libro solo, che era il suo vangelo, e di cui non aveva mai letto che il titolo: il dizionario del Littré, *un ouvrage qui resterà dans les siècles*. Oltre di ciò si vantava di conoscere a fondo l'Italia, e parlava un italiano da far scappare i pescicani. Ma il più lepido era questo, che non avendo mai avuto in Italia, come si capiva dai suoi discorsi, altro che avventure da canti di strada, parlava in cattedra del bel sesso italiano, facendo mille sottili distinzioni fisiologiche e psicologiche, alla Stendhal, fra le signore delle nostre città grandi, come se avesse fatto i suoi studi sul fiore di tutte le aristocrazie, in qualità di Ambasciatore di Francia. Del resto, un modo di ragionare in tutte le cose, assai comune fra i francesi della piccola borghesia, a scappatoie e frasi fatte, delle quali si potrebbe considerare come tipo la seguente, opposta da lui a un argentino, che diceva la birra nociva: — *J'ai assisté à l'enterrement de bien des gens qui n'en buvaient pas*. Ma il suo forte erano le avventure galanti, ch'egli raccontava così tra la burla e la vanteria, con dei gesti da attore, stando in piedi, e che terminava sempre facendo un frullo con le dita e una piroetta sopra un tallone, per ripiantarsi in faccia all'uditore con un: — *Et voilà!* — come un giocoliere che vuol l'applauso.

Quella mattina appunto egli e il suo collega, che gli sedeva di fronte a tavola, ci rallegrarono tutti con una discussione, non so come nata, intorno a quanto si spendesse a Parigi da uno dei così detti *Marchands de vin* per mangiare da galantuomo. Dopo non molte parole, avendo l'attenzione dei commensali acceso l'amor proprio di tutti e due, il parigino, stizzito, si lasciò scappare di bocca con un tuono di compatimento, che il suo contradditore non conosceva Parigi.

Il marsigliese scattò come una molla. — *J'ai fait vingt-cinq voyages a Paris, monsieur!*

— *Et moi,* — rispose l'altro alzandosi, in mezzo al silenzio generale; — *je l'habite!*

Ma il viso, l'accento, il gesto furono così solenni, che provocarono una risata fragorosa, la quale soffocò quasi la risposta del marsigliese inviperito: — ...Vous prenez la chose sur un ton... *Nous nous moquons pas mal de Paris... Thiers qui a sauvé deux fois la France...*

Ma l'altro era così felice del trionfo del suo *moi je l'habite*, che non rispose più, contentandosi di rivolgere ai suoi vicini poche parole; fra cui intesi queste: — ... *Thiers, une vilaine figure de polichinelle...*

Dopo di che tutti si alzaron da tavola, ridendo ancora.

E quel giorno, essendo il tempo bellissimo, due ore prima di desinare tutto il "bel mondo" era in coperta; eccettuati gli argentini, che a quell'ora solevano fare una specie di *lunch* nazionale con le loro squisite carni conservate, di cui s'erano portati a bordo un magazzino. Il cassero aveva l'aspetto d'una vasta terrazza di casa di bagni. Dei passeggieri si dondolavano sulle lunghe seggiole di paglia, sfogliando dei volumi gialli del Charpentier; molti passeggiavano, a due a due. Il vecchio chileno andava in su e in giù col prete napoletano, che scoteva per aria le sue lunghe mestole come per afferrare a volo dei biglietti di banca; e ogni volta che mi passava accanto, coglievo una delle sue frasi. *Yo creo que con un capital de docientos mil patacones... Vea Usted, la véndida de las cédulas hipotecarias provinciales...* In fondo, dalla parte del timone a mano, biancheggiava la signora bionda, con un nastro azzurro nei capelli, ritta contro il parapetto, verso il mare, accanto allo sbarbatello toscano; e si capiva che parlavano di cose indifferenti, del mare, dell'America; ma, benché non si guardassero, si capiva pure, da un leggero sorriso continuo che tremolava sul viso di tutti e due, che il discorso indifferente non doveva essere che l'accompagnamento esteriore d'un duetto intimo molto bene intonato. Avendo cercato con gli occhi il marito, lo vidi sotto, sulla piazzetta, profondamente attento al discorso d'un ufficiale di bordo che gli spiegava il meccanismo del sestante a canocchiale. Sur uno dei due lunghi sedili del mezzo c'era la signorina di Mestre e sua zia. Osservai questa bene per la prima volta: era un esempio, non raro a vedersi, d'uno sbaglio della natura, la quale aveva imprigionato un'anima femminile in un corpo di maschio, dal viso largo e ossuto, dalle mani grosse, dalla voce rude. Tutta la femminilità di quella povera ragazza pareva ridotta nei suoi piccoli occhi grigi, che eran pieni di bontà e di gentilezza, e da cui traspariva chiaramente ch'ella aveva coscienza di quella discordanza sgradevole tra la sua persona e il suo spirito, e che da un pezzo era rassegnata a non piacere, e a starsene in disparte, quasi fuori dei due sessi, cercando in ogni modo di passare inosservata. Ma quella timida rassegnazione, appunto, e quell'ombra come di vergogna che velava i suoi occhi, ispiravano un sentimento così tra la pietà e la simpatia, che in qualche momento la faceva parer diversa affatto da quella che era. A un tratto, con molta maraviglia, vidi il garibaldino avvicinarsi e sedere accanto alla nipote, salutando rispettosamente, ma con un atto che rivelava una conoscenza di vari giorni. Era la prima volta che lo vedevo in colloquio con un'anima nata. In che maniera potevano aver fatto relazione? La signorina diceva qualche parola ogni tanto, girando gli occhi chiari e lenti sull'orizzonte, ed egli l'ascoltava, in un atteggiamento di accondiscendenza e di rispetto, fissando il tavolato. M'immaginai fin da quel primo momento che il soffio leggero che usciva da quella bocca pallida dovesse risuscitare a poco a poco nell'anima di quell'uomo gli affetti morti e sepolti; ma, per allora, non ne appariva alcun indizio sul viso di lui, acre, malgrado l'espressione rispettosa, e immobile. Stava leggendo, dall'altra parte del sedile, la mia vicina di camerino, vestita con troppo sfoggio per un piroscafo; ma il movimento irrequieto dei suoi piccoli piedi senza collo, dava a vedere che non seguiva la lettura col pensiero. La battaglia della mattina, peraltro, non aveva cacciato dalla sua bocca il solito sorriso nervoso, il quale tradiva una forza indomabile nella lotta domestica, la capacità di sforacchiare a colpi di spillo il cuore o il cervello d'un marito per trent'anni filati. Che ci poteva mai essere fra loro? Un "malinteso della carne" come fra quella coppia coniugale del *Germinal*? Nessuna colpa dell'uno o dell'altro, ch'io potessi immaginare, era una causa sufficiente a spiegar l'avversione che li separava, poiché il marito, che non aveva aspetto di un tristo, avrebbe perdonato, ed essa non pareva un'anima così delicata, da portar aperta per tutta l'esistenza la ferita d'un tradimento. Eppure, avrei giurato che quelle due creature non si sarebbero riconciliate mai più, e che la via che percorrevano insieme li avrebbe condotti a un delitto. Ma chi più attirava l'attenzione, fra tutta quella gente, era la famiglia brasiliana, marito e moglie con tre fanciulli grandicelli, e uno lattante, tenuto in collo da una piccola negra popputa come un'ottentotta; tutti stretti in un gruppo sul sedile vicino all'albero di mezzana, silenziosi, che parevano statue: e giravano tutti insieme i loro grandi occhi neri sopra le persone che passavano, come se un meccanismo solo li movesse. Il padre e la madre stavano appiccicati, come se fossero gelosi l'un dell'altro, e avevano l'aria di gente ricca; ma inselvatichita forse nella solitudine d'una di quelle fazendas dell'interno del Brasile, formicolanti di schiavi negri, e circondate di campi sterminati di zuccaro e di caffè; alle quali non si giunge che in lunghi giorni di cammino a traverso a fitte foreste. Stava sul sedile di fronte al loro, ricamando, con le spalle rivolte al mare, la signorina pianista: e osservai il garbo con cui maneggiava le piccole *forbici*, e l'arte fina con la quale guardava lungamente tutti, senza che alcuno potesse incontrare il suo sguardo, e senza che nei suoi occhi freddi scintillasse la più leggera espressione di curiosità. Sua madre, intanto, discorreva con l'agente di cambio che le stava davanti in piedi, e dal sorriso di questo, si capiva che essa doveva fare a pezzi con delicata ferocia qualcuno o parecchi della compagnia. Un vivo lampo d'invidia che le passò sugli occhi mi annunziò l'apparizione della signora argentina, non più veduta da due giorni; la quale veniva innanzi, vestita elegante e semplice, appoggiandosi al braccio di suo marito, con un passo e un sorriso di convalescente, che non nascondeva la compiacenza d'esser guardata da tutti. Era davvero un bell'esemplare della bellezza opulenta del sangue creolo: i capelli e gli occhi nerissimi, velati dai lunghi peli delle palpebre; la carnagione bruna e calda, d'una maravigliosa freschezza, e un'ondulazione graziosissima nell'andatura, che assottigliava e alleggeriva all'occhio la pienezza formosa della persona. E in quell'andatura, e nello sguardo, e nei modi, visibilissima l'alterezza lieta della porteña, a cui si consente il primato sul bel sesso dell'America latina, la sicurezza ardita della donna nata in una società di lotta e d'avventure, la quale rispetta lei sola e l'educa fin da bambina a sopportare coraggiosamente i rovesci della fortuna. A passo lento, con una disinvoltura sorridente di padrona di casa, fece il giro del cassero, come di una sala da ballo, e s'andò a sedere vicino alla bussola; alla vera, quella che ella non avrebbe potuto far perdere, per fortuna di tutti. Intanto s'andavano formando e sciogliendo vari crocchi di passeggieri, e così io mi trovai un momento in compagnia del genovese monocolo, che aveva sul viso l'espressione solita d'una noia infinita, su cui il solo pensiero del cibo sornuotava, come un guizzo di luce sopra un'acqua morta. Io gli domandai che cosa gli paresse della cucina del *Galileo*. Egli scrollò il capo e stette un po' pensieroso; poi, con lo stesso accento con cui avrebbe detto: Mi pare che la Russia abusi della tolleranza europea, rispose: — Ecco... io son franco: mi pare che si abusi dei piatti in umido. ...È la mia opinione, almeno. — Aveva però stima del cuoco, che era stato all'Hôtel Feder: forte nei piatti dolci, duecento cinquanta lire al mese, un bell'uomo. E si offerse di presentarmelo. Io rimandai la presentazione a un altro giorno. — Giusto! — disse allora, guardando l'orologio; — vado a dare un'occhiata. Oggi ci dovrebb'essere del pasticcio di fegato. — E lasciò il posto all'avvocato marofobo che passava in quel momento, stravolto, come sempre. Costui si soffermò a sentire il commesso marsigliese che decantava il mare con le consuete espressioni di fabbrica: — *Mais, regardez-donc! Est-ce beau! Est-ce imposant! Est-ce grand! J'adore la mer, moi.* L'avvocato scrollò le spalle, indispettito. Il mare bello! Quella era un'idea strana! L'uomo, in casa sua, trova tutto bello, come un cretino. Belle le montagne, bella la pianura; il cielo sereno, bello, il cielo in tempesta, bello; bello dove c'è vegetazione, bello dove non ce n'è. È stupido! Per me il mare non è che un immenso pantano... E adesso che cosa succede? — S'era inteso un colpo dell'elice più forte degli altri. Egli si guardò intorno con diffidenza. Ma il buffo era che, parlando del mare, egli non vi fissava mai gli occhi: girava tutt'al più un'occhiata rapidissima rasente gli orli del bastimento, come un soldato atterrito getta uno sguardo sul nemico che s'avanza contro la fortezza. — Si consoli, però — gli dissi — che abbiamo un buon mare. — Ah! mi faccia il favore —, rispose andandosene —; un buon mare! In meno d'un'ora potremmo esser tutti inginocchiati a raccomandarci l'anima! — In quel punto sopraggiunse l'agente di cambio a darmi parte d'una scoperta. Quella signora grassa, col viso rosso, seduta lì vicino, che la mattina era sempre di cattivo umore, e la sera tutta espansiva? Era svelato il mistero. Beveva come un tegolo. Si diceva che fosse una domatrice, e che avesse il serraglio al Chilì. Positivamente: aveva nella cabina una vera bottega di liquori dolci, d'ogni paese e colore, che sorseggiava dal mezzogiorno in poi, senza interruzione, in una collezione di piccolissimi bicchierini fattisi fabbricare apposta, veri uccelli mosca della cristalleria, con cui cercava di dissimulare a sé medesima il suo vizio. Lo aveva saputo dalla madre della pianista. Lei e la sua cameriera pigliavano una mezza cotta insieme ogni sera, regolarmente, e quando erano a punto, attaccavano discorso col primo venuto, dicendo delle stramberie dell'altro mondo. Sotto i calori, se ne sarebbero intese. In quel momento essa stava discorrendo con un passeggiere di alta statura, a cui non avevo mai fatto molta attenzione: una figura di vecchio giramondo, che mostrava sulla collottola una lunga striscia rossa. Anche su quello lì correva una voce: si diceva ch'egli fosse un antico capitano marittimo, un cane, e quel segno rosso, la traccia d'un tentativo d'impiccagione fatto dai suoi marinai, molti anni addietro, in alto mare. Il crocchio diede in una risata, per cui l'"impiccato" si voltò. E oramai quel soprannome gli sarebbe rimasto. Già ce n'erano altri in corso. A un passeggiere che non parlava con nessuno, perché aveva il naso a becco e le orecchie ad ansa di una certa testa dell'*Uomo delinquente* del Lombroso, era stato posto il nomignolo di "incendiario". Il francese sospetto del *Figaro* si chiamava addirittura *il ladro*. E un altro, non so perché, era designato comunemente col titolo di *Direttore della società di spurgo inodoro*. Alla prima occasione, peraltro, facendo conoscenza, gli uni stringevano la mano agli altri da buoni amici. — To' — disse a un tratto l'agente. — La svizzera e il toscano sono scomparsi! Scappo sotto a dare un'occhiata. — Gli osservai che quello che sospettava era impossibile, perché sotto c'eran le cameriere. — Al contrario! — rispose. — Sentinelle avanzate per annunciar l'arrivo del nemico: con uno sbruffo! — E scappò. Io cercai di nuovo il professore, e lo vidi a pochi passi da me, che meditava profondamente sull'ago calamitato. Se ne staccò appunto nel momento che l'agente ritornava, con la faccia d'un cacciatore che ha fatto presa. — Abbiamo un po' di movimento, — gli disse quegli, placidamente. — Già, — rispose l'agente; — di beccheggio. — Con questi scherzi amorevoli si passava il tempo.

Il mare non si godeva che sul far della notte, dopo che i passeggieri l'avevano sgombrato, tranne due o tre solitari. A quell'ora, quando sul cielo ancora un po' chiaro a occidente, il mare intagliava una linea nera purissima, ed essendo tutto nero, come un mare di pece, non attirava gli occhi in alcun punto determinato, era piacevole abbandonarsi a quel va e vieni di pensieri slegati e laceri, che somiglia al movimento delle immagini nel sogno; a cui battevano la misura i colpi cadenzati dell'elice. Ma i pensieri, a quell'ora, pigliano il color del mare. Davanti a quella faccia sconfinata delle acque che non mostra alcuna traccia né dell'uomo né del tempo, lo scopo del nostro viaggio, i nostri interessi, il nostro paese, tutto ci appar così lontano, confuso, piccolo, misero! E pensare che tre giorni prima di partire siamo stati feriti nell'anima dal saluto freddo d'un conoscente incontrato in via Barbaroux... Che pietà! Ora quelli paion ricordi d'un'altra esistenza, che risorgono un momento appena, e precipitano, s'affogano in quell'abisso smisurato che ci si apre sotto ed intorno. E ci abbandoniamo al mare sopra una nave immaginaria che vada e vada senza posa, di là dalle ultime terre, per quell'immenso oceano australe, da cui tutti i continenti apparirebbero a un Micromega come raggruppati, rattratti nell'altro emisfero per la paura della sua solitudine. Ma in quella solitudine si perde e si sgomenta la fantasia, e rivola con desiderio impetuoso fra la razza umana, in mezzo alle creature più amate, in quella stanza, dove sono raccolti quei visi, al chiarore d'un lume, che brilla ora alla nostra mente come un sole. Ma quei visi non sorridono, e su tutti è dipinta un'inquietudine pensierosa, e l'idea che ogni giro dell'elice accresce la distanza enorme che ci separa da loro, ci rattrista. Distanza enorme? Per scemarla nel nostro concetto, ci proviamo a rimpicciolire il pianeta col paragone dell'universo: una goccia d'acqua sopra una molecola di mota: quale distanza possono interporre gl'infusori fra loro? Ma il pensiero è forzatamente ricondotto alla comparazione del mondo con noi medesimi, e il sentimento consueto della maraviglia rinasce. Sì, un'enorme distanza ci divide. Scacciamo dunque l'immagine di quei visi. Ripensiamo al mare, addormentiamo la mente sopra queste acque infinite. Che bel mare! E che pace! Eppure anche questa solitudine solenne quanti orrori ha veduti! Ha veduto passare gli avventurieri ingordi d'oro, che affilavano le armi per i macelli infami del nuovo mondo, rivolte di schiavi schiacciate nel sangue dentro alle stive dei negrieri, lunghi martirii di equipaggi famelici, naufragi orrendi nelle tenebre, agonie forsennate di famiglie avviticchiate alle sommità degli alberi, e urlanti col viso al cielo il nome di Dio, soffocato dall'onda. E questo potrebbe seguire a noi, per lo scoppio d'una caldaia, questa notte, fra un'ora, fra un minuto. Rabbrividendo, ci raffiguriamo allora la discesa lenta del nostro cadavere, giù di zona in zona, a traverso ad altrettanti mondi diversi di piante, di pesci, di crostacei, di molluschi, lungo una verticale di otto mila metri, fino all'oscurità fredda di quella distesa sterminata di fango vivente e di scheletri microscopici che forma il fondo del mare...

L'enigma della vita
Là sotto ondeggia e mormora...

Di chi son questi versi? Ah! il mio buon Panzacchi! Che farà ora? E qui ci si presenta la visione d'una serata festosa del Circolo degli artisti di Torino, come un gran cerchio luminoso che corra sul mare col piroscafo, e in cui girano, brillano cento visi conosciuti, e par di sentire le risa e le voci. Poi, a un tratto, si spegne. Lampi, sogni, tutte le amicizie, tutte le gioie, tutte le opere umane: la realtà eterna non è che questa formidabile massa d'acqua che fascia quattro quinti della terra, e questa terra, questa testa spaventosa, col cocuzzolo di ghiaccio e il cervello di fuoco, che fugge urlando e piangendo nell'infinito. Oh mistero! Prodigio! Se si potesse restar qui, in un'isola, per secoli e secoli, con la fronte nelle mani, a pensare, pensare, pur di riuscire a comprendere una volta, anche per la durata d'un lampo!

Duu! Cinqu! Vot!! Tucc! — Mi riscossero queste grida d'un gruppo d'emigranti lombardi che giocavano ogni sera alla mora sul castello centrale. A quell'ora, nel salone di sotto, si giocava agli scacchi e al domino; i passeggieri che dormivano in coperta ricevevan gli amici nei camerini illuminati, dove bevevano il Bordeaux o la birra; e a prua, intorno all'osteria, c'era ressa di passeggieri, che si presentavano col loro *buono*, debitamente firmato dal Commissario, per una tazza di caffè, per un bicchierino di rum, per un mezzo litro di vino, tanto per festeggiare la giornata finita. Andai a prua, a zonzare un poco, come un malvivente, sotto la protezione dell'oscurità, nella quale apparivano come ombre dei gruppi di donne coi bimbi addormentati sul seno, degli uomini che trincavano soli, in disparte, dei giovanotti che andavano in volta, tra la folla, con dei musi di cani da caccia, ficcando gli occhi in tutti i canti. E quella sera, per la prima volta, assistetti alla separazione dei due sessi, che si faceva sotto la sorveglianza del piccolo marinaio gobbo, incaricato di mandar le donne a dormire. Erano corsi, dalla partenza, nove giorni di vita claustrale all'aria aperta: gli affetti matrimoniali s'erano riattizzati un poco, e oltre alle legittime, s'eran formate delle coppie nuove, in cui quella maniera di vita produceva lo stesso effetto che nelle altre. Ma il gobbetto grigio doveva spartirle tutte egualmente, senza considerazione di alcun diritto legale, e ogni sera alle dieci, puntuale e inesorabile come il vecchio Silva, compariva con la lanterna alla mano, e cominciava a girare per tutti gli angoli, a sciogliere amplessi e a troncar colloqui amorosi, dicendo ogni cinque passi: — A letto! A letto, donne! A letto, ragazze! — Era una scena delle più comiche. Le coppie resistevano; separate qui, s'andavano a riattaccare più in là, tra il macello e il lavatoio, all'ombra della cambusa, dietro ai gabbioni, nei passaggi coperti, in tutti i luoghi dove non battesse il lume d'un fanale. E il povero gobbo ritornava sui suoi passi, ripetendo pazientemente: — *Andemmo, donne! Andemmo, figgie, che l'è oôa!* — qualche volta, per ingranziarsi le renitenti, diceva: — *Andemmo, scignôe!* — A capo d'un quarto d'ora, le donne sfilavano in processione, in mezzo a due ali d'uomini, come a una passeggiata di gala, e sparivano l'una dopo l'altra, per le porticine dei dormitori, giù nel ventre del bastimento. Alcune tornavano indietro a porgere ancora una volta i bimbi al bacio del marito, o a stringere e ristringere la mano ai nuovi amici; altre si soffermavano a chiamare i ragazzetti rimasti indietro: — Gioanniiin! — Baccicciiin! — Putela! — Picciriddu! — Piccinitt! — Gennariello! — e la lanterna tenuta in alto dal gobbetto rischiarava degli sguardi languidi di belle ragazze, degli occhi lustri di giovanotti, delle facce di mariti scontenti, a cui il regolamento pesava. — *Andemmo! Andemmo!* — continuava a gridare il gobbetto. — *Un po' ciù presto, scignôe!* — Finalmente, anche la coda della processione fu sotto. Ma il gobbo, che conosceva i suoi polli, tornò a fare un giro a prua, sicuro di trovarci ancora qualche amoretto rintanato, qualche peccato mortale racchiocciolato al buio; e ce lo trovò in fatti, come ce lo trovava ogni sera. Seguitandolo a pochi passi, sentii le sue esclamazioni di padre guardiano scandalizzato, e le sue minacce, a cui rispondevano delle voci maschili, che lo mandavano al diavolo, ed altre, più dolci, che parea che negassero o domandassero grazia. Ma egli non fece grazia, e vidi passare di corsa delle donne col capo basso, coi capelli in disordine, che cercavan di nascondersi agli sguardi dei curiosi, e sparivano, inseguite da una scarica di colpi di tosse. Spazzato che ebbe gli ultimi rimasugli d'amore, il vecchio gobbo si fermò con la sua lanterna davanti a me, e asciugandosi la fronte con la mano: — Anche questa giornataccia è finita! — esclamò. — *Ah! che mestê!* — Ma sul suo viso rozzo di buon diavolaccio, mentre guardava giù per la scala del dormitorio, si leggeva un sentimento di pietà per tutta quella miseria, e fors'anche per tutti quei desideri che aveva cacciati là sotto "d'ordine superiore". — È un duro dovere, eh? — gli dissi, per attaccare discorso, e sentire una delle sue sentenze filosofiche. Egli mi guardò in viso, alzando un po' la lanterna, e, dopo un momento di riflessione, disse sentenziosamente: — Quando un *ommo* si trova nella posizione che mi trovo mi, di giudicare il mondo com'è che si presenta a bordo, poveri e scignori, e le cose che succedono in mare, da ridere e da piangere, tanto donne che uomini, ma ancora più le donne che gli uomini, mi creda, scignore, quello lì si forma un'idea, che non si stupisce più di niente, e compatisce tutto. — Detto questo s'allontanò; e scomparsi a poco a poco anche gli uomini, il piroscafo rimase queto e in silenzio, come uno smisurato animale che scorresse sulle acque assopito, non facendo sentir altro che le pulsazioni regolari del suo cuore mostruoso.

SUL TROPICO DEL CANCRO

Il giorno dopo si doveva passare il tropico del Cancro. Me ne diede l'annunzio la mattina presto il solito cameriere, abbassando gli occhi: poiché aveva fra l'altre anche questa civetteria, d'abbassare gli occhi, mentre parlava, come per non lasciarsi leggere nell'anima la gioia del suo ultimo trionfo amoroso. Il tropico del Cancro! Era l'annunzio sgradito di quasi tremila miglia di zona torrida che s'avevano a percorrere prima di risentire la carezza fresca degli alisei dell'altro emisfero, e al solo pensarvi mi pareva di sentirmi filare due gocciole tepide giù dalle tempie. Misi il viso al finestrino: una maraviglia! L'oceano placidissimo, tutto argento e rosa, coperto d'un velo diafano di vapori a cui il sole nascente dava l'aspetto d'un leggerissimo polverìo luminoso, e a poche miglia lontano, in mezzo a quella bellezza immensa e virginea dell'acqua e dell'aria, un bastimento grande, che pareva immobile, con tutte le vele aperte e candide, come un gigantesco cigno dall'ali tese, che ci guardasse. Apro, e mi vien nella fronte e nel petto un soffio delizioso d'aria marina, che mi ricorre per le vene, e mi riscote tutto, come l'alito d'un mondo ringiovanito. Il bastimento era un veliere svedese che veniva probabilmente dal Capo di Buona Speranza, il primo che incontravamo dopo Gibilterra. Per pochi minuti mi biancheggiò agli occhi nella chiarezza di quell'aurora incantevole, simpatico come il saluto d'un amico: poi si nascose; e allora l'oceano mi parve più solitario e più silenzioso di prima; ma benigno sempre, come non l'avevo visto ancora, e d'una bellezza gentile, che faceva immaginare all'orizzonte le rive d'un giardino infinito. Era una di quelle mattine in cui i passeggieri si vanno incontro sul cassero col viso ridente e con le mani tese, come se il primo soffio d'aria avesse portato a ciascun di loro una buona notizia.

Ma quel bel tempo a capo di poche ore s'intorbidò, il cielo si coperse di nuvole, e l'aria divenne greve e calda, come se avessimo fatto un salto dalla primavera nell'estate. Eravamo entrati in quella grande massa di vapori, antico terrore dei naviganti, che il caldo dell'equatore solleva dall'oceano e ammonta su tutta la zona intertropicale: e che le creature fortunate di Giulio Verne, quando viaggiano per il cielo, vedono come una fascia oscura tesa attorno al nostro pianeta, simile alle strisce della faccia di Giove. Il bel mare della mattina era stato l'ultimo sorriso della zona temperata, blandita dall'ultimo soffio degli alisei. Ora navigavamo nella regione della nebbia, degli acquazzoni e dell'uggia. E se ne mostrarono subito gli effetti nelle terze classi. L'agente mi venne a cercare nel salone. — Venga a vedere, — mi disse, — le baruffe chiozzotte. Lo spettacolo comincia.

Un gruppo di donne s'era levato a rumore per la distribuzione dell'acqua dolce; della quale, oltre al numero dei litri fissati per ciascun *rancio*, un marinaio doveva fornire una certa quantità a ogni donna che ne domandasse per suo uso particolare. Ora alcune si lagnavano che a loro fosse stata negata, mentre ad altre era stata concessa. Ma la quistione era intricata, era uno scoppio di risentimenti che covavano da un pezzo contro un'ingiustizia creduta interessata e abituale: le vecchie dicevano che s'usava preferenza alle giovani, che facevan le civette; queste affermavano il contrario: le preferite eran le vecchie, che avevan dei soldi, e ungevano il distributore; altre poi si lagnavano che le meglio trattate fossero le *signore*, per servilità: le *signore!* certe povere diavole che di signorile non avevan più che il vestito usato e le memorie. Le protestanti più inviperite s'erano affollate vicino alla cucina, in un angolo dove pendeva da un gancio un grosso vitello sparato. Quando io arrivai, c'era già il Commissario, circondato da quindici o venti ciabattone, rosse come gallinacci, che parlavano tutte insieme in tre o quattro dialetti, segnando con l'indice accusatore il marinaio, un barbone di frate cappuccino, impassibile tra quel cianìo, come una statua in mezzo a un girone di vento. — Ma se non ci capisco nulla! — rispondeva con la sua placidità solita il Commissario. — Fatemi il santo piacere di parlare una alla volta. — E lo sguardo di qualcuna delle più giovani si raddolciva un momento sulle guance rosee e sulle mani bianche di quel bel giovanotto; ma balenava negli occhi delle altre quell'ira livida, che divampa nelle donne del popolo ogni volta che leticano, anche per una cosa di nulla, con gente delle classi superiori, e che vien da un cumulo di rancori antichi e confusi, estranei alla cagion del momento. — *Inn balossad!* — si sentiva dire. — *Pure nui avimmo pagato, signurì.* — *A l'è ora d'finila!* — E le querele femminili erano sostenute dal brontolìo sordo d'una schiera d'uomini, i quali, spassandosela in cuor loro come a uno spettacolo, istigavano però il malcontento per ispirito di classe e anche un poco per tutta una certa coscienza baldanzosa di futuri cittadini repubblicani. Finalmente il Commissario ottenne un po' di silenzio, e una donna sola parlò. Io non vedevo altro che una capigliatura scarduffata e un indice minaccioso che tagliava l'aria, battendo il tempo a una parlantina di raganella; quando uno scoppio d'esclamazioni coperse quella voce: — Non è vero! — *Tazé vu!* — *Busiarda!* — *Che 'l me senta mi!* — *A l'è n'onta!* — E già nel serra serra qualche bambino piangeva, ed eran lì lì per menar le unghie...

All'improvviso s'udì da un'altra parte uno strillo acuto di donna, si vide accorrer gente vicino all'albero di trinchetto, e in pochi momenti formarsi una folla, di mezzo a cui si alzò uno scroscio di risa e parve che partisse una notizia; la quale rapidamente propagandosi, propagò la risata fino agli ultimi accorsi, e fece accorrer altri da ogni banda; tanto che in breve fu tutto un rimescolìo e un ridere dalle cucine al castello di prua. Ma un ridere grasso e sguaiato, accompagnato da uno strizzar d'occhi e da un ricambiarsi di colpi di gomito e di spalla, che diceva aperto la natura della sorgente comica da cui derivava. E tale fu la curiosità destata da quel ridere, che le stesse litiganti, dimenticando a un tratto il loro piato, si dispersero qua e là, per domandare che cosa fosse accaduto. Era accaduto che due pesci volanti, spiccando il volo ad arco sopra il piroscafo e urtando tutti e due quasi ad un punto nelle sartie, erano cascati sopra coperta, e l'uno aveva battuto tra le ruote del verricello, l'altro s'era andato a cacciare a capo fitto nell'incrociatura del fazzoletto da collo d'una ragazza, ma proprio tra i due rialti fioriti, come se avesse avuto l'intenzione di proseguire il cammino. Quando la folla s'aperse, la ragazza scappò a nascondersi dietro al macello, e un emigrante burlone portò in giro il pesce inverecondo, vociando non so che cosa, a modo degli spiegatori dei serragli, fin che il Commissario lo fece tacere con un cenno. Ma le buffonate e le risa continuarono per un altro pezzo, e le due belle rondini marine, scintillanti come l'argento, passando di mano in mano, ammirate e commentate con discorsi infiniti, servirono a quietare un poco l'irritazione nascente delle "classi lavoratrici".

Intanto io notai tra la folla parecchi passeggieri di prima, il marsigliese, il toscano, il tenore; i quali dovevano aver l'abitudine di far delle corse d'esploratori nelle terze classi. Quella che dava più nell'occhio era la faccia di Napoleone idropico del marsigliese, il quale gironzava intorno alla boccaporta del dormitorio femminile, dondolando sulle gambe arcate il suo lungo busto di Patagone. Mi disse poi l'agente di cambio che fin dal primo giorno del viaggio egli aveva iniziato una serie di visite regolari al bel sesso emigrante, con delle intenzioni di seduttore, alle quali alludeva socchiudendo un occhio: — *Il y a quelque chose à faire par là, savez vous?* — E aveva cercato di agevolarsi la via ostentando con gli uomini una certa simpatia nazionale, riscalducciata di socialismo; ma pare che oltre al trovar poca corrispondenza nei più, fosse stato salutato da alcuni con certe apostrofi da levare il pelo. Le persone gentili d'animo e di coltura, nelle quali è innato e fortificato dall'educazione il sentimento dell'eguaglianza, non immaginano quanto sia ancora comune nella nostra borghesia democratica il disprezzo quasi inconscio del popolo, e come sian pochi quelli che gli sanno parlare senza umiliarlo, anche quando se lo vogliono ingraziare, fingendo di trattarlo da pari a pari. Vista dunque la mala riuscita dei primi tentativi, il marsigliese aveva diradato le visite, e ridotto il suo scopo a una semplice "ricerca artistica" della bellezza: e scopriva ogni tanto una bellezza, infatti, della quale faceva la descrizione a tavola, vantandosi di distinguere i vari tipi d'Italia, sentenziando sul naso toscano, sulla bocca veneta, sulle "attaccature" lombarde, con una sicumera impossibile a immaginarsi, e benché più d'uno gli avesse già provato che pigliava la Calabria per la Val d'Aosta, e altri granchi colossali, egli tirava via imperterrito a dar lezioni a tutti quanti. *La bouche de la femme toscane... Le type genois, messieurs... J'ai remarqué que l'angle facial napolitain... Il y a là une nuance, je vous assure...* Era uno spasso. Ma alla colazione di quella mattina non riuscì neppur lui a rallegrare i commensali, che sentivano i primi influssi del tropico, e la cui musoneria stonava lepidamente con le vesti chiare e coi panciotti bianchi che quell'estate improvvisa aveva fatti apparire. Solo per qualche minuto egli ci ricreò con una discussione sulle teorie malthusiane, nella quale lo tirarono per celia gli argentini, e principalmente intorno al vecchio quesito, se l'emigrazione sia un rimedio sufficiente al troppo rapido accrescersi della popolazione d'un paese. Digiuno affatto del Malthus, ma cocciuto a mostrarsi al fatto di tutto, egli sosteneva avventatamente che l'emigrazione spopolava gli Stati, che l'Europa, fra cent'anni, sarebbe stata mezza deserta, con gli orsi e i lupi alle porte delle capitali. Gli altri affermavano di no: *locuras!* (pazzie): in tutti i paesi le nascite superando le morti, non solo, ma nei paesi abbandonati moltiplicandosi più facilmente la specie per effetto dell'agevolazione dei matrimoni, prodotta da una più favorevole proporzione tra i mezzi di sussistenza e il numero degli abitanti, ne seguiva che i vuoti fossero sempre colmati ad esuberanza. La prova era che nei paesi donde più si emigra non si esperimenta, alla lunga, una diminuzione sensibile di miseria. — *Pas possible!* — rispondeva il marsigliese arditamente. — *Prouvez-moi cela!* — Ma quelli, con la prontezza e la memoria mirabile che li distingue, citavano: anche negli anni delle maggiori emigrazioni, dice il Malthus, il popolo d'Inghilterra non cessò d'essere in preda al bisogno. — *Malthus n'a pas dit cela!* — Come? Come? — Ma quegli senza insistere né disdirsi, batteva la campagna. — Stuart Mill, — continuavano gli altri, — ha detto che l'emigrazione non dispensa dalla necessità di combattere l'aumento della popolazione. Convenite che ha detto questo? — E l'altro, francamente: — *Pas précisément, messieurs.* — E non conosceva Stuart Mill più del Malthus, e s'incaponiva, fra le risate dei suoi contradittori, che capivano il gioco. Fu quella l'unica nota gaia della colazione. L'orizzonte nebbioso, il mare grigio, il caldo che cominciava a far luccicare le fronti tennero chiuse tutte le altre bocche dal principio alla fine. Non c'era che la signora bionda che serbasse la faccia fresca come una mela rosa, gittando un doppio zampillo continuo di parole negli orecchi del marito che aveva a sinistra e del tenore che aveva a destra, ed esortando tratto tratto, con uno sguardo pietoso, il toscanello che le sedeva davanti, a non ingelosirsi del suo nuovo amico. E si dovette ancora a lei un soffio d'ilarità che passò per i crocchi sbadiglianti sul cassero, durante l'ora grave della chilificazione. Correva di bocca in bocca fin dalla mattina un ingenuo sproposito che rivelava quanto fossero incomplete e confuse le idee geografiche sotto quella capricciosa capigliatura d'oro. L'agente, incontrandola, le aveva detto: — Signora, quest'oggi passeremo il tropico del Cancro. — Ed essa aveva risposto con allegrezza: — Oh finalmente! almeno si vedrà qualche cosa.

Io però non capivo ancora come a bordo fosse possibile d'annoiarsi: anzi mi rallegrava la vista degli annoiati per la stessa ragione che si prova più piacevole il sentimento della salute in mezzo a gente che soffra il mal di mare. E quel giorno non mi poteva mancare lo spettacolo: tra il tocco e le quattro specialmente, che è sempre l'ora più terribile, incominciai a veder delle facce da far dire: — A momenti costui si decompone, e bisognerà spazzarlo fuor di coperta. — Non era la noia che il Leopardi chiama il più grande dei sentimenti umani; ma un imbecillimento compassionevole, che si manifestava in una cascaggine generale di palpebre, di guance, di labbra, come se le facce fossero fatte di carne lessa. Fra i più martoriati, trovai il genovese, che stava affacciato all'*osteriggio* della macchina, con un viso su cui non appariva più nemmeno un riflesso moribondo d'intelligenza. — Che cosa fa qui? — gli domandai; — come non è in cucina? — N'era uscito allora: nessuna novità. I tagliatelli domani... forse; ma non era accertato. E mi spiegò perché stesse là a guardare per lungo tempo il movimento monotono di un'asta di stantuffo; una teoria sulla noia, sua personale. — Ho *osservou*, diceva, che la noia deriva dal non poter fare a meno che pensare a cose spiacevoli. Dunque, per scacciar la noia, non c'è altro rimedio che di non pensare, come le bestie. Ebbene, io mi metto qui, immobile, a guardare il saliscendi di quello stantuffo. A poco a poco, in meno di venti minuti, mi riduco in uno stato di completo istupidimento, un vero asino; allora non penso più a niente e non mi annoio più. *No gh'è atro.* — Io diedi in una risata; ma egli rimase serio, e tornò a guardar lo stantuffo con l'occhio dilatato e fisso d'un morto. Stavo per dirgli che, per cacciar la noia, sarebbe stato meglio discendere addirittura a veder la macchina; ma parendomi che si trovasse già quasi nello stato desiderato, me ne astenni. E discesi io.

Un'osservazione appunto mi veniva fatta ogni giorno, passando di là: quella macchina maravigliosa, non dieci forse dei mille e settecento passeggieri del *Galileo* sarebbero stati in grado di dire che cosa fosse, e neppure avevan curiosità di saperlo. Così di cento altri miracoli meccanici dell'ingegno umano, dei quali ci serviamo e andiamo alteri, noi siamo poco meno ignoranti dei selvaggi che disprezziamo perché li ignorano. Eppure non solamente per l'ignorante che non n'ha altra idea da quella d'un pentolone gigantesco e d'un intrico misterioso di ruote, ma anche per chi ne acquistò qualche nozione nei libri, è un piacere nuovo e grande la prima volta che si decide a infilare il camiciotto turchino d'un macchinista e a discendere in quell'inferno tenebroso e sonoro, di cui non aveva mai visto che il fumo per aria. Quando s'è arrivati in fondo e si leva il capo a guardare in su, dove non appare più il giorno che come un barlume, ci pare d'essere calati dal tetto giù fra le fondamenta d'un alto edifizio; e alla vista di tutte quelle scalette di ferro ripidissime che s'alzano l'una sull'altra, di quelle griglie orizzontali che girano sul nostro capo, di quella varietà di cilindri, di tubi colossali e d'ordigni d'ogni fatta, agitati da una vita furiosa, formanti tutti assieme non so che spaurevole mostro di metallo, che occupa con le sue cento membra palesi e celate quasi una terza parte del piroscafo enorme, si rimane immobili dalla maraviglia, umiliati di non comprendere, di sentirsi così piccoli e deboli davanti a quel prodigio di forza. Cresce ancora l'ammirazione quando si penetra nel vulcano che da vita a ogni cosa, fra quelle sei smisurate caldaie, sei case d'acciaio, divise da quattro strade che s'incrociano, simili a un quartiere chiuso e infocato, dove molti uomini neri e seminudi, dai volti e dagli occhi accesi, ingoiando a ogni tratto delle ondate d'acqua, lavorano senza posa a pascere trentasei bocche roventi, le quali divorano in ventiquattr'ore cento tonnellate di carbone, sotto il soffio di sei colossali trombe a vento, ruggenti come gole di leoni. Par di ritornare alla vita quando, uscendo di là grondanti di sudore, ci ritroviamo davanti alla macchina, dove pure ci pareva, poco innanzi, d'esser quasi sepolti. E non di meno si stenta un pezzo ancora a riavere la mente libera. Il macchinista ha un bello spiegare. Quel movimento vertiginoso di stantuffi, di bilancieri e di turbine, che gl'ingrassatori rasentano con un'apparenza di noncuranza che fa rabbrividire; quel frastuono assordante che producono insieme lo strepito metallico delle manovelle, i fischi delle valvole atmosferiche, il rumor sordo delle pompe ad aria e i colpi secchi degli eccentrici; quel va e vieni di spettri coi lumi alla mano, che salgono e scendono per le scalette, spariscono nelle tenebre, riappariscono di sopra e di sotto, facendo scintillare per tutto acciaio, ferro, rame, bronzo, e rischiarando di volo forme strane, movimenti incompresi, passaggi e profondità sconosciute, tutto questo ci confonde nel capo anche le poche idee nette che avevamo prima di scendere. E ci sentiamo rassicurati davanti alla grandezza poderosa dei meccanismi; ma scema questo sentimento a poco a poco, al veder con che cura minuta i macchinisti li vigilano, e con che attenzione inquieta stanno a sentire se in quel concerto uniforme di suoni scappi la più leggera nota stonata, e se fra quei vari odori abituali si avverta menomamente il bruciato; e come corrono a toccare qua e là se la temperatura dei metalli superi quel dato grado, a vedere se spunti in qualche parte un indizio di fumo sospetto, a mantenere costante la pioggia d'olio che da cinquanta lubricatori scende di continuo su tutte le articolazioni dell'immane corpo. Perché quel corpo immane, che affronta e vince le tempeste dell'oceano, è delicato come un organismo umano, e il più piccolo turbamento del più piccolo dei suoi membri lo sconturba tutto, e vuole un rimedio immediato. A un corpo vivo egli rassomiglia infatti, assetato, come gli uomini che gli danno il pasto, dall'incendio ch'egli bolle nel ventre, e costretto a tracannar senza tregua dal mare un torrente d'acqua, ch'egli rigetta in fontane fumanti; e tutto quel complesso di ordigni è come un torso titanico, di cui tutti gli sforzi convergono nell'impulso formidabile d'un lunghissimo braccio di ferro, col quale gira la gran vite di bronzo, che lacera l'onda e muove tutto. Si guarda e vengono in mente le antiche liburne, con le tre coppie di ruote ad ali, mosse da buoi; e s'immagina con un senso d'alterezza lo stupore che inchioderebbe là un antico a quella vista, e il grido d'ammirazione che gli uscirebbe dal petto! Egli però non potrebbe immaginar mai quanto quella maraviglia sia costata ai suoi simili: un secolo di tentativi sfortunati, un altro secolo di trasformazioni continue, una legione di grandi ingegni che spesero intere vite attorno a un perfezionamento che un altro successivo fece cader nell'oblio, e poi il martirio del Papin, il suicidio di John Pitch, il marchese di Jouffroy ridotto alla miseria, il Fulton beffeggiato, il Sauvage impazzito, una sequela interminabile d'ingiustizie e di lotte miserande, da lasciare in dubbio, leggendo la storia delle grandi invenzioni, se basti l'esempio del genio e della costanza eroica di chi le fece, a consolare la coscienza umana dell'ignoranza caparbia, della cupidigia feroce, dell'invidia infame che le ha combattute, e che, potendo, le avrebbe uccise. Tutto questo dice con le sue cento voci aspre e affannose quel colosso mirabile, destinato forse anch'esso a parere ai nostri nipoti lontani un rozzo e debole apparecchio di principianti.

Risalendo, incontrai sulla sommità della scala il grande prete, il quale, accennandomi con una mano la macchina, mi rizzò l'indice dell'altra davanti al viso, come un cero. Non capii. Voleva dirmi che la macchina del *Galileo* era costata un milione. Lo ringraziai, scansando il dito, e mi ritrovai sopra coperta a tempo giusto per vedere per la prima volta il mio Commissario nell'esercizio delle sue funzioni di pretore, e in una *causa* curiosissima. Entrava in quel momento nel suo ufficio la grossa bolognese di prua, con una faccia di leonessa ferita, e col suo inseparabile borsone a tracolla. L'uscio non essendo mascherato che da una sottile tendina verde, si sentiva qualche parola. Povero Commissario! Non tardai ad avere un'idea della santissima pazienza che egli doveva esercitare in quella specie di sedute. La voce della querelante incominciò concitata dalla collera, piena di superbia e di minacce. Non capii altro se non che si lagnava d'un'ingiuria, e che questa doveva essere una supposizione che aveva fatta un passeggiero sopra il contenuto del suo borsone misterioso. Riferiva il fatto, chiedeva la punizione dell'ingiuriatore, intimava al Commissario di fare il suo dovere. Questi la richiamò al rispetto della carica e le raccomandò di calmarsi, promettendo di domandare informazioni. A quelle parole, la voce di lei si raddolcì un poco, e mi parve che incominciasse un racconto, con un'intonazione sentimentale, che s'alzava grado a grado al drammatico. Sì, era la sua autobiografia, una delle solite: una famiglia distinta; un parente che scriveva nei giornali, e che avrebbe messi tutti a segno; la madre, il padre, una buona educazione, e poi delle disgrazie, l'ingiustizia della sorte, una vita illibata... A un tratto, la crisi inevitabile: uno scoppio di pianto. Allora udii la voce del Commissario che la confortava. E intanto si era formato davanti all'uscio un gruppo di donne e d'uomini della terza classe, fra i quali una faccia buffa di contadino, a cui mancava la punta del naso, e che doveva essere il reo, che s'andava scolpando: — Infine... non ho mica detto d'esser sicuro, io...: non ho fatto altro che una supposizione... — Era il reo. Infatti, essendosi affacciato all'uscio il Commissario, egli disse: — Son io, — ed entrò. Subito s'udì un'eruzione d'improperi bolognesi, che mandarono all'aria la *famiglia distinta: — Carogna d'un fastidi! At el feghet d'avgnìrom dinanz? At ciap pr'el col, brott purzèll! brott grògn d'un vilan seinza educazion!* — Poi s'intesero le tre voci insieme, poi quella sola del colpevole. Diamine! La cagion della lite era proprio il contenuto ipotetico di quella famosa borsa, intorno al quale si beccavano il cervello da nove giorni tutti i capi ameni di prua, facendo le più bizzarre congetture del mondo. Ma la parola incriminata non s'intese. S'intese però il Commissario fare una risciacquata al contadino, minacciandogli i ferri, e questi chieder scusa, e la bolognese brontolare ancora; dopo di che l'uno uscì a capo basso e l'altra a fronte alta; ed io, alzata la tendina verde, vidi il giudice buttato a traverso al divano, con le mani sui fianchi, soffocato da un accesso d'ilarità, e spossato dallo sforzo che aveva fatto per contenerlo. Qual era dunque la supposizione? Che cosa ci doveva essere in quella benedetta borsa?... Oh! Impossibile indovinarlo! Una delle più buffonesche stramberie che possano passare pel capo d'un burlone impertinente; una pensata di cui avrebbe riso sotto i baffi anche il più arcigno moralista, e a cui l'autore delle *Baruffe chiozzotte*, salvo il rispetto, avrebbe potuto apporre il suo nome. E fui costretto anch'io a chieder aiuto al divano. Ma dovetti alzarmi subito perché entrava un'altra donna a lagnarsi d'una voce che avevano "messa in giro" a suo carico. Povero Commissario! — gli dissi uscendo; — la giornata è cominciata male e minaccia di finir peggio. — Eh! questo non è nulla! — rispose con la sua dolce rassegnazione. E data un'occhiata al termometro: — Vedrà — soggiunse — quando saremo ai trentasei gradi. — E ripresa la sua faccia di pretore, si rivolse alla nuova venuta.

Ma già il caldo aveva guastato le cose anche a poppa, come potei vedere benissimo la sera. Era una cosa da far compassione davvero. Fra quei quattro gatti, che dieci giorni prima non si conoscevano, che dopo altri dieci giorni si sarebbero separati per sempre, che avrebbero dovuto tutti non pensare ad altro che agli affetti o agli interessi che avevan lasciati in Europa o da cui erano attesi in America, là, su quelle quattro tavole sospese sopra l'abisso, s'era già ordita una trama intricata d'antipatie e d'inimicizie: astii nazionali fra il chileno e gli argentini, fra il peruviano e il chileno, fra gli italiani e i francesi; picche fra italiani di province diverse; gelosie miserabili d'ambizione fra le signore; una fungaia di passioncelle vergognose, che si manifestavano in sguardi maligni, e in ostentazioni reciproche di trascuranza o di avversione. Una metà dei passeggieri avrebbe messo le dita negli occhi all'altra metà. E non conto le altre sudicerie. E così nelle terze come nelle prime. Veramente, se il *Galileo* fosse andato a fondo tutt'a un tratto, non avrebbe affogato un grande carico di *nobili sensi*. Le due sole persone che, a giudizio d'occhio, avrebbero meritato di sornuotare, erano la signorina di Mestre e il garibaldino, che anche quella sera stavan seduti vicini, discorrendo. La relazione, mi disse l'agente di cambio, era nata da questo: che lui era stato compagno d'armi d'un fratello della ragazza, ferito a Bezzecca, e morto in un ospedale di Brescia. Certo, egli doveva vivere col pensiero al di sopra delle misere passioni degli altri, poiché il suo viso esprimeva una così ferma noncuranza di sé, della vita, della gente, un così alto e freddo disprezzo d'ogni bassezza, che nessuno se gli avvicinava, come se tutti avessero fiutato in lui un nemico d'istinto. Essa parlava; egli l'ascoltava, rispettoso, ma impassibile. E mi colpì, e mi rimase nella mente come l'impressione più viva di quella giornata, il modo come si separarono, la sera tardi: vedo ancora davanti a quella larva bianca, a quel viso di morta, su cui non balenava più altro che un raggio di speranza in un'altra vita, alzarsi e chinare il capo quel bel colosso sdegnoso, segnato dell'impronta del suicidio.

L'OCEANO GIALLO

Arrivato a questo punto, trovo sulla copertina della carta del Berghaus, sulla quale segnavo ogni giorno qualche ricordo, le parole: 11° giorno, colpo apoplettico spirituale. E mi riviene in mente un fatto psicologico singolare, che seguì in me quel giorno, e che presto o tardi, in una lunga traversata, segue a tutti, credo, passata che sia la prima novità della vita di bordo. Una bella mattina, al primo salire sul cassero, vi piomba la noia sull'anima, inaspettata, come una mazzata sulla nuca: uno scoloramento improvviso d'ogni cosa, un disgusto inesprimibile di quella vita e di quello spettacolo, il senso di soffocazione di chi, addormentatosi all'aria libera, si svegli con le corde ai polsi, sotto la vôlta d'una prigione. In quel momento vi pare di esser per mare da un tempo immemorabile, come i passeggieri del bastimento fantastico di Edgardo Poe, e l'idea di aver da passare ancora due settimane su quelle quattro assi, in mezzo a quel gruppo di moribondi di noia, vi atterrisce. No, non è possibile che vi resistiate, vi piglierà prima d'arrivare qualche strana malattia cerebrale, non ancor conosciuta. Dio eterno! In che maniera liberarsi da quel supplizio! Scrivere! Ma il bastimento, come altri già disse, ferisce lo scrittore in una delle sue facoltà più delicate, che è il senso dell'armonia: il rumor dell'elice gli fa ripeter venti volte in una pagina la stessa parola. Leggere? Ma per obbligarvi a scrivere, appunto, avete cacciato tutti i libri nei bauli destinati alla stiva. Sul serio, voi pensate a pigliare un narcotico, o siete tentati di stordirvi col cognac, o di far l'esperimento, come il genovese, con lo stantuffo della macchina. Oh! poter trovare qualche cosa di nuovo! Cento lire per il *Corriere mercantile* di questa mattina! Una libbra di sangue per un'isola! Una rivolta a bordo, una tempesta, il mondo a soqquadro, pur di uscire per un giorno da quest'orribile stato!

Il mare si mostrava quella mattina in uno dei suoi aspetti più brutti e più odiosi: immobile sotto una vôlta bassa di nuvole gonfie e inerti, di colore giallo sporco, d'un'apparenza viscida, come se fosse tutta una belletta di terra grassa, in cui un rampone da pesca avesse a rimanere confitto come una stecca nel mastice; e pareva che non vi dovessero guizzare dei pesci, ma delle bestie deformi e immonde, del suo stesso colore. Un aspetto simile presentano forse le pianure della regione occidentale del Mar Caspio, quando son coperte dalle eruzioni dei vulcani di fango. Se fosse vero che questo immenso mare, salato come il sangue, e dotato d'una circolazione, d'un polso e d'un cuore, non è un elemento inorganico, ma uno smisurato animale vivente e pensante, avrei detto quella mattina ch'egli volgeva in mente i più sconci pensieri, farneticando in uno stato di mezzo assopimento, come un bruto briaco. Ma neanche risvegliava l'idea della vita, poiché non v'era un respiro di vento, e sulla sua faccia non appariva né una contrazione né una ruga. Dava l'immagine di quell'angolo d'oceano deserto, rimasto per molto tempo inesplorato, che si stende fra la corrente di Humboldt e quella che le va incontro al centro del Pacifico, posto fuori delle grandi vie della navigazione, dove non si vede né vela, né balena, né gavotta, né alcione; dai confini del quale tutto fugge, ogni indizio di vita dispare; e se il vento o la tempesta vi gettano qualche volta un bastimento smarrito, pare ai navigatori di esser caduti nelle acque d'un mondo morto.

Ma fortunatamente questi accessi di noia sono come il dolor di gomiti, terribili, ma brevi. Giovò anche a liberarmene il comandante, che quella mattina, a colazione, era in vena di chiacchierare, e pieno di buon umore, benché trasparisse poco dal suo cipiglio di piccolo Ercole dai peli rossi. Per il solito, quello era il suo miglior momento. Esaminati i calcoli astronomici degli ufficiali, puntata la sua carta, computato il cammino fatto e quello da farsi, se nelle ultime ventiquattr'ore il *Galileo* avea filato bene, e se non c'erano novità spiacevoli a bordo, egli sedeva a tavola stropicciandosi le mani, e teneva viva la conversazione. Ma pure in quei giorni esordiva con qualche invettiva marinaresca contro i camerieri, così, per abitudine, e per dare un avvertimento salutare. A uno che gli faceva delle scuse, diceva: — *Va via, impostò!* — A un tratto minacciava *due maschae* (due schiaffi). A un terzo: — *Mïa, sae, che se començo a giastemmâ!* (bada, sai, che se comincio a bestemmiare!) E minacciava schiaffi e pedate particolarmente a Ruy-Blas, il quale rispondeva con un finissimo sorriso, come se dicesse: — Infuria, tiranno! Hai la potenza, ma non l'amore. — Veramente, per una tavola dove c'eran signore, quel linguaggio era un po' troppo... colorito. Ma noi scusavamo, pensando ai molti comandanti d'altre nazioni, che son perfetti gentiluomini a tavola, e beoni furiosi in camerino, e ci pareva che, trattandosi d'affidar la vita a qualcuno, fosse preferibile un rusticone temperante a un gentiluomo briaco.

Quella mattina, come sempre, diede una presa di mascalzone a destra e una presa di porco a sinistra, e poi cominciò a mangiare e a discorrere lentamente. Ricordo quella conversazione, tutta di carattere marino schietto, per la crudele tortura a cui mise il povero avvocato mio vicino. Fu prima la signora grassa, la supposta domatrice di belve, la quale mise il discorso sopra una brutta via, domandando al comandante, con una mancanza d'opportunità che tradiva la Chartreuse mattutina, quale fosse la cagione più frequente dei naufragi.

Il comandante, con la bocca piena di pane, rispose che si contavano cinquanta e più maniere di naufragio: scoppi di caldaia, incendi, vie d'acqua, uragani, cicloni, tifoni, rocce, banchi di fondo, abbordi e via dicendo. Metà dei naufragi, peraltro, si poteva affermare che derivassero da ignoranza professionale, da imprevidenza, da trascuratezza, da difetti di costruzione dei legni; insomma da cause evitabili. Un anno sull'altro, seguivano da sei mila naufragi, tra bastimenti e barche; e, *scià notte*, non comprendendo nella statistica la China, il Giappone e la Malesia.

L'avvocato, fin dalle prime parole, s'era rannuvolato, e faceva mostra di non ascoltare; ma si vedeva che una curiosità malata lo costringeva a prestar orecchio. E fu peggio quando la signora, con uno di quei salti che fan le donne nella conversazione, uscì a domandare al comandante che cosa credeva che si provasse, che si vedesse, quando s'andava giù, sotto l'acqua.

— *Cose se prœuva,* — rispose il Comandante, — *no savieivo*. Cosa si vede... Ecco. Per un certo tratto si vede ancora la luce, una luce velata, livida; poi... si è come in un chiarore crepuscolare, dicono, di un color rosso... sinistro; e poi... buona notte: un'oscurità completa, una grande diminuzione di temperatura, fino a zero gradi. Si gela. Però — soggiunse, rivolgendosi all'avvocato, come se dicesse per consolarlo, — può anch'essere che non ci sia oscurità assoluta, si possono dare degli accidenti di fosforescenza... poco allegri, in ogni caso.

L'avvocato cominciava a dar dei segni d'impazienza, brontolando: — Discorsi da farsi a bordo... vo' via da tavola, io... educazione di villan cornuti...

Allora il vecchio chileno, il genovese monocolo e il comandante cominciarono a citare e a descrivere naufragi celebri, l'uno più orrendo dell'altro, con quell'indifferenza per la morte che suole scender nell'anima per il canale cibario, quando si siede a una buona tavola; e vennero su su dalla zattera famosa della *Medusa* fino all'*Atlas*, sparito tra Marsiglia ed Algeri senza che se ne sia mai saputo notizia. Il comandante ricordò i piroscafi inglesi Nautilus, Newton-Colville e un altro, partiti da Danzica per l'Inghilterra nel dicembre del 1866, e svaniti come tre ombre, senza che si sia mai saputo né dove, né quando, né come.

L'avvocato smise di mangiare.

Ma il comandante continuò. Con l'eloquenza che spiegan tutti parlando d'un fatto in cui rischiaron la vita, si mise a descrivere una tempesta spaventevole che l'aveva colto sulle coste d'Inghilterra, quando comandava ancora un bastimento a vela, e arrivato al momento supremo, imitò con una nota di testa, ma con grande verosimiglianza, il grido lungo e disperato che aveva messo il timoniere: — *Andemmo a fooooooondo!*

A quelle parole l'avvocato s'alzò e, sbattuto il tovagliolo sulla tavola, se n'andò a passi concitati, masticando degli accidenti, che guai se n'arrivava uno al suo indirizzo. Ma siccome gli seguiva spesso d'alzarsi prima degli altri, il comandante non ci badò, per fortuna. Povero avvocato! Non era ancora uscito che si cambiò discorso ex abrupto, come se fino allora non si fosse parlato che per far dispetto a lui. Prese la parola il comandante, e cominciò a dare alla conversazione quel colorito vario e stranissimo e quell'andamento matto, che le può dare solamente il comandante d'uno di quei piroscafi transatlantici, per il quale i luoghi lontanissimi che egli tocca, e in cui vive tutta la sua vita, sono come uniti e confusi in un solo, sempre e tutto presente al suo pensiero. Dall'ultima rappresentazione del *Fra Diavolo* al Paganini di Genova saltò a una quistione che aveva avuto il mese avanti a San Vincenzo del Capo Verde con la negra dalle mammelle caprine, che fabbricava fiori di penne d'uccello; attaccò non so che avventura domestica del provveditore di carbone di Gibilterra con un pettegolezzo del porto di Rio Janeiro; e da una colazione a cui era stato invitato a Las Palmas, nelle isole Canarie, cascò addosso a un impiegato imbroglione della dogana di Montevideo. A me pareva di sentir parlare un uomo miracoloso che vivesse ad un punto in tre continenti, e per cui lo spazio ed il tempo non esistessero. E notai che le persone con le quali aveva che fare nei porti dei suoi tre mondi, erano le sole che rimanessero fisse e distinte nel suo pensiero; che quell'altre innumerevoli che egli imbarcava e sbarcava di continuo, passavan per la sua mente come per il suo piroscafo, senza lasciarvi altra traccia che una reminiscenza sbiadita, E poi, una conoscenza *sui generis* dei vari paesi, come si può acquistare a guardarli di sull'uscio: aveva sulla punta delle dita, per esempio, i prezzi del mercato dei legumi, e quasi nessuna idea della storia e della forma di governo. E così delle varie lingue, non possedeva che i sostantivi e i verbi d'una certa categoria, le monete di rame, per dir così, della conversazione, e una grammatica sola per tutte. E nel giudicare le cose del mondo, una certa ingenuità di collegiale adulto, che va in società una volta al mese; cognizioni e opinioni fuor dell'uso, poste a una gran distanza le une dalle altre, e d'una faccia sola, appunto come le città a cui egli approdava, di cui non vedeva che il panorama marino. L'ultimo suo aneddoto fu una lite attaccata nel 1868 con un sensale di grano di Odessa, e risolta, secondo il solito, con una generosa elargizione di briscole, – delle sue. – *E ghe n'ho dœte!* E glie n'ho date! disse. Poi finì, parlando soltanto ai suoi vicini, con un elogio serio e ragionato di sua moglie, una donna economica, casalinga, piena di buon senso, che egli avrebbe voluto aver incontrata e sposata dieci anni prima. Alzatosi da tavola, si fermò all'uscita del salone, come soleva fare quand'era contento di sé, per veder sfilare i passeggieri, a cui faceva un leggiero cenno di saluto, con un aspetto di gravita benigna. Stando vicino a lui, colsi a volo uno sguardo severo che lanciò alla signora bionda, il cui contegno pareva che cominciasse a urtare i suoi principii rigorosi di moralità marittima, e forse più in quel momento ch'era ancora caldo dell'apologia di sua moglie. Ma la signora passò ridendo, senz'avvedersene. Quasi nello stesso tempo rimasi stupito di vedergli alzare il berretto e fare un mezzo inchino, in aria di grande rispetto, alla signorina di Mestre, che passava a braccetto con la zia. Quando fu passata, egli si voltò a' vicini, e disse gravemente: — *Quella figgia lì... a l'è un angeo.*

Il caldo essendo forte a quell'ora, quasi tutti rimasero lungo tempo sul cassero, all'ombra della tenda: e io ebbi modo d'osservare meglio che la sera innanzi i cambiamenti che s'erano fatti in quegli ultimi giorni nelle relazioni tra i passeggieri. Un'amenità! Persone che nella prima settimana avevan dato segno di non potersi patire, erano stretti ora in una conversazione che pareva amichevole; altre che da principio eran come cucite l'una all'altra, ora sembrava che si scansassero con ripugnanza. Una lunga navigazione è come una breve esistenza a parte, nella quale le amicizie nascono, maturano e cadono con la stessa rapidità con cui s'avvicendano le stagioni sul piroscafo, dove si passa in tre settimane dalla primavera all'autunno. La certezza di separarsi all'arrivo per non rivedersi, incoraggia alle confidenze, e fa piantare senza complimenti i nuovi amici al primo screzio; e la facilità di farsi passare per diversi o da più di quello che siamo è insieme uno stimolo a cercare amicizie, e una cagione di altrettante rotture, perché facendo ognuno con noi il gioco medesimo, appena scopriamo la truffa, è finita. Per queste ragioni le amicizie, a bordo, ballano la contraddanza. E poi non c'è cosa che faccia commettere tante piccole viltà come la noia. Il decimo giorno, piuttosto che annoiarsi, alcuni vanno ad attaccare umilmente la conversazione di certi tali, che hanno offesi fino alla sera innanzi con una manifestazione evidentissima di antipatia. Vidi fra le altre coppie nuove il prete napoletano che passeggiava con un giovane argentino, il quale era stato fino allora uno dei suoi più impertinenti e patenti canzonatori, e che ora stava a sentire con visibile deferenza le sue dissertazioni sopra *las emisiones fiduciarias y de numerario* di non so che istituzione finanziaria di Buenos Ayres; e dall'altra parte del cassero quel pidocchio riunto del mugnaio, che s'era appiccicato non so come al vecchio chileno, con cui si lagnava a voce alta della *falta de limpieza* (mancanza di pulizia) dei piroscafi italiani, senza vedere sulla sua faccia severa un'espressione di nausea, che annunziava un'imminente voltata di schiena. Ma la gran novità era dietro al timone: il marito della signora svizzera in colloquio per la prima volta col deputato argentino, a cui pareva che spiegasse il meccanismo del solcometro, ed era comicissima la profonda attenzione che questi fingeva di prestargli, volgendo però lo sguardo di tratto in tratto, con un giro lento del capo, verso l'antica violatrice del suo domicilio, la quale passeggiava fra il toscano imbronciato e il tenore radiante, tutta vezzi e sorrisi, ma con l'occhio attento agli altri due: stupita, si capiva, e contenta di quel riavvicinamento inaspettato. Andando in su e in giù, essa passava davanti alla piccola pianista, seduta da un lato; e questa l'avvolgeva ogni volta con uno sguardo di sotto in su, lungo e profondo, in cui balenavano la curiosità e l'invidia sensuale, e ogni sorta d'appetiti compressi di piccola belva in catene; dopo di che il suo viso ripigliava la solita espressione di impassibilità monacale.

Sua madre, intanto, che stava seduta fra lei e la signora della spazzola, andava facendo a brani con gli occhi e con la lingua un nuovo vestito lillà della sposa, un po' infagottata, veramente; la quale le voltava le spalle, stretta al braccio dello sposo, e ferma in piedi con lui davanti alla "domatrice" che pareva li stuzzicasse con degli scherzi imbarazzanti, cullando sopra una poltrona a bilico la sua mal dissimulata sbornietta d'estratti d'erba. E ogni cosa dominava col suo sguardo acuto di poliziotto l'agente di cambio, appoggiato all'albero di mezzana, con le braccia incrociate sul petto, nell'atto d'un uomo che aspetta un avvenimento. Tutti gli altri, ritti o seduti a due a due, discorrevano alla stracca, tirando sbadigli a canto fermo; e il mar giallo e flaccido faceva degno fondo a tutte quelle facce pettegole e sonnolente. Tra i moltissimi quadretti, cancellati gli uni dagli altri, che presentò il cassero durante il viaggio, non so perché, mi rimase vivo nella memoria, dipinto a color di mota, quello di quel giorno e di quel momento.

A un dato punto, il quadro prese vita, e la pittura si cangiò in scena di commedia. Il toscano piantò la compagnia, quasi bruscamente, e se n'andò difilato verso prua, con un disegno sul viso, come di rappresaglia amorosa; e un minuto dopo la signora svizzera e il tenore si separarono: questi si mise a sedere in disparte e finse di leggere un libro; quella si diresse verso il marito, da cui l'argentino s'allontanò subito, facendo a lei un saluto diplomatico. L'agente di cambio mi comparve accanto, come una larva. — Stia a vedere — mi disse — una bell'operazione di strategia di bordo. Lei che scrive deve osservar queste cose. Il toscano s'è ritirato dal combattimento. Il tenore sta in riserva. La signora eseguisce una finta manovra in faccia al nemico. Oh perdio! Me l'han fatta ieri; non me la faranno più oggi. — In fatti la signora faceva mille moine al marito, gl'infilava il braccio sotto il braccio, gli parlava nell'orecchio, pareva che gli domandasse delle spiegazioni intorno al solcometro. E la faccia del capelluto professore era maravigliosa: rivelava un intero sistema di filosofia, che doveva essere antico in lui: egli socchiudeva gli occhi, come un gatto che s'appisola, e torceva tutto il viso da una parte, mostrando la punta della lingua, con una smorfia indicibilmente lepida; la quale però lasciava trapelare una certa intenzione astuta di canzonatura, come se in cuor suo egli ridesse di lei, di sé, dell'altro, degli altri, del mondo intero. Intanto il tenore era scomparso. E la signora si passava una mano sugli occhi e copriva col ventaglio dei piccoli sbadigli poco spontanei, come per mostrare che aveva voglia d'andare a dormire — Attenti! — disse l'agente. — Ora vien la mossa decisiva. — Non lo aveva anche detto, che la signora s'era staccata dal marito, e lentamente, facendo un visetto insonnito, attraversava il cassero, per discendere. — Eh! — sclamò l'agente; — il momento è ben scelto. Non c'è un cane di sicuro dentro a quei forni di sotto... Ma c'è la giustizia di Dio! — E scappò sotto egli pure. Non una di queste mosse era sfuggita a quel serpente a sonagli della madre della pianista, la quale bisbigliava le sue osservazioni alla sua vicina, la signora della spazzola; e tutt'e due, mandando scintille dagli occhi, s'alzarono a un punto solo, e si mossero... Ma era inutile. La svizzerella tornava su, velando la stizza col suo bel sorriso, e tenendo un libro fra le mani, come se fosse scesa per pigliar quello; e due minuti dopo, dall'altra scala, ricompariva il tenore, solfeggiando e guardando il mare, con un'affettazione di indifferenza che tradiva una rabbia canina. A pochi passi dietro di lui veniva innanzi l'agente, felice, che mi fece di lontano un cenno della mano aperta, col pollice al naso. Il tenore s'avvicinò a me, e mi disse: — Bel mare, eh?

Il mare era orribile; ma lui un originale divertentissimo. Avevo fatto la sua conoscenza alla latitudine delle isole Canarie, e parlato con lui due o tre volte, la sera. Era sui trentacinque, ma d'aspetto più giovane: un viso di primo lavorante sarto, con due baffetti biondi arricciati all'insù, e due occhi che dicevano continuamente: — Sono io! —: pronuncia di maniera, passo da conte d'Almaviva, vestito dei fratelli Bocconi. Egli guardava l'orizzonte con aria trionfante come se l'oceano atlantico fosse un'immensa platea che lo chiamasse alla ribalta. E trinciava di geografia, di letteratura, d'arte, di politica, con una certa disinvoltura volpina, andando sempre lì lì per dire uno strafalcione, ma ritenendosi sempre in tempo, dopo aver dato un'occhiata diffidente al conlocutore. In letteratura e in politica usava d'un artifizio curioso. Tutt'a un tratto, senza alcun appiglio con la conversazione, esclamava solennemente, con l'occhio fisso all'orizzonte: — Guglielmo Shakespeare!, — e si passava una mano sulla fronte, come se seguisse il corso d'una meditazione muta; ma niente: non era altro che un nome che gli veniva su, come una bolla d'aria. Oppure, cadendo il discorso sopra un personaggio storico, su Napoleone I, per esempio: — Ah! — sclamava, torcendo il viso; — non mi parli di Napoleone I, per l'amor del cielo! — come se avesse intorno a quell'argomento un gran tesoro di idee proprie, immutabili, sulle quali non potesse nemmeno ammettere la discussione. E non gli si cavava una parola di più. Infine, per riassumere tutto il vasto sistema delle sue idee e delle sue simpatie intellettuali, soleva dire: — Io tengo sempre tre libri sul tavolino da notte: Dante, il *Fausto* e... — La prima volta disse la Bibbia; ma poi se ne scordò, e un altro giorno disse invece: *I misteri del popolo* di Eugenio Sue. Sul piroscafo, peraltro, io non gli vidi mai altro in mano che *Gli amori dell'imperatrice Eugenia*. Un ultimo tratto. Diceva d'essere stato volontario con Garibaldi; ma quando il discorso cadeva sui fatti, non accennava mai ad alcuna campagna particolare, parlava di quelle guerre con una certa indeterminatezza vaporosa, come di avvenimenti dell'antichità più remota, appartenenti quasi all'età delle favole. In fondo, un umore gioviale. Non s'inaspriva che parlando di un certo impresario di Bologna, che pareva fosse l'odio della sua vita, e ripeteva sempre la stessa frase: — Gli farò sputare il cuore. — Lui intanto, quel giorno, aveva sputato la voglia.

Passate le due il cassero si sgombrava. Il tenore scendeva nel salone a canterellare sul pianoforte, il professore andava sul castello centrale a dar lezioni di varia scienza al basso popolo, gli argentini a giocare alle carte, gli altri a fare il bagno, a dormire, a scrivere o a rilisciarsi. Io seguitai quel giorno la signorina di Mestre che andava con la zia a fare la visita solita alla sua famiglia emigrante, col solito pacco di frutta e di dolci fini. Fin dai primi passi che fece a prua, potei notare quanto fosse già andata innanzi nella simpatia di tutta quella gente. Al suo apparire, anche i contadini più rozzi si scansavano, e tutti guardavano attentamente le vene azzurre di quel collo sottile, quelle mani gracili, quella grossa croce nera spiccante sul vestito color verdemare, che non disegnava alcuna curva, e pure aveva la sua grazia. Neanche sulla faccia delle donne più maldicenti e più ardite, che parlavan di lei dietro le sue spalle, non si vedeva l'ombra d'un pensiero maligno. E non era rispetto per la signora; ma per la triste sentenza che le vedeano scritta sul viso, e per la dolce rassegnazione con cui essa mostrava di portarla, senza nulla aver perduto della bontà e della gentilezza giovanile che nascon dall'amore felice della vita. Una parola che intesi mormorare sul suo passaggio mi fece tremar per lei, se l'avesse intesa: — Ecco la tisica. — Ma non l'intese. Dei ragazzi le andavano incontro, ed essa dava loro delle mandorle e dell'uva secca, carezzandoli sulle guance. A un certo punto, un emigrante avendole messo il piede sullo strascico, per inavvertenza, le si staccò il vestito sul fianco, e scoprì un palmo di sottana bianca. Mentre si raggiustava, le si avvicinò il dottore, e tutt'e tre discesero nell'infermeria.

Discesi dietro a loro. Andavano a visitare il vecchio contadino piemontese, malato di polmonite.

Il pover uomo era assai peggiorato. Coricato là nella sua cuccetta scura, con la barba grigia lunga, che lo faceva parere anche più scarno, aveva l'aspetto d'un morto disteso dentro una cassa, a cui fosse stata levata un'asse da un lato. All'apparire della signorina, che doveva aver già veduta più volte, fece quella contrazione della bocca, che annunzia il pianto nei bambini e nei malati sfiniti. E disse, con un nodo nella gola:

— *A'm rincress per me' fieul!*

M'accorsi che quelle parole diedero una stretta all'anima alla ragazza; la quale rispose subito, con voce alterata, ma fingendo franchezza: — Ma no, ma no. Che cosa dite? Rivedrete il vostro figliuolo. Oggi avete miglior cera. Badate bene di non perdere l'indirizzo. Dove l'avete messo?... (L'aveva nella giacchetta, ai piedi del letto). Sta bene. Il dottore ci farà attenzione. Volete che lo conservi io? che ve lo renda poi quando sarete guarito, all'arrivo? L'ho da pigliare?

Il vecchio accennò di sì. Essa si chinò, frugò nella giacchetta, tirò fuori il piccolo pacco, trovò il foglio che conosceva, e lo piegò con grande riguardo in un bel portafoglio di bulgaro, che richiuse e rimise in tasca. Il malato osservò con molta attenzione e con compiacenza tutti quei movimenti, e mormorò con un fil di voce:

— *A l'è trop grassiosa, trop grassiosa...*

— Fatevi coraggio, — essa gli disse porgendogli la mano, — ripasserò presto. A rivederci. Coraggio.

Il vecchio le prese la mano, gliela baciò due o tre volte, versando due grosse lagrime, e l'accompagnò con lo sguardo fino all'uscio: poi lasciò ricadere il capo sul cuscino con un atto di profondo abbandono, come se non dovesse rialzarlo mai più.

La ragazza risalì con la zia sopra coperta, e s'avvicinò alla sua famiglia di contadini, rincantucciata nel posto solito, fra la stia dei tacchini e la botte, come una nidiata d'uccelli. Ma avevan già dato a quel guscio di noce una cert'aria di casa, appendendo alla botte uno specchietto rotondo, e tenendo in alto un asciugamani che li riparava dal sole. La testa d'uno dei gemelli, seduto sul tavolato, serviva d'appoggiatoio alle mani del contadino, e la zucca dell'altro stava curva sotto un resto di pettine fitto, maneggiato dalla mamma, più rotondeggiante che mai; mentre la ragazzina lavava un fazzoletto dentro a un tegamino, posto sopra una valigia scorticata, che faceva da tavolo da lavoro. All'avvicinarsi della signorina, il padre s'alzò, levandosi la pipa di bocca, e tutte e sei le facce sorrisero. Intesi qualche parola, passando.

— *Sempre ben?*

— *Come Dio vol,* — rispose il contadino. — *Ma la ga paura che ghe suçeda prima de arivar.*

E allora la donna, col viso inquieto: — *Crede ela, paronçina, che i ghe farà pagar anca lù el cuarto de posto?*

La domanda doveva essere molto comica perché per la prima volta vidi la ragazza sorridere. Ma fu come un lampo. Fece cenno di no col capo, – che non credeva, – e si levò di tasca un fazzoletto da collo di lana rossa, che mise in mano alla bimba, dicendo: — *Ciapa, vissare, ti te lo metterà de sto inverno... quando mi...*

Ma che diamine seguiva per aria? In pochi minuti s'era oscurato il cielo; le nuvole scendevano fin quasi a toccar le cime degli alberi, pareva che fosse calata la sera tutt'ad un tratto. Dai due lati del piroscafo, ravvolto in una nebbia umida, non si vedeva più che un brevissimo spazio di mare grigio e gonfio, che cominciava a farci rullare fortemente, buttando spruzzi in coperta da tutte le parti. I più credettero a una burrasca. L'ufficiale di guardia gridò dal palco di comando: — Un piovasco! Dentro tutti! — Ma appena aveva detto l'ultima parola, che uno scroscio d'acqua violentissimo ci cadde addosso, un vero rovesciamento di catinelle, che inondò la coperta in un attimo; e allora fu una fuga pazza di tutti verso i passaggi coperti e sotto il castello di prua, uno strillar di donne, un saltar disperato a traverso ai rigagnoli, agli schizzi, alle ondate, e un ruzzolare precipitoso per le scalette dei dormitorii, da parer che andasse in sconquasso il bastimento. Ma le porte dei dormitorii essendo strette, vi si formaron davanti degli affollamenti, e ne nacquero rabbiose lotte di precedenza a gomitate e a fiancate, e uno scatenìo di sacrati e di grida, sotto la furia crescente dell'acquazzone che inzuppava cappelli, trecce e giacchette, strepitando sulle vetrate e sui ponti, schiaffeggiando e lustrando ogni cosa. Quella confusione d'inferno mi fece pensare con spavento a che cosa sarebbe accaduto in un momento di pericolo. Non era altro che il primo saluto che ci mandava la zona torrida, la grande innaffiatrice del mondo, nel cui regno navigavamo da due giorni. E non durò che pochi minuti. La vôlta cupa delle nuvole si alzò, e rompendosi in vari punti come in tanti finestroni, lasciò cadere sulle acque ancora oscure qua e là e percosse da fasci di pioggia, una varietà non mai veduta di macchie di luce e di riflessi lividi, bianchi, verdi, dorati, che diedero all'oceano l'apparenza di molti mari congiunti, di cui ciascuno fosse rischiarato da un astro diverso: l'immagine strana e triste di un mondo in cui principiasse il disordine della fine.

GLI ORIGINALI DI PRUA

Altri piovaschi ci si rovesciarono addosso il dì seguente, e in grazia all'ultimo io potei parlare per la prima volta con la signorina di Mestre, che mi trovai accanto nel passaggio coperto di destra, dove s'era rifugiata, già fradicia e tremante dal freddo. Le sue prime parole, i primi movimenti del suo viso, veduto così da vicino, in mezzo alla folla che ci stringeva, mi rivelarono l'animo suo meglio che non l'avessero fatto fino allora tutti i suoi atti. Da certi guizzi involontari delle sue labbra bianche e da certi tremiti intimi della voce, s'indovinava sotto a quella compostezza gentile un grande vigore di passione, ed era una pietà ardente per le miserie umane, il cui spettacolo le riusciva intollerabile e la rendeva infelice, un amore violento per tutti quelli che soffrivano, dal quale le era nata non so che idea di socialismo religioso, confusa nella sua mente, ma fiammeggiante nel suo cuore, che la consumava. Per la prima volta in vita sua essa vedeva molta miseria e molti dolori accumulati, per così dire, e frementi sotto la sua mano; e n'era sconvolta nel più profondo dell'anima. Non capii bene il suo pensiero, perché, o per difficoltà di esprimersi o per stanchezza, non finiva mai la sua frase, e l'ultime sue parole volavan via come rapite dal vento. — Non si fa abbastanza per chi soffre, — disse; — eppure... non c'è altro da fare al mondo... tutto è lì. — Se le fossero bastate le forze del corpo, avrebbe certo consacrato la vita a qualche grande apostolato di carità, e in quello sarebbe morta: lo diceva l'espressione della sua bocca tenerissima, e quella della sua fronte risoluta, sulla quale passava ogni tanto un'ombra leggiera, come il pensiero dell'egoismo e della tristizia umana, ch'ella doveva aver piuttosto indovinato che esperimentato nella sua breve esistenza. E nonostante le grandi dissomiglianze, mi passava per la mente, guardandola, il viso bianco e ispirato d'una di quelle fanciulle nichiliste che dipinse lo Stepniak, divorate dall'ardore della loro fede e pronte a morir per essa. Parlava con gli occhi all'orizzonte, con una voce d'una dolcezza inesprimibile, accarezzando con una mano la sua croce nera, e quel povero alito di bambina inferma che gli usciva dalla bocca pareva anche più tenue e compassionevole davanti a quel soffio immenso di vita che le mandava in fronte l'oceano. Aveva coscienza del suo stato? Argomentai di sì dall'indifferenza che dimostrava, come se già vivesse in un altro mondo, per le sue compagne di viaggio e per gli altri passeggieri di prima, che confondeva gli uni cogli altri, domandando: — Chi? Quale? — e facendo uno sforzo per ricordarseli. Ed era rassegnata veramente? Cercai di scoprirlo poco dopo, mentre discorreva con la bella ragazza genovese, a cui aveva portato in regalo un piccolo astuccio di cuoio, con gli strumenti da cucire. Cercai nei suoi occhi, nel momento che la fissava, se la vista di quella bella gioventù salda e florida, e quasi risplendente di vita, le destasse un sentimento anche sfuggevole di invidia, un rimpianto, il pensiero triste del paragone. Nulla. La grande rinunzia era già fatta, senza dubbio. L'amore e il desiderio della vita, partiti prima di lei, eran già nel sepolcro.

In quel punto sentii dietro di me un fruscìo vivo di gonnelle e una risatina trillante. Era la signora bionda, vestita di color celeste, incipriata da una parte sola e profumata come un mazzo di fiori, che veniva per la prima volta a visitar la prua, in compagnia del Secondo, un giovialone color di rosa, alto due metri, col quale pareva già in domestichezza. Passò, sfringuellando, e guardando qua e là; ma si vedeva che non vedeva nulla di nulla, che per lei poppa, prua, macchine, emigranti, miseria, Atlantico e Mediterraneo, eran tutte cose che non la riguardavano, che non la distraevano neppure un momento dalla sua gaia coscienza di bella donnetta scervellata, libera e felice nel pieno esercizio delle sue funzioni. E osservai allora il senso acuto che hanno gli uomini del popolo nel giudicare lì per lì anche le donne della "signoria". Non l'avevano mai vista; ma la riconobbero al fiuto; e non si scansavano apposta, i sornioni, per farsi strisciare le ginocchia dal vestito celeste; le facevan dietro il verso di chi sorbe un'ostrica, o si baciavan la palma della mano, ridacchiando. Si scansarono invece, ma di mala grazia, davanti alla signora della spazzola, che le veniva dietro, sola, portando un pacco in mano, vestita con eleganza stridente. Da due giorni essa aveva preso a scimmiottare la signorina veneta, e faceva distribuzione di confetti e frutta ai ragazzi. Ma, Dio mio! aveva l'aria d'una ispettrice, il sorriso rassegato; e mentre con la mano porgeva il dolce, con l'occhio si guardava dai contatti: tutta la sua persona rivelava la borghesuccia impastata d'invidia per chi le sta sopra e di disprezzo per chi le sta sotto, capace di commettere una vigliaccheria per entrare in relazione con una marchesa, e di dimezzare il pane ai figliuoli per strascicare del velluto sui marciapiedi. I piccini accettavano, ma le occhiate che le tiravano i grandi esprimevano la più cordiale avversione. Mentre la seguitavo con gli occhi in mezzo alla folla, vidi venire innanzi, con la sua ragazzina, quella tal signora "decaduta" delle terze classi, che il Commissario m'aveva indicato nei primi giorni: malandata di salute peggio d'allora, e resa più miserevole all'aspetto da un vestito di seta nera sciupato e sgualcito. Ci sono delle piccole umiliazioni nella sventura che fanno più pietà della sventura stessa. Tutte e due, madre e ragazza, timidamente, chi sa dopo quanta esitazione, s'accostarono a uno dei cernieri dell'acqua dolce, e vergognandosi un poco, dopo essersi guardate intorno, si chinarono a succhiare i bocchini di ferro, nell'atteggiamento delle bestie all'abbeveratoio, come facevan tutte le altre: poi, vedendo che tornava in qua la signora svizzera, si ritirarono in fretta col capo basso, e scomparvero nella calca. Alcuni emigranti che avevan notato quella scena, ne risero a voce alta, con ironia. La signora bionda, intanto, a un cenno del Secondo, s'era soffermata a guardare la genovese, la cui fama di "bellezza virtuosa" le doveva già essere arrivata all'orecchio. E mi parve che la trovasse bella. Ma nel suo sguardo ridente e benevolo vidi come balenare una espressione di pietà: la pietà con cui un ardito e fortunato industriale guarderebbe un ricco inetto che tenesse a dormire nella cassa forte un capitale prezioso. Poi se n'andò, salutando con un cenno della mano suo marito, che stava in alto, – sul terrazzino del palco di comando, – a esaminare la struttura del fanale rosso.

Povera genovese! Il Commissario, passando là per verificare la rottura dei bocchini d'un cerniere, mi mise al fatto d'una storia deplorevole. Intorno a quella bella e buona ragazza s'era venuto formando un cerchio d'antipatie e di rancori che non le davan più pace. Tutti gli spasimanti non guardati o ributtati con uno sguardo o con un atto di disgusto, le eran diventati nemici, e quel suo contegno dignitoso e immutabile gli aveva inaspriti a poco a poco fino all'odio. Dicevano che era "stupida come una scarpa", un pezzo di carne senza sangue, tutta mani e piedi, imbottita di cotone davanti, e certi denti! Al dispetto degli uomini s'era aggiunta la gelosia delle donne, rabbiose di vederle ai fianchi cento "imbecilli" in adorazione. La bolognese e le due coriste, in ispecie, le lanciavano delle occhiate da bollarla a fuoco. Avevano cominciato a chiamarla, per sarcasmo, la principessa; poi a dire che tutta quella modestia di monachina era un'impostura; e infine a mettere in giro a suo carico ogni specie di calunnie. Non si può dire la sudiceria dei discorsi che le si tenevano intorno, la turpitudine delle osservazioni che si facevano sulla sua persona, ad alta voce, provocando delle risataccie insolenti, di cui non le poteva sfuggire il significato. Era un vero fiore in mezzo a un letamaio. L'avrebbero insultata a faccia aperta, le avrebbero messo le mani addosso, non per altro che per avvilirla, se non fosse stato il timore delle autorità di bordo. Il cuoco medesimo era diventato furioso, e non mostrava più al finestrino che la faccia terribile d'un sultano offeso. Per due o tre giorni le aveva ronzato intorno il toscanello di prima classe, s'era già fin anche messo in relazione col padre; e tutte quelle canaglie avevan già dato il mercato concluso e l'affare fatto; ma poi aveva smesso tutt'a un tratto, senza che si sapesse perché. Il solo rimasto devoto, innamorato più che mai, preso fino al midollo delle ossa, poveretto, era quel tale giovane mingherlino, con una borsa di cuoio alla cintura, che pareva preso alla pania; – un modenese, scrivano di professione, – solo, – del quale s'era incapricciata pubblicamente una brutta loschetta di terza, coi capelli rossi e il viso cruscoso, ch'egli non curava. La sua passione, cresciuta fino all'istupidimento, era diventata lo spasso di tutti: gli tiravano dei sospironi a raglio dietro le spalle, gli cantavano

sei troppo piccolo
per fare all'amor.

Ma egli era tanto innamorato che non badava a nulla, e se ne stava fermo al suo posto per dell'ore, con un gomito sul ginocchio e il mento nella mano, a guardarla, come in estasi; felice quando quegli occhi azzurri e limpidi, girando uno sguardo intorno, incontravano i suoi, per puro caso. Ed era là anche allora, mentre il Commissario parlava di lui, immobile, con un atteggiamento del viso, con cert'occhi, da far capire che per una parola avrebbe dato la sua borsa di cuoio, la sua penna, il passaporto, l'America, l'universo. Metteva pietà. Certo, prima dell'arrivo, avrebbe finito di perder la testa e fatto qualche grossa corbelleria.

Quello era l'"innamorato", un personaggio che a bordo non manca mai, come diceva il Commissario, e spesso anche ce n'è vari: d'innamorati del cuore, s'intende, che gli altri non si contano. Ma sul *Galileo* c'era una collezione d'altri originali assai più curiosi; ciascuno dei quali, in quei dodici giorni, aveva avuto campo di mettersi in luce, e godeva già di una certa celebrità nella repubblica di prua. C'erano i capi ameni e i personaggi seri. Questi stavano di preferenza sul castello di prua, ch'era una specie di Monte Aventino, dove si raccoglievano gli spiriti riottosi e i filosofi di umor tetro; e il più popolare di essi era il vecchio toscano dal gabbano verde, che aveva mostrato il pugno a Genova, la sera della partenza. Costui aveva il diavolo in corpo; dalla mattina alla sera declamava con la voce rauca, girando per aria l'indice minaccioso, e il suo uditorio ingrossava di giorno in giorno: avrebbe voluto iniziare la rivoluzione sociale sul *Galileo*, predicava contro i signori di poppa, incitava i passeggieri a protestare contro l'immondizia dei dormitorii e la schifezza del vitto, e qualche volta, per dar l'esempio, buttava per aria la sua porzione, e inveiva urlando contro le cucine. E l'uditorio approvava, ma mangiava, e allora, fuor di sé, egli trattava tutti di "venduti" e di "schiavi." Uno solo non piegava il capo davanti a lui, un sedicente contrabbandiere, piccolo e secco, con un gran ciuffo nero sopra la fronte e due occhi di girifalco, il quale s'era fatto da sé e godeva di tenersi viva intorno una riputazione tenebrosa di gran delinquente, carico d'omicidi misteriosi, e pronto a tutto: non altro che un Capitan Fracassa del delitto, forse; ma abilissimo a recitar la sua parte, tanto che era temuto da tutti, benché non avesse ancora torto un capello a nessuno, e le donne se lo segnavano a dito, dicendo che portava un lungo pugnale sotto la giacchetta, e che prima della fin del viaggio avrebbe certamente fatto una strage. Egli passeggiava tra la folla, a braccia incrociate e a capo alto, e non voleva esser fissato in viso da alcuno. Se qualcuno lo fissava, si fermava subito, piantando gli occhi in faccia al temerario, come per domandargli se era stanco di vivere; ma tra per paura e per prudenza, tutti voltavan il capo dall'altra parte. Da questa pretesa in fuori, pago della sua gloria sanguinaria, non dava noia ad anima viva, ed ostentava per il vecchio toscano il disprezzo dell'uomo d'armi per l'uomo di toga. Con questi due faceva la triade sul castello di prua quella strana figura del saltimbanco, dai capelli lunghi e dalle braccia tatuate, del quale nessuno aveva mai sentito la voce, tanto che si diceva che fosse muto: ed era capace di stare cinque ore immobile all'estrema punta del piroscafo, con quegli occhi verdi per aria, come se fissasse una stella visibile a lui solo, assorto in immaginazioni sovrumane.

I belli umori, invece, si raccoglievan quasi tutti sul castello centrale, che offriva maggior spazio a far buffonate, ed era come una piazza di villaggio, un luogo di passo, comodo ai crocchi e al pettegolezzo. Qui, nell'angolo a sinistra, vicino al palco di comando, c'era conversazione e chiasso dal levar del sole fino a notte. Il buffone della brigata era un contadino del Monferrato, quello stesso che aveva fatto la supposizione scandalosa sul borsone della bolognese: una faccia di brighella, a cui mancava il naso. Tutta la terza classe sapeva come l'avesse perso: gliel'aveva portato via con una sciabolata un carabiniere briaco, che egli, stracotto pure, aveva provocato una notte, in un vicolo del suo villaggio; ma il comico stava in questo, che la mattina dopo, sperando di trar partito di quello snasamento, egli aveva ricorso, per farsi risarcire dei danni, alle Autorità, a cui il carabiniere s'era ben guardato di far *rapporto*; e frutto del ricorso eran stati varii giorni di carcere, dopo molte corse al tribunale del circondario, e cento lire di multa. Costui aveva sbagliato mestiere: era pagliaccio nato: contraeva e allungava il muso come una bestia, ballava dei balli grotteschi di sua invenzione, contraffaceva la gente in maniera maravigliosa, e quando passava un'autorità di bordo, salutava con un atto di finto rispetto, che faceva crepar dalle risa. Dopo di lui, il più famigerato era un ometto dalla testa pelata, con un grosso orzaiolo a un occhio, un ex portinaio, il quale si teneva sempre accanto una gabbia con due merli, che curava molto, contando di venderli a Buenos Ayres a ottanta lire l'uno: affare tentato da molti altri. E doveva la sua popolarità a un tesoro pornografico che aveva ereditato da un parente: un grosso quaderno tutto pieno di caricature oscene, di sciarade sporche o di aneddoti, i quali, letti a pagina piegata, eran brani di vite di santi, e a pagina aperta, troiate dell'altro mondo. Costui aveva sempre intorno un gruppo di dilettanti di grasso, che rileggevano cento volte al giorno le stesse lordure, buttandosi a traverso alle panche dal ridere, con gli occhi lacrimanti di gioia. E allora egli alzava la fronte come un attore applaudito, felice. Un terzo, un cuoco d'osteria, era un tipo frequentissimo a bordo: il sapientone che, per essere già stato una volta in America, s'arroga una superiorità professionale sui suoi compagni di viaggio, spiega a modo suo tutti i fenomeni marini e celesti, sdottora di meccanica navale, parla del nuovo mondo come di casa sua, e a tutti spaccia consigli, e da di villano ignorante a chi non gli crede: il Commissario l'aveva sorpreso una volta che spiegava il movimento rotatorio della terra, con una mela in mano, schiantando spropositi da far fermare il bastimento. A tempo perso, sonava anche l'ocarina. C'era infine un barbiere veneto che brillava per la sua abilità d'imitare la voce del can da pagliaio che abbaia alla luna: un ululato lamentevole che straziava i nervi, ma che avrebbe ingannato tutti i cani d'Italia. Ma già tutti gli "specialisti" eran stati scovati e costretti a dar saggio di sé: un vecchio giardiniere, fra gli altri, s'accoccolava dietro una stia e imitava l'anelito rabbioso d'uno per cui *volere* non è *potere*, con una perfezione insuperabile: un vero artista, dicevano, ed era tenuto in gran conto. Lì poi giocavano a tarocchi, a pila e croce e alla tombola, e cantavano per ore intere; giocavano perfino a mosca cieca, dei lanternoni coi capelli grigi, e a guancialin d'oro, come rimbambiti. Il grande spettacolo, poi, era quando ci veniva da prua, preso da un estro di mattoide, il saltimbanco tatuato, e camminava con le gambe per aria, faceva il serpente o la ruota, in mezzo a un subisso di applausi, sempre torvo nel viso, come se facesse quello per castigo; dopo di che se n'andava senza far parola, com'era venuto. Ma quell'allegria pareva spesso più voluta che spontanea, e quasi una specie di ubriachezza a digiuno che si procurassero per scacciare i ricordi tristi e i presentimenti cattivi; poiché era veramente un furore come coglievano a volo ogni minimo pretesto per stordirsi col baccano. Si gittavano alle volte in cento contro il parapetto o s'affollavano in cerchio precipitatamente, levando un rumor di grida, di fischi, di miagolii, di chicchiricchì, che si spandeva per tutto il piroscafo e faceva voltare il viso inquieto agli ufficiali: ed era per un cappello caduto in mare, o perché un di loro s'era tinto il naso di nero, cadendo sopra la boccaporta d'una carboniera. E quando passava in mezzo a loro una ragazza o una donna che non appartenesse a nessuno, era un coro di schiocchi di lingua, di trilli d'uccelli, di voci onomatopeiche d'ogni intonazione e significato, che obbligava la disgraziata a darsela a gambe. La serva negra dei brasiliani, sopra tutto, quando passava di là per andar a mangiare o a dormire nelle terze, mostrando il bianco degli occhi e dei denti come per mordere, suscitava una tal musica di versi d'amore animaleschi, che pareva di sentire l'urlìo d'un serraglio in calore. E avevamo il fatto nostro noi pure. E di fatti, tolta la vernice, a chi l'aveva, della buona educazione e della cultura, c'era poi una gran differenza tra il castello centrale e il cassero di poppa? Come si sarebbero trovati facilmente i tipi gemelli e le analogie delle conversazioni! È incredibile come ci conoscevano, e con quanto fondamento di vero spettegolavano alle nostre spalle, scoprendo il lato ridicolo di tutti noi. Per via indiretta lo venivamo tutti a risapere. Conoscevano qualche cosa dell'indole e delle abitudini di ciascuno, per mezzo dei camerieri di bordo e dei servitori privati dei passeggieri, ed erano al corrente della nostra piccola cronaca quotidiana, come segue nelle botteghe e nelle soffitte riguardo ai casigliani dei piani signorili, e quel che non sapevano indovinavano, e commentavano ogni cosa. Ad alcuni avevano messo dei soprannomi, di altri contraffacevano l'andatura e la voce. Voltandoci indietro all'improvviso quando si passava di là, sorprendevamo sempre tre o quattro che si ammiccavano, o ricomponevano in fretta il viso da una smorfia di canzonatura. Quelle eran le nostre Forche caudine.

Quella sera appunto tutto il piroscafo fu rallegrato da una celia superlativa fatta a uno di quella brigata: un passeggiero di terza che, avendo pagato il supplemento, desinava in seconda, ma passava la giornata fra i crocchianti del castello centrale. Era un ometto tra le due età, con la faccia rugosa come una mela cotta, un buon diavolo, vestito come un sagrestano e che si dava aria di borghese agiato; ma semplice e credenzone come un fanciullo, e accarezzato da tutti perché possessore d'una cassetta di bottiglie di vino, che portava a un fratello in America, e che difendeva gelosamente da ogni insidia come un deposito sacro. La mattina, salendo in coperta, aveva fissato l'attenzione sul quadrante telegrafico del palco di comando, che trasmette i segnali alla macchina, e come sul palco c'era il quarto ufficiale, che desinava nelle seconde con lui, gli domandò che cosa fosse quel meccanismo.

Quegli rispose che era il telegrafo.

Il buon uomo rimase stupito. — Il telegrafo! — esclamò. — Per telegrafare?

L'ufficiale capì a volo: era un piccolo genovese, fino come la triaca, gran maestro di corbellature, e sempre serio.

— Per telegrafare, — rispose; — s'intende. O a che cosa deve servire? Per mezzo d'un filo mobile noi ci teniamo in continua comunicazione col cavo sottomarino, e mandiamo notizie all'armatore di quattro in quattr'ore.

L'ometto espresse la sua ammirazione; poi disse timidamente, avendo già il suo pensiero: — Già... non servirà che per uso del piroscafo.

— In via di favore, — rispose l'uffiziale, — serve anche per i passeggieri.

— Ma allora, — esclamò l'altro con espansione, — io manderei un telegramma a mia moglie!

Un momento fu trattenuto dal pensiero della spesa; ma inteso che, per esser quella un'eccezione, si sarebbero attenuti alla tariffa ordinaria, fu tutto contento, e scrisse il dispaccio. — Sto bene. Mar buono. Metà strada. Ti abbraccio, ecc. — E domandò se sua moglie avrebbe potuto rispondere. Sì, certo poteva rispondere. — Perché la conosco, — disse; — è donna da levarsi il pan di bocca per mandarmi una buona parola. — E voleva pagare; ma l'ufficiale non volle: doveva fare il calcolo dei centesimi addizionali: avrebbe pagato la sera, verso le quattro, ritornando a vedere se ci fosse risposta.

Felice, il buon diavolo se ne va, lasciando il foglio. Ritorna alle tre: niente. Alle tre e mezzo: niente. Alle quattro trova dieci benedette parole: — Grazie. Bene. Dio ti accompagni. Prego per te. Torna presto.

Fuor di sé, legge due volte, bacia il foglio, vuol pagare. — Ma che! — dice l'ufficiale. — È una miseria da non parlarne. E poi, farò passare il dispaccio come di servizio. Piuttosto, poiché ha delle buone bottiglie in cassetta, ne stapperà una a tavola, e saremo pari. — E come no? Ne stapperò una, ne stapperò due! Si dovrà star allegri. Ah! la scienza dell'uomo a che cosa è arrivata! — Per farla breve, alle quattro, a tavola, le due bottiglie furono stappate e bevute, e il povero uomo s'esilarò tanto, che ne fece stappare una terza, una quarta, e tutta la cassetta, così ostinatamente difesa fin allora, fu asciugata. La notizia, frattanto, s'era già sparsa, e quando egli uscì di tavola, eccitato, rosso, trionfante, e salì sul castello centrale per fare il chilo, fu ricevuto con una chiassata di carnevale. Non capì subito perché lo beffassero; ma quando capì, mentre tutti s'aspettavano di vederlo restar fulminato, si mise a ridere di compassione, e se ne tornò verso le seconde, esclamando: — Ignorantoni!... Bestioni!... Asinoni!... — beato, imperturbabile in mezzo al concerto di latrati, di gnauli e di canti di gallo che l'accompagnava.

E quella scenata seguiva davanti a uno degli aspetti più stupendi che offrano l'oceano e il cielo nella regione dei tropici. Essendosi squarciato poco innanzi al tramonto il velo fitto di vapori che ci avvolgeva da tre giorni, il sole calava nel mare come un rubino enorme, gettando sulle acque tranquille una lunghissima striscia purpurea abbagliante come un torrente di lava accesa che corresse a incenerire il *Galileo*. E quando il sole toccò l'orizzonte, le nuvole, infocate dei più pomposi colori, cominciarono a svolgersi lentamente, presentando mille forme maravigliose, che ci facevano stare a bocca aperta, e sclamare man mano che si cangiavano: — Che peccato! — come allo svanire d'un sogno incantevole. Erano monti d'oro, da cui precipitavano fiumi di sangue, fontane immense di metalli in fusione, padiglioni sublimi, sfolgoranti di sotto d'una così gloriosa luce, che, a fissarvi lo sguardo, la mente vacillava un momento, e s'aspettava con un senso quasi di trepidazione l'ultima visione di Dante, i tre giri di tre colori e d'una contenenza, dipinti dell'effigie umana, davanti a cui *mancò possa all'alta fantasia.*

IL DORMITORIO DELLE DONNE

E mare, mare, mare. A momenti c'era da immaginare che fossero scomparse le terre dalla superficie del globo, e che noi navigassimo sull'oceano universale, senz'approdare mai più. Non eran più le acque gialle dei giorni innanzi; ma il cielo bianco, il sole bianco, un mare che pareva un'immensa lastra di piombo, e sul piroscafo tutto quello che si toccava, scottava. E il caldo cocente non era il peggio: era un puzzo d'aria fracida e ammorbata, che dalla boccaporta spalancata dei dormitori maschili ci saliva su a zaffate fin sul cassero, un lezzume da metter pietà a considerare che veniva da creature umane, e da far spavento a pensare che cosa sarebbe seguito se fosse scoppiata a bordo una malattia contagiosa. Eppure, ci dicevano, non v'eran più passeggieri di quanti la legge consente che s'imbarchino in relazione con lo spazio. Eh! che m'importa, se non si respira! Ha torto la legge. Essa permette che si occupi sui piroscafi italiani uno spazio maggiore quasi d'un terzo di quello che è concesso sui piroscafi inglesi e americani; e non è là a vedere se il *tutto bene* trovato dalla polizia alla partenza, sia mantenuto poi durante il viaggio; a impedire, per esempio, che s'imbarchino in altri porti più passeggieri di quello che rimanga di posti, e che si caccino viaggiatori sani nello spazio riservato agl'infermi, e che s'improvvisino dei dormitori alla bella diana. Quanto rimane da fare ancora dentro a questi bei piroscafi che il giorno della partenza si vedono luccicare come palazzi di principi! Sulla maggior parte, i marinai e i fuochisti ci stanno come cani, l'infermeria è un bugigattolo, i luoghi che dovrebbero essere più puliti, fanno orrore, e per mille e cinquecento viaggiatori di terza classe, non c'è un bagno! E dican quello che vogliono gli igienisti che han fissato il numero necessario dei metri cubi d'aria: la carne umana è troppo ammassata, e che una volta si facesse peggio, non scusa: oggi ancora è una cosa che fa compassione e muove a sdegno.

Intanto, man mano che s'alzava la colonna termometrica, crescevano per il Commissario le occupazioni e i fastidi; principalissimo dei quali era il dormitorio delle donne, in cui doveva scendere molto sovente, di giorno e di notte, per ristabilire il buon ordine o vegliare alla pulizia. Anche a non tener conto del da fare, sarebbe bastato quello spettacolo obbligatorio a disamorare dell'ufficio qualunque galantuomo. S'immaginino due piani sotto coperta, come due vastissimi mezzanini, rischiarati da una luce di cantina, e in ciascuno di essi tre ordini di cuccette posti l'un sull'altro, tutto intorno alle pareti e nel mezzo, e lì circa a quattrocento tra donne e bambini poppanti e spoppati, e trentadue gradi di calore. Qui, nella cuccetta più bassa, dormiva una donna incinta con un bimbo di due anni, sopra di lei una vecchia settantenne, sopra di questa una giovinetta sul primo fiore; là s'allungava una cafona calabrese accanto a una signora caduta nell'indigenza; più oltre un'avventuriera di città, che si dava il belletto al buio, a fianco d'una contadinella timorata di Dio, che dormiva con la corona del rosario tra le mani. A scender là di notte, si vedevano spenzolare dalle cuccette capigliature grigie, trecce bionde, fasce di lattanti, orribili stinchi senili e belle gambe di ragazze, e un cenciume di scialli, di vestiti e di sottane di tutti i colori naturali e acquisiti immaginabili e possibili, come bandiere dell'esercito infinito della miseria; e sul tavolato dei mucchi confusi di stivaletti, di zoccoli, di ciabatte, di legacci, di scarpettine, di calze, da metter sgomento a pensare ch'eran mucchi di quistioni e di battibecchi preparati per il domani, all'ora della levata. Molte non dormivano. Il Commissario s'avanzava in mezzo a un cicaleccio fitto di conversazioni, rotto da risa represse, da vagiti, da sospiri di ragazze, da gemiti di donne oppresse dal caldo, da mormorii di vecchie, che non potendo chiuder occhio, masticavano paternostri e avemmarie. Tratto tratto era chiamato da una mano o da una voce sommessa, e doveva chinarsi o levarsi in punta di piedi per ascoltare un lamento o una protesta. — Signor Commissario, le diceva una nell'orecchio, ci metta rimedio lei: c'è quella ragazza del numero 25 che è uno scandalo; ci ho qua sotto due ragazzetti; le dica di stare a dovere: o in che luogo siamo? — Un'altra voleva che avvertisse le due vicine di sopra di non mettere i piedi fuori e di parlare più pulito. Le vecchie, in particolar modo, lo tormentavano per la buona morale, e denunziavano le colpevoli, in gran segretezza, rabbiose. — Ci ponga un po' mente lei, signor Commissario. Loro non vedono niente, mi scusi. C'è il numero 77, quella bionda, che ogni notte al tocco sale in coperta e non torna più che alle quattro. È una porcheria che deve finire. — Altre volevano cambiare di posto, a cagione d'una vicina asmatica, o perché la ragazza che avevano a lato, un poco di che, senza dubbio, spandeva un puzzo di muschio da mandar la testa per aria. E il Commissario doveva quietarle: — Vedremo, provvederemo, dormite intanto, riposate, datevi pace. — E andando innanzi così al chiarore fioco delle lanterne, intravvedeva delle madri addormentate che si stringevano i bimbi al petto, respirando affannosamente, col viso contratto da un sogno doloroso o spaventevole; dei seni giovanili non scoperti per caso; delle bocche senza denti spalancate nel sonno come se urlassero; degli occhi che luccicavano nell'ombra, fissandolo, con un sorriso che faceva un'offerta. E qualche volta, per le corsie, s'abbatteva in un viso sospetto, che doveva sottoporre a un interrogatorio. — Dove andate a quest'ora? — Su (naturalmente) per un'occorrenza. — Con quegli occhi in solluchero? Vi do tempo cinque minuti, e poi vi tasterò il polso. — Un po' più in là, s'arrestava a fare un'ammonizione: — Ve lo dico per l'ultima volta, se non vi trovo domani con la camicia cambiata, ve la taglio! Non avete vergogna? — E la rimproverata rispondeva qualche volta il vero, pur troppo: — Non ne ho altra, signorino! — E avanti, di corsia in corsia; da una parte rimetteva sul cuscino il capo d'una bimba nuda che sporgeva troppo in fuori; dall'altra faceva tacere due comari bracone che si scanagliavano a bassa voce per una quistione nata la mattina alla ripartizione della galletta; e quattro passi più giù faceva coraggio a una povera donna sola che, presa dalla malinconia, piangeva sul capezzale, dicendo che aveva il presentimento di non trovar più suo marito in America. E a furia di passare e di ripassare conosceva il modo di dormire di tutti. La bolognese, che stava coricata di fianco, toccava quasi con l'anca enorme la cuccetta di sopra; la bella contadina di Capracotta si rivoltolava come uno scoiattolo; quelle due ciuffone di coriste dormivan con le gambe e le braccia buttate di qua e di là come le aste d'un X; e la signora "decaduta" si teneva disteso addosso quel povero vestito di seta nera, come il drappo funebre della sua antica fortuna. La più bella e tranquilla era anche nel sonno la ragazza genovese, che riposava supina, lunga, tutta coperta, come una statua di regina, distesa sulla sue tomba di marmo. Ma la vista di tutte quelle canizie misere, di tutte quelle madri senza casa e senza pane, dormenti sopra l'oceano, a migliaia di miglia dalla patria abbandonata e dalla terra promessa, gli teneva lontano dalla mente ogni pensiero sensuale, anche davanti alle molte nudità ostentate o inconsapevoli che gli occorreva di vedere. Egli passava là sotto come un medico in un ospedale, non meno inaccessibile a ogni tentazione di quello che lo fosse quel povero vecchio annaspo di marinaio, che l'accompagnava con una lanterna alla mano. Infelice gobbetto! Per lui, non protetto dalla dignità della carica, il mestiere era ben più duro; tanto più quando, uscito il commissario, egli rimaneva solo nel dormitorio, col secchiolino dell'acqua e il ramaiolo a disposizione di tutte le assetate. — *Vien qua, vecio — A mi, omm di persi — Dessédet, pivel! — Acqua! — Ægua! — Eva! — De bev! — Da baver!* — In presenza sua, leticavano forte, infischiandosi del regolamento, e ridevan di lui; e quando le redarguiva, lo rimpolpettavano in tutte le regole; qualcuna anche, per disprezzo, le mostrava la faccia a cui si danno gli schiaffi coi piedi; di levata, soprattutto, quando si trattava di pescar la roba in quel guazzabuglio, gli facevan perder la testa, e allora scappava come da un vespaio, e si rifugiava in coperta, tutto sudato e ansimante. E quella mattina appunto, all'ora critica, lo trovai davanti alla porta del dormitorio, con l'anima per traverso. — Ebbene, — gli dissi, — vi fanno fare il sangue verde, non è vero? — Ah! — rispose, buttando via con dispetto la cicca. — *No ne posso ciù!* — Ed è così in ogni viaggio? — domandai. — Eh no, grazie a Dio! — rispose. — Va a viaggi. Alle volte, per combinazione, capita un *carego* di brave donne. Altre volte... questa volta, per esempio, *a l'è na raffega de donne maleducæ*[3], un vero *carego d'açidenti!* — Poi, ripigliando la sua compostezza filosofica e alzando l'indice, mi disse confidenzialmente nell'orecchio: — *Scià sente* (stia a sentire). *Scià no piggie moggê!* (non prenda moglie). E voltatomi lo scrigno, tirò via.

La mattina stessa era seguito nel dormitorio un grosso scandalo, ch'io non seppi che più tardi, stando col Commissario sul palco del comando a vedere il gran ballo dei denti di mezzogiorno; il quale somigliava allo spettacolo che si vede a certe feste di santuari campestri, dove cento famiglie merendano all'aria aperta, in un prato: un bulicame d'accampamento, delle centinaia di gruppi d'uomini, di donne, di ragazzi, seduti, inginocchiati, accucciati in mille atteggiamenti, in alto, in basso, su tutte le sporgenze e in tutti i buchi, coi piatti in mano, tra le gambe e in mezzo ai piedi, coi capi coperti di fazzoletti, di grembiali, di cappelli di carta, di gonnelle arrovesciate, perfin di cestini, per ripararsi dal sole che bruciava, e in mezzo ai gruppi, fra l'osteria e le cucine, un andare e venire frettoloso di innumerevoli capi-rancio, coi pani sotto il braccio, coi bidoni e le gamelle alla mano, accompagnati da mille occhi, chiamati da mille mani, apostrofati da mille bocche. Accanto al Commissario c'era il garibaldino, che girava sulla folla uno sguardo lento e senza benevolenza, e a destra la signorina di Mestre e la zia, appoggiate alla ringhiera, tutte intente a guardar la ragazza

3 È una raffica di donne maleducate.

genovese, che stava disotto. Questa tagliava la carne al fratello, dava da bere a suo padre, e porgeva ad altre due donne e a un ragazzo, che appartenevano al suo rancio, ora un oggetto ora un altro, con la grazia solita; ma non con la solita serenità. Non mangiava, e le tremavan le mani.

La signorina osservò che aveva gli occhi rossi, e pensando che avesse pianto, domandò al Commissario se ne sapesse il perché.

Lo sapeva, e raccontò. Da quel viperaio di odî che da vari giorni le fischiava attorno, s'era finalmente rizzata una testa che l'aveva morsa nel cuore. Riscendendo quella mattina nel dormitorio, dopo aver accompagnato in coperta il fratello, aveva trovato una folla di donne davanti alla sua cuccetta, dov'era attaccata con mollica di pane una striscia di carta, strappata da un giornale sporco, sulla quale erano scarabocchiate a matita, in grossi caratteri, una decina di parole. Appena letto, s'era messe le mani sul viso, e aveva dato in uno scroscio di pianto. Erano una decina di aggettivi nudi e crudi, che si possono immaginare, ma non scrivere. Allora le donne, che pure non avevan pensato a strappare il foglio, s'eran date a consolarla, a modo loro; e una di esse, d'incarico d'una terza, le aveva soffiato all'orecchio il nome della colpevole, una cialtrona, una fetente, che aveva attaccato quella sudiceria di scappata, in un momento che nel dormitorio non c'era quasi nessuno, non tanto alla svelta, però, da non esser veduta da un ragazzo, il quale parea che dormisse, e vegliava, per rifischiar la cosa a sua madre. — Portate il foglio al comandante — le avevan detto. — Fatela chiamare dal Commissario. — La metteranno ai ferri. — La manderanno alla berlina sul ponte. — La condanneranno al tribunale d'America. — Allora essa aveva staccata la carta, singhiozzando, e aveva aspettato che la calunniatrice comparisse. Questa era discesa poco dopo, ed era la loschetta cruscosa dal pelo rosso, incapricciata dello scrivanello, e gelosa come una bestia. Al primo: — Eccola là, — la genovese le era corsa incontro, seguita dalle comari, affamate d'una scenaccia. Quella s'era fatta bianca, alzando il capo, nondimeno, in atto di sfida. Ma la buona ragazza non aveva fatto altro che porgerle il foglio dicendo con voce tremante: — *E ben, cose v'ho faeto?* (Ebbene, cosa v'ho fatto?) La prontezza con cui l'altra aveva afferrato e stracciato il corpo del delitto, era una confessione involontaria, che rendeva doppiamente inutili le sue denegazioni. Ma la genovese, senza aggiunger parola, era risalita, sconvolta e piangente, sopra coperta, e non s'era lagnata con nessuno. Il Commissario, risaputa la cosa e chiamata in ufficio la rea, che giurava colle mani e coi piedi d'essere innocente, s'era dovuto contentare di minacciarle i ferri, e che un'altra volta l'avrebbe cacciata in fondo alla stiva, a farsi rosicchiare dai topi.

La signorina, che aveva ascoltato il racconto senza staccar lo sguardo della ragazza, ripetè lentamente, come tra sé, col suo accento veneto: — *E ben, cosa v'ho faeto?* — E gli occhi le luccicarono di lagrime.

Il Commissario aveva raccolto qualche notizia intorno a quella ragazza e alla sua famiglia. Era di Levanto. Suo padre, che teneva una botteguccia di non so che cosa, avendo fatto cattivi affari, s'era deciso a andare in America, dove lo chiamava un cugino avviato bene; ma trovandosi senza un soldo, era stato costretto a rimandar la partenza di un anno; e il danaro per il viaggio gliel'aveva messo insieme la figliuola, centesimo per centesimo, vendendo tutte le sue bricciche assistendo di notte una signora tedesca malata, e stirando di giorno per lo stabilimento dei bagni. Un gran segno nero che aveva sopra una mano, e che si vedeva dal ponte, doveva esser la traccia d'una scottatura.

Fosse per sospetto o per caso, in quel momento essa alzò il viso, e comprendendo che si parlava di lei, si fece tutta di porpora; ma rassicurata dallo sguardo dolce della signorina, la fissò coi suoi grandi occhi azzurri e ancora umidi, e sorrise. Poi ripiegò il capo per badare al fratello, e non vedemmo più che il mucchio d'oro delle sue trecce, e il bel collo, su cui s'era sparso il rossore.

La signorina toccò col ventaglio il braccio del garibaldino, e accennandogli la ragazza, gli disse con la sua voce dolce e triste: — Ecco la virtù, signore.

Quello fu come un lampo per me sulla natura e il fine dei discorsi ch'essa gli doveva tenere usualmente, e curioso di vedere a che punto fosse dell'opera sua, mi girai a guardare in viso il suo compagno; ma egli s'era già voltato verso il mare, dove tutti i passeggieri di terza, alzatisi in piedi come a un comando, fissavano gli occhi, facendo un gran mormorìo.

C'era una vela all'orizzonte, sulla nostra destra. Il piccolo uffiziale del dispaccio, ch'era di guardia, l'aveva già segnalata da un pezzo. Non si vedeva che una macchietta bianca della forma d'un trapezio, colorito da un raggio pallido di sole, in mezzo all'immensità grigia; e un piovasco lontano, facendole dietro un fondo nero nel cielo e sulle acque, le dava una bianchezza vivissima, e la faceva parere ad un tempo una ancor più misera cosa, con quell'immagine d'un corruccio dell'oceano, che pareva minacciasse lei sola. Eppure non si può dire che vita, che gaiezza improvvisa spandesse sulla solitudine sconfinata quella umile insegna dell'umanità: pareva che il mondo abitato ci si fosse avvicinato in un tratto. L'ufficiale si fece portare le bandierine dell'alfabeto nautico, e appuntò il canocchiale. Quando fummo più vicini, il legno a vela salutò per il primo con la bandiera.

Il *Galileo* rese il saluto.

Allora cominciò tra il piroscafo e il veliere un dialogo affrettato, che l'ufficiale traduceva a voce per noi, e che gli emigranti seguitavano con gli occhi, in silenzio, come se capissero.

Era un bastimento italiano, tenuto là immobile dalle calme equatoriali.

Per prima cosa, disse il nome dell'armatore: Antonio Paganetti.

Poi: — proveniente da Valparaiso, diretto a Genova.

— Da quanti giorni in viaggio?

— Da due mesi.

— Da quanti giorni fermo?

— Da diciotto.

— *Quello pittin!* (Quel poco!) — esclamò l'ufficiale.

E l'altro: — Prego di annunziare la nostra presenza al rappresentante del nostro armatore a Montevideo. Nessuna avaria io. Tutti bene.

— Bisogno di nulla?

— Grazie.

— Buon viaggio.

— Buon viaggio.

Quanto ci parve grande, veloce, allegro il *Galileo* in confronto a quel piccolo legno immobile, con forse dieci o dodici uomini d'equipaggio, condannato a galleggiare come una cosa morta, chi sa per quanto altro tempo, sotto il raggio terribile del sole dell'equatore! Con un sentimento di pietà lo vedemmo a poco a poco rimpiccolire, diventare un punto bianco, e nascondersi dietro l'orizzonte; ma di pietà da egoisti, simile a quella dei viaggiatori che dai vagoni ampi e comodi d'un treno di strada ferrata lanciato a tutta forza, vedon di sfuggita la carrozza barcollante sotto la pioggia, tirata da un cavallo sfinito, per una via fangosa della campagna. E non da altra cosa che da quel confronto nacque una corrente di buon umore che si diffuse da prua a poppa, e durò fino a sera.

Ma quello era il giorno delle novità. A desinare, prima di sedersi, il comandante disse a voce alta: — *Scignori*, abbiamo a bordo un passeggiere di più.

Molti non capirono.

— Un bel maschiotto, — soggiunse, — che ha appena un'ora e tre quarti.

Tutti si rallegrarono ridendo e commentando. Da un leggiero rossore che passò sul viso della signorina di Mestre, capii che doveva aver partorito la contadina del suo paese.

— È nato nell'emisfero boreale, — concluse il comandante; — ma lo battezzeranno nell'altro. Domani si passa l'equatore.

IL PASSAGGIO DELL'EQUATORE

Il giorno dopo, fin dalla mattina presto, non si parlava d'altro a prua che della novità del bambino e del passaggio dell'equatore: dell'aquatore, dell'iquatore, del quatore, di lu quatuore, poiché storpiavano la parola in cento modi.

Della nascita parlavano principalmente le donne, smaniose di sapere se e come il bambino sarebbe stato battezzato, e chi sarebbe stato il padrino e chi la madrina, che dovevan essere due signori, secondo l'uso. L'avrebbe battezzato il prete lungo di prima, o uno dei due di seconda, o il frate? E dove, non essendoci né cappella né altare? E i regali? Tutte cose che in quella vita ristretta di bordo, pigliavano importanza di affari di stato. E dal Commissario seppi che la contadina di Mestre era *segno d'immensa invidia* a tutte le donne incinte di terza, e più alle più avanzate, perché è tradizione di gentilezza marinaresca che le puerpere, a bordo, sian trattate con grandi riguardi; e quell'altre, vedendo passare tazze di brodo, cosce di pollo e bicchierini di Marsala, pensavano con rammarico che a loro, a terra, non sarebbe toccata eguale fortuna. — Si chiama esser fortunate! — dicevano. E se fosse bastato uno sforzo per anticipare di qualche giorno la cosa, l'avrebbero fatto con tutti i sentimenti. Qualcuna era indispettita sul serio.

Quanto all'equatore ne discorrevano tutti. Ma qui bisogna rifarsi un poco indietro per spiegare bene quale senso facesse il mare in tutta quella gente. Prima di tutto, le era antipatico. L'ignoranza non ammira il mare, perché ha poco o nulla da scrivere col pensiero su quella immensa pagina pulita, e l'immensità semplice non è bella che per chi pensa. Non ricordo d'aver mai inteso fra quegli emigranti un'esclamazione ammirativa per l'oceano. Dinanzi all'acqua essi rimangono sempre alla prima idea che essa desta in ogni creatura umana, che è quella dell'elemento dell'asfissia. Poi ebbi modo di accertarmi, fin dall'uscita dello stretto, che per la maggior parte quel grande oceano era stato una delusione, perché non v'avevan visto una maggior distesa d'acque che nel Mediterraneo, mentre immaginavano tutti, entrandovi, di veder l'orizzonte allargarsi smisuratamente, come segue all'occhio di chi salga da un poggio sopra una montagna. Ma non solo per questa ragione. Nella mente del popolo all'idea dei grandi mari va ancora unito un resto delle immaginazioni favolose dell'antichità e dei tempi di mezzo: se non più mostri alati, i *kraken* di un miglio di circuito e i pesci cantanti, molti s'aspettano di vedere almeno balene, polipi enormi, o lotte di capodogli e di pesci spada, e onde come montagne; e vedendo poi quel mare sempre quieto, e nemmeno il muso d'un pesce cane in due settimane di navigazione, scrollan le spalle dicendo: — È un mare come un altro. — Quanto a provar curiosità e a pigliar piacere d'altre cose, non possono, o perché le ignorano, o perché non ci credono o le frantendono. Io feci questa osservazione, che quasi tutti i discorsi che tenevamo a poppa intorno al mare, alla navigazione, alle terre, i quali cambiavano man mano d'argomento col cambiare della nostra situazione geografica, e c'erano imposti, per dir così, dal grado della latitudine, quasi tutti, dico, trasmettendosi di bocca in bocca e di classe in classe, avevano un eco uno o due giorni dopo, come segue degli avvenimenti dalle città ai villaggi, nei crocchi di prua; di dove ci ritornavano all'orecchio per via degli ufficiali che ne raccoglievan dei frammenti passando. Ebbene, è incredibile la stranezza delle trasformazioni che le notizie e le osservazioni scientifiche subivano in quel passaggio. Dell'antica Atlantide, della quale s'era parlato alla latitudine del Sargasso, in terza classe si discorreva come d'un mondo, che si dicesse scomparso da non molti anni, e che qualcuno di noi si fosse vantato d'aver visto. Alla latitudine della Senegambia, essendosi parlato di negri, dicevano gli emigranti che il *Galileo* filava a tutta velocità per sfuggire alla costa, dov'era un popolo di selvaggi terribili, che davan la caccia ai bastimenti per mangiare i passeggieri e ci riuscivano molte volte. Riguardo allo stesso equatore, alcuni andavano predicendo da giorni un calore di fornace che avrebbe liquefatto le candele e la ceralacca delle lettere, e un sole ardente al punto, che a più d'uno avrebbe dato volta il cervello, *e* si sarebbero contati i colpi d'accidente a decine. Ma il più singolare era che quel viaggio da un emisfero all'altro, il quale avrebbe dovuto persuader tutti della rotondità della terra, forniva invece a molti un argomento in contrario, che li riconfermava nell'incredulità antica, perché ora vedevano finalmente coi propri occhi che tutto era piano; e c'era poco da rallegrarsi di quelli che parevano persuasi del vero, poiché parecchi di questi s'immaginavano che, passato l'equatore, il piroscafo avrebbe cominciato a discendere, e si sarebbe visto girare intorno al globo come una formica intorno a una palla. E molti anche non credevano a nulla di quanto udivano dire. La mattina, mentre il marito della svizzera (dotato della più incurabile delle stupidità, che è quella, come disse un grand'uomo, che s'è contratta sui libri) andava spiegando l'equatore a un crocchio d'emigranti con una fraseologia scioccamente scientifica che non potevan capire: – ... il focolare elettrico del globo... il regolatore delle evaporazioni dei due mondi... il luogo dove il mare scambia i suoi due sangui... – quelli guardavano con curiosità intorno ed in alto, e non vedendo nulla d'insolito, tornavano a guardar lui di mal occhio, con l'aria di dirgli che smettesse di pigliarli a godere. Ma ciò che li preoccupava soprattutto da un po' di giorni era l'aver inteso dire che di là dall'equatore si sarebbero viste delle stelle nuove, e che una di queste, l'alfa del Centauro, era di tutte le stelle la più vicina alla terra. Pensavano forse che apparisse grande come la luna. Fin dalla mattina di quel giorno tanto aspettato, in piena luce di sole, uomini e donne giravano gli occhi pel cielo, con l'idea di veder dei miracoli. Una donna domandò al Commissario se in quell'altra parte del mondo, dove si stava per entrare, la luna e il sole sarebbero stati gli stessi che si vedevan da noi. Che cos'era questa linea, questa *riga* che divideva il mondo in due parti? Era da credersi quello che dicevano, che nessuno avesse più l'ora giusta? Era vero che nell'anno che si va in America si perde una stagione? E che cosa accadeva di questa stagione? Il Commissario s'ingegnava di spiegare; ma alcuni non badavano affatto alle spiegazioni che avevan chieste, come se fosse tempo perso; altri, per capire, tendevano a tutta forza l'arco dell'intelligenza, e poi ci rinunziavano, facendo un atto di rassegnazione. L'ultimo sentimento dei più era un vago sospetto che tutte quelle maraviglie fossero un monte di pastocchie spacciate dai signori per fare i saccenti, o che se non altro le spiegazioni che ne davano fossero puri sforzi di fantasia, e che tutto rimanesse un gran mistero per tutti. Una gran parte avrebbero creduto piuttosto ai tre monaci leggendari dell'Asia che da quindici secoli camminavano dritto davanti a sé cercando il luogo dove nasce il sole. E sconfortava il pensare che un migliaio forse di quei mille e seicento cittadini d'uno dei paesi più civili d'Europa non avevano intorno alla terra e al cielo cognizioni più larghe né più esatte di quelle che si sarebbero ritrovate cinque secoli or sono in altre mille persone della stessa classe, e che v'è forse al mondo una certa quantità irriducibile d'ignoranza, che si può comprimere, come una massa d'acqua, e piegare a mille forme diverse, ma non scemar di volume.

Non importa: il passaggio dell'equatore era una festa per tutti, specialmente per la distribuzione straordinaria ch'era stata annunziata, di tre litri di vino per *rancio*; ed anche perché, avendo il comandante dato l'ordine di aprire la stiva e di lasciar pigliare i bagagli, era per molti una vera gioia di poter rifornirsi di roba e rimestare un poco i propri cenci, conciati in modo miserando dall'umidità della zona tropicale. Oltre di che l'annunzio dei fuochi d'artifizio per la sera metteva tutta la ragazzaglia in ribollimento. La grande operazione della lavatura mattutina fu fatta con insolito vigore, e all'ora della colazione si videro molte ragazze con fazzoletti e nastrini nuovi sul petto e sul capo, mamme pettinate con più cura che gli altri giorni, uomini con cravatte straordinarie, barbe ben fatte, camicie di bucato, colli da cui eran cadute le scaglie. La folla s'era come indomenicata; le donne, in omaggio al nuovo santo, non lavoravano, e la maggior parte degli uomini, riuniti in gruppi numerosi e vivaci, mostravano chiara in faccia la premeditazione d'una ubriacatura serale. Molti intanto facevano ressa intorno alla *cambusa* per assicurarsi in tempo qualche avanzo del desinare di gala di prima classe, e nelle cucine di terza pure c'era un'agitazione, un andirivieni disusato, da cui si poteva argomentare che quel giorno il cuoco e i suoi aiutanti avrebbero fatto un grande traffico di piatti di contrabbando.

Due forti riversi d'acqua, caduti a un'ora l'un dall'altro, ma brevissimi, non fecero che stuzzicare il buon umore della moltitudine: poi il cielo si schiarì, e il mare, a momenti azzurro, a momenti violaceo, mosso in lunghe e lente ondulazioni, pareva che promettesse di non turbar la giornata.

E fu festa anche per noi. Per me cominciò dopo colazione nel camerino del Secondo, col quale passai un'ora piacevolissima, insieme con altri due ufficiali e col marsigliese, a bere del buon Champagne, dovuto a una discussione su Guglielmo Watt. Parlando della sfortuna degli inventori il marsigliese s'era lasciato scappare che il Watt era morto nella miseria. Il secondo aveva negato: era morto nell'agiatezza, carico d'onori e circondato d'amici illustri — *Dans la misère, monsieur! Dans l'indigence la plus affreuse!* — Nella ricchezza, le dico. — *Sans le sou, sans le sou!* — Di qui la scommessa, e aveva dato sentenza inappellabile una *Histoire de la machine a vapeur*, che si trovava a bordo, scritta appunto da un marsigliese; il quale smentiva senza un riguardo al mondo il suo concittadino. Amabili originali quei tre ufficiali del *Galileo*, non escluso quel brunetto astuto del dispaccio! Tutti più giovani d'animo di quello che la loro età desse a credere, e d'una certa semplicità di solitari, rarissima a trovarsi nel mondo, anche fra i solitari. Ciascuno aveva uno studio o un'arte per le mani, con cui ingannava il tempo in quei viaggi continui: il Secondo studiava il tedesco, il terzo dipingeva marine, il quarto aveva principiato di fresco a suonare il flauto. E ciascuno aveva una collezione sterminata di aneddoti di viaggio che raccontava in modo particolare, lentamente, dicendo nel modo più naturale del mondo le cose più strane, da gente assuefatta a far vita comune con la parte più avventurosa e più bizzarra del genere umano, e anche mentre questa si trova in una condizione di vita e d'animo eccezionale. Ne avevan fatte delle traversate piene di peripezie, durante le quali il registro delle nascite e delle morti era stato in movimento continuo; delle quarantene da uccidersi dalla noia, delle ore di guardia in notti di tempesta da uscirne coi capelli grigi! E ne avevan visto passare a bordo delle miserie, degli amori, delle paure, delle facce eteroclite, delle famiglie zingaresche! Curiosa pure era la confusione, o meglio la slegatura d'idee che avevan nel capo riguardo alla politica dei due paesi fra cui viaggiavano, essi che, ritornando a Genova, si trovavano addietro di due mesi nella lettura dei giornali d'Italia, e ripartivano prima d'essersi potuti raccapezzare, per arrivare un'altra volta nell'Argentina, digiuni dei fatti di là da cinquanta giorni. E più curiosa era la loro condizione rispetto alle proprie famiglie. Il Secondo ci divertì molto, spiegandoci col bicchiere alla mano, come avendo moglie da un anno e mezzo, gli pareva ancora d'essere sposo dal mese avanti. Partito da Genova dopo otto giorni di matrimonio, non aveva più visto sua moglie che a intervalli di due mesi, e per così brevi tratti di tempo, che fra loro non era potuta nascere familiarità; di modo che, ad ogni arrivo, egli era ancora ricevuto con un poco della commozione della prima volta, e trattato con una certa gentilezza rispettosa e imbarazzata, quasi come un estraneo: ciò che manteneva immobile all'orizzonte la luna di miele. Ed egli stesso ci mostrò il ritratto di sua moglie con l'aria di chi fa vedere in confidenza la fotografia d'una signorina con la quale ha avviato delle trattative. — *Type genois!* — gli disse il marsigliese, guardandola. — È di Palermo, — quegli gli rispose. — *Pas possible!* — Ah! che risata! Una tal risata che questa volta egli dovette fingere d'aver ribattuto per celia.

Tutti erano allegri, quantunque il comandante avesse fatto sentire che non voleva la farsa d'uso, di battezzare con le caraffe chi passava la linea per la prima volta; *un'angosciata*, che finiva sempre male. D'altra parte, non ci sarebbero stati i personaggi adatti. Perfino il genovese monocolo si carezzava la barba di crino di spazzola con un'aria meno annoiata del solito. Fermava qua e là ora l'uno ora l'altro, e gli diceva serio, fissandolo: — Petti di pollo al madera. — Aveva strappato al cuoco una manata di segreti, e diceva che ci sarebbe stato un pranzo splendido, e dei discorsi. L'agente di cambio, con cui feci un giro di passeggiata, m'annunziò un brindisi del marsigliese: lo aveva inteso far le prove nel camerino. Mi riferì nello stesso tempo che la sera innanzi era seguita una scenata, per causa di quella lingua serpentina della madre della pianista; la quale avendo insinuato al presunto "ladro" ch'egli avrebbe dovuto smentire le voci calunniose che correvano sul suo conto a bordo, questi era andato dal comandante a domandare a voce alta quali fossero quelle voci e chi le avesse messe in corso, minacciando colpi di spada e di pistola; ma pareva che, pregato, avesse promesso di star quieto fin all'altro emisfero. Saliti sul cassero, trovammo quella scellerata sputapepe, che parea che godesse in cuore d'essere finalmente riuscita a sollevare uno scandalo e notammo tutti e due un'animazione non mai veduta sul viso sciapito della sua figliuola, come il riverbero d'una compiacenza segreta; della quale l'agente cercò invano la causa con un lungo sguardo girante, sospettoso che ci fosse per aria un altro colpo di forbici. Passando davanti alla dispensa, vedemmo gli sposi ritti davanti al banco, che bevevano rosolio annacquato. L'agente li salutò. Lo sposo disse timidamente: —

Festeggiamo l'equatore. — Eh! — rispose l'altro, in tuono di dispetto, guardandoli fisso tutti e due; — mi pare che festeggino tutti i paralleli! — E quelli nascosero in fretta il viso nel bicchiere. Poi s'andò a bere un bicchierino di Chartreuse sull'uscio del camerino della domatrice, che riceveva gli amici con gli occhi natanti nella dolcezza, e diceva che avrebbe voluto che il viaggio durasse un anno, tanto trovava la compagnia ben combinata, educata, cortese, piacevole; e un'altra filza d'aggettivi zuccherini, che parevano usciti dai molti bicchierini variopinti che doveva aver già centellinati nella giornata. Di là risalendo sul cassero, trovammo delle novità: la signora argentina, vera imperatrice del piroscafo, con un corteo d'ammiratori intorno, vestita d'una veste color vaniglia, che dava un risalto maraviglioso alla sua calda e florida carnagione di creola, e tutta raggiante in viso, come se fosse contenta d'entrare nella metà del mondo ch'era sua; e la signora svizzera che passeggiava per la prima volta col suo antico deputato, senza che alcuno avesse osservato in che giorno e in che modo fosse avvenuta la riconciliazione. Mezz'ora della sua conversazione scucita, sbalzellante, vuota, tutta piccole sciocchezze color di rosa e risatine spostate di sartina brilla, ci persuase che essa era felice d'aver rimesso la sua zampetta bianca nel Parlamento di Buenos Ayres. E pareva anche felice il marito delle sue escursioni professorali fra gli emigranti, poiché stava raccogliendo nuove nozioni geografiche dal Secondo, con una carta marina spiegata sotto gli occhiali. In tutti gli occhi pareva che balenasse una speranza confusa, quale si suol vedere in faccia alla gente l'ultimo giorno dell'anno, come se confidassero tutti di essere aspettati nell'emisfero di sotto da una miglior fortuna di quella che avevano avuta nell'altro.

E l'allegria crebbe ancora a pranzo, dove, eccettuati il garibaldino e la signora della spazzola, che rimase muta e digiuna con lo scopo visibilissimo di fare un dispetto visibile a suo marito, tutti chiacchierarono calorosamente, come una gran tavolata di buoni amici. E si ebbe la grande sorpresa, quella sera, di sentir la voce dei coniugi brasiliani, i quali, messi sul discorso dagli argentini, ed eccitati a poco a poco dall'amor di patria, descrissero con una eloquenza ammirabile, che ci fece rimaner tutti, le bellezze del loro paese, dalla grande baia di Rio Janeiro, coronata di monti a pan di zucchero, e tempestata d'isolette coperte di palme e di felci gigantesche, alle vaste foreste oscure, somiglianti a fitti colonnati di cattedrali senza termine, popolate di scimmie e di pantere, corse da sciami di pappagalli verdi e rosati, sorvolate da nuvoli di gemme e di fiori con l'ali, e di coleotteri accesi. E la conversazione essendosi allargata su quell'argomento, tutti i passeggieri che avevan visitato il Brasile si misero a raccontare e a descrivere insieme, e allora tutta la flora e la fauna brasiliana furono messe sossopra, e passarono sopra la tavola i tapiri e i coccodrilli dei fiumi immensi, i rospi enormi che latrano, i pipistrelli mostruosi che dissanguano i cavalli, le serpi orribili che succhiano il seno alle donne, e le rane che cantano sulle cime degli alberi, e le tartarughe lunghe due metri, e le enormi formiche di San Paolo che gl'indigeni mangiano fritte; e alla descrizione aggiungendosi l'armonia imitativa, fu un frastuono di muggiti, di gracchi e di sibili che pareva d'essere davvero in mezzo a una foresta dei tropici, e in qualche momento si provava un senso di ribrezzo. I soli che non sentissero nulla erano gli sposi, che approfittando della distrazione dei parlatori, si passavano con riguardo il braccio intorno alla vita, bruciati con gli occhi dalla pianista; e la signora bionda, la quale distribuiva occhiate luccicanti all'argentino, al peruviano, al toscano, al tenore, con una prodigalità veramente un po' troppo vistosa; tanto che il comandante, alla fine, si lasciò scappare di bocca la sua frase d'ammonizione: — *Quella scignôa a me comença a angosciâ!*[4] — Ma fu rasserenato dal brindisi del marsigliese; il quale si levò in piedi, e sporgendo innanzi il busto patagonico, e alzando sopra il capo la tazza dello Champagne, disse con accento grave: — *Je bois à la santé de notre brave Commandant... à la Société de navigation... à l'Italie, messieurs!* — E tutti applaudirono, fuorché il mugnaio. Ed io gli perdonai in quel momento lo strazio che faceva della mia lingua, e quello che s'immaginava di aver fatto delle mie concittadine.

Levatici da tavola, salimmo sul terrazzino del palco di comando, preceduti dal quarto ufficiale che portava una bracciata di razzi, di girandole e di candele romane. A stento vi si stava tutti, ed io fui spinto a sinistra, davanti al Commissario, e in mezzo all'"impiccato" e al "direttore della società di spurgo inodoro". La prua era già tutta affollata, ma il cielo essendo coperto di nuvole dense, e non mandando che una luce velata i tre fanali bianco, rosso e verde, che ardevano, come tre occhi, alle due estremità del terrazzino e alla testa d'albero, tutta quella folla rimaneva quasi all'oscuro; e da quell'oscurità venivan su cento suoni confusi di canti di briachi, di risa di donne e di grida di bimbi, che parevan d'una moltitudine dieci volte maggiore. Mi sembrava di essere sul terrazzo d'una casa municipale, la sera d'una dimostrazione carnevalesca contro il sindaco. Quando si accese il

4 Quella signora mi comincia a stomacare.

primo fuoco di bengala, s'udì uno scoppio di evviva, e si videro mille e seicento visi illuminati, una vasta calca di gente ritta sulle boccaporte e sui parapetti, accucciata sul tetto dell'osteria e sulle gabbie, afferrata ai paterazzi, arrampicata sulle sartie, in piedi sulle seggiole, sulle bitte, sulle botti, sui lavatoi; e siccome non restava scoperto neanche un palmo di tavolato, ed anche i contorni del bastimento eran nascosti dalle persone, così tutta quella folla pareva sospesa per aria, e che volasse lenta sopra il mare, come uno sciame di spettri. Nel grande silenzio ammirativo s'alzavano voci solitarie di burloni: — *Ooooh Baciccia!* — *Dagh on taj* — *Cadìa, monsú Tasca!* — Poi tutti zitti, e si risentiva distinto il fischio dei fuochi, e il rumor cadenzato della macchina. Delle piogge di fuoco cadevano sul mar quieto e oleoso, non increspato da una bava di vento, e i razzi scoppiavano e svanivano nell'immenso cielo silenzioso, quasi senza far rumore, come nel vuoto. Ad ogni sprazzo di luce m'appariva nella folla qualche viso conosciuto: ora la faccia superba della Bolognese, che s'alzava dalla cintola in su sopra le sue vicine; ora il viso estatico dello scrivanello; ora la negra dei brasiliani, stretta in un cerchio di visi accesi; lì sotto la faccetta rotonda della contadina di Capracotta, vicino al macello la faccia impassibile del frate, in fondo al castello di prua la maschera misteriosa del saltimbanco. E si vedevano qua e là delle coppie strettissime, che l'irradiazione improvvisa d'una girandola costringeva a correggere in fretta l'atteggiamento, e le risa soffocate, le voci di rimprovero e gli strilli che scoppiavano ogni tanto, tradivano un gran lavorìo di pizzicotti e di palpatine audaci e ostinate. — Questa sera, — disse il Commissario, — il povero gobbo avrà da sudar sangue. — Intanto la luce di bengala tingeva successivamente tutte quelle facce di porpora, di bianco, di verde, e ad ogni nuovo scoppio di razzo, sonavano più alte le grida: — Viva l'America! — Viva il *Galileo*! e più rade: — Viva l'Italia! — E al disopra delle teste si vedevano muovere cappelli, fazzoletti, bicchieri, e bimbi sorretti dalle madri, che agitavano le braccia nude: vere immagini viventi della spensieratezza infantile di quella gioia di popolo, la quale soffocava per un momento tanti dolori. Finalmente i fuochi finirono, e il piroscafo, ridiventato nero, ma senza che cessasse la festa, si sprofondò gridando e cantando nelle tenebre dell'altro emisfero.

Ma la gioia senza causa di quella folla, su quel confine d'un nuovo mondo, in quella solitudine, di notte, mi fece più pietà che non me n'avesse mai fatta la sua tristezza, mi parve come una luce sinistra che gettasse essa medesima sulle sue miserie, e mi opprimesse l'anima. O miseria errante del mio paese, povero sangue spillato dalle arterie della mia patria, miei fratelli laceri, mie sorelle senza pane, figli e padri di soldati che han combattuto e che combatteranno per la terra in cui non poterono o non potranno vivere, io non v'ho mai amati, non ho mai sentito come quella sera che dei vostri patimenti, della diffidenza bieca con cui ci guardate qualche volta, siamo colpevoli noi, che dei difetti e delle colpe che vi rinfacciano nel mondo, siamo macchiati noi pure, perché non v'amiamo abbastanza, perché non lavoriamo quanto dovremmo pel vostro bene. E non ho provato mai tanta amarezza come in quell'ora di non poter dare per voi altro che parole. All'ultimo sogno di Fausto pensai: aprire una terra nuova a mille e a mille, e vederla fiorire di messi e di villaggi sui passi d'un popolo operoso, libero e contento. Per questo solo importerebbe di vivere, perché la patria e il mondo siete voi, e finché voi piangerete sopra la terra, ogni felicità degli altri sarà egoismo, e ogni nostro vanto, menzogna.

IL PICCOLO GALILEO

Dopo quel giorno di baldoria, come accade sempre, ricadde la noia sul piroscafo più plumbea di prima, accompagnata da un caldo fortissimo, e accresciuta dallo spettacolo d'un mare di colore ributtante; il quale dava l'immagine di quello che si dice che il mare sarebbe se non avesse impedimento il moltiplicarsi prodigioso di certi pesci: uno spaventevole e pestilenziale carnaio di merluzzi e di aringhe in putrefazione. Oppressi da quel tedio, e ancora rintontiti dai disordini del dì prima, la maggior parte dei passeggieri di terza non si levavan nemmeno quando i marinai, facendo la solita lavatura con le pompe, incrociavano da tutte le parti rigagnoli e getti d'acqua violenti: si lasciavano innaffiare con gli occhi chiusi, come cani decrepiti. Tutto il piroscafo parve per molte ore immerso in un letargo profondo, e m'è ancora rincrescevole il ricordo di quel giorno, dopo tanto tempo, come quello della faccia d'un morto. Rivedo nell'afa del mezzodì il genovese disfatto dalla noia, che s'affaccia al mio camerino, e mi domanda: — Andiamo a veder ammazzare? — Come? Chi ammazzano? — Un bove: egli lo sapeva sempre il giorno prima, e andava a vedere, per sbattere l'uggia. Oh ore eterne, passate col naso al finestrino, a guardare con gli occhi stupidi quel mare dell'accidia e del sonno! Dicono che il tempo è moneta, ed io avrei dato un secolo di quelle ore per cinque centesimi. E mare, e mare, e mare. Quel Mediterraneo lassù mi si presentava alla fantasia piccolissimo, come un laghetto azzurro soffocato tra i monti, e lontano al di là d'ogni idea; e quel non vedere mai altro che acqua ed acqua mi faceva balenare l'orribile sospetto che si fosse sbagliato rotta, e che si filasse diritto verso il polo antartico, per andar a cozzare nei ghiacci eterni. Fortunatamente mi venne a scuotere Ruy Blas; il quale, guardandomi con un occhio pesto che voleva far indovinare una notte di dissolutezza aristocratica, mi diede una buona notizia. Il battesimo era fissato per le quattro.

Tutto era già stabilito. Battesimo e registrazione civile sarebbero stati fatti nella camera nautica, posta accanto alla timoneria, sotto il palco di comando. Il prete napoletano avrebbe amministrato il così detto battesimo di necessità; al quale doveva aver la mano, poiché aveva viaggiato nei suoi primi anni per quelle campagne solitarie degli Stati lontani dell'Argentina, dove, non essendovi chiese, e conservando appena gli abitanti disseminati una grossolana tradizione della religione cattolica, accadeva che al passaggio d'un prete accorressero a chiedere il battesimo perfin dei giovinetti a cavallo. Egli s'era offerto cortesemente, senza domandar *patacones*, e già un cameriere gli aveva visto tirar fuori la mattina una stola e una cotta, che portavano non dubbi segni d'un lungo e avventuroso servizio. Al bimbo, secondo l'uso, si sarebbe messo il nome del piroscafo, Galileo; il quale aveva già una dozzina di figliuoli omonimi, sparsi pel mondo. Madrina (sántola) sarebbe stata la signorina di Mestre. Per padrino s'era offerto il comandante; ma il deputato argentino l'aveva indotto a cedergli l'ufficio, per la ragione che il bambino essendo destinato alla cittadinanza del suo paese, toccava a lui a dargli il benvenuto nel nuovo mondo, come rappresentante della Repubblica.

Quest'atto gentile, come poi seppi, gli riconciliò gli animi dei passeggieri, i quali fino allora avevano accusato lui e gli altri argentini di stare in contegni con gli europei, e come raggruppati in disparte. Io però li conoscevo da un po' di giorni, e li avevo osservati fin da principio con curiosità vivissima, poiché erano per me i primi esemplari del loro popolo, il quale è senza dubbio di tutta l'America quello che più importa, o più dovrebbe importar di conoscere a un italiano. Il deputato era il maggiore d'età, e credo anche la testa quadra della brigata: alto, una faccia forte e fina di uomo rotto alle lotte della vita politica e della vita mondana, che lanciava a traverso all'occhialetto uno sguardo audacemente conquistatore di voti elettorali e di sì femminili. Il marito della signora era un avvocatino biondo, segretario di non so che ministro plenipotenziario del suo paese, con due occhi grigi mobilissimi, acuti come punteruoli, che quando vi squadravano, pareva che vi vedessero sotto al cranio, dentro al petto e fin nel taccuino degli appunti. C'erano due giovanotti bruni, molto eleganti e poco significanti, i quali non parevano preoccupati d'altro che della biancheria finissima e candidissima di cui facevano sfoggio, e delle loro folte capigliature artisticamente architettate, nere, ma di quel fortissimo nero andaluso-argentino, che è un vero oltraggio alle teste brizzolate. Il più originale di tutti era il quinto, un pezzo d'uomo sulla trentina, di viso audace e di voce aspra, un tipo di domatore di cavalli selvatici, proprietario d'una vasta *estancia* della provincia di Buenos Ayres, in cui passava due anni su tre, in mezzo a trentamila vacche e a ventimila pecore, menando la vita del *gaucho*; della quale s'andava poi a rifare a Parigi, dove divorava volta per volta un armento di mille teste. Un tratto comune a tutti e cinque era la finezza della bocca e la piccolezza del capo, che tutti portavano alto, sempre; ma l'abitudine ereditaria, che altri osserva negli argentini, di appoggiarsi camminando più sulle articolazioni delle dita che sul tallone del piede, dico la verità, non l'osservai. Studiosi dell'eleganza, e in particolar modo della lindura della persona, tutti e cinque, vistosamente. E cortesi; ma d'una cortesia più ridente, per dir così, di quella degli spagnuoli, meno cerimoniosa di quella dei francesi, congiunta ad una scioltezza viva di modi e di discorso, propria di uomini che entran nella vita indipendente appena usciti dalla fanciullezza, e che crescono senza noie e senza freni, pieni di fiducia in sé e nella fortuna, in mezzo a una società agitata, disordinata, giovanile. Questa loro condizione d'animo si palesava in un'espressione del viso a cui non saprei trovar miglior paragone che quella particolare aria balda dell'uomo a cavallo, che vede davanti a sé un vasto orizzonte libero. Con questo una meravigliosa facilità a profferir giudizi su popolo, istituzioni ed usi d'Europa, che avevan visto di volo: giudizi che rivelavano una percezione più acuta che profonda, e una grande varietà piuttosto di letture che di studi, ricordate con prontezza e citate con arte. E non tanto nei giudizi, quanto nella preferenza manifesta data all'argomento di discorso, mostravano una simpatia viva per la natura e per la vita francese, derivante da una analogia incontrastabile di qualità dell'intelligenza e dell'animo: tutti avevan Parigi sulla punta delle dita e le valigie piene di giornali dei *boulevards*, e di fotografie d'artiste *dell'Opéra* e della *Comédie*. D'altri paesi conoscevano assai bene le case di gioco e gli stabilimenti di bagni, e sopra tutto i teatri di musica, dei quali parlavan con passione d'adolescenti, ma facendomi capire che non avevan nulla da invidiarci a questo riguardo, poiché essi facevano andar l'Europa a cantare e a ballare a casa loro. Quanto all'Italia, non riuscii a scoprire, sotto la necessaria cortesia della frase, il loro sentimento vero. Si compiacevano della nostra immigrazione, come d'un concorso di ottimi lavoratori, e accennando gli emigranti, dicevano: — Tutto questo è tant'oro per noi. — Portateci pure tutta l'Italia, pur che lasciate a casa la Monarchia. — E si capiva che a loro, come ai rivoluzionari francesi del secolo scorso, una povera creatura umana soggetta alla Monarchia pareva meritevole della più sincera commiserazione; e che ci dovevano considerare, noi europei, come una specie d'uomini nati vecchi, strascicantisi in mezzo agli avanzi tristi d'un mondo morto, e anche un po' affamati per professione. Di sotto a questi sentimenti, lampeggiava un orgoglio nazionale vivissimo; l'orgoglio d'un piccolo popolo, che ha vinto la grande Spagna, umiliata l'Inghilterra, e allargato i confini del mondo civile, spazzando la barbarie da un paese immenso, per darvi ospizio e vita a gente d'ogni lingua e d'ogni razza. Infatti, due volte la settimana almeno essi festeggiavano fra di loro qualche data gloriosa della rivoluzione argentina, con una profusione di vini di Champagne, che era una bella prova dei buoni frutti delle loro vittorie. Ma fra il loro orgoglio nazionale e quello degli europei mi parve corresse una differenza notevole, che mentre noi lo fondiamo sul passato, e sempre su questo ripicchiamo vantandoci, essi del passato non discorrevan quasi mai, e in ogni frase accennavano all'avvenire, col ritornello dell'infanzia: — Quando saremo grandi. — E in tutti loro appariva profonda, salda, lucidissima non la speranza, ma la certezza di riuscire col tempo un popolo enorme, gli Stati Uniti dell'America latina, brulicanti dalla vallata delle Amazzoni agli estremi confini della Patagonia. E la loro coscienza d'esser chiamati a questo primato, si poteva anche riconoscere nello studio che ponevano in ogni occasione a dimostrare l'originalità del loro popolo, non solo rispetto ai vecchi padri spagnuoli, dei quali parlavano con una leggera intonazione di canzonatura, come di gente da cui per fortuna avessero sotto ogni aspetto dirazzato, non risentendo più da loro alcun influsso di nessuna specie; ma anche rispetto agli altri popoli latini dell'America, Chileno, Peruviano, Boliviano, Brasiliano; di ciascuno dei quali rilevavano le deficienze intellettuali e morali, e i lati ridicoli, con una ironia faceta, che tradiva un sentimento di rivalità d'alto in basso, non addolcito da quello della fratellanza. E tutti questi discorsi facevano con un linguaggio fluente e caldo, rotto da risa cordiali e da scatti quasi involontari di sincerità, che rivelavano una natura capace di passioni generose e violente, ed anche una mobilità grande di affetti, nata da un ardente bisogno di divorare la vita in tutti i modi, seguendo con tutte le forze l'impeto di tutti i desideri. Una sola cosa avrei desiderato in alcuni di essi, ed era un'espressione più aperta di pietà nella voce e negli occhi, nel raccontare che facevano certi episodi inumani della loro storia; un non so che più mite e triste, che non facesse sospettare una mala impronta lasciata nella loro natura dalla lunga tradizione delle guerre del deserto e delle guerre civili, orribili tutte. Ma, nel complesso, la impressione prima era gradevolissima, e tale da render viva doppiamente la curiosità di scrutarli più addentro. Per la prima volta io mi trovavo dinanzi a gente veramente nuova per me: ciò che non m'era mai accaduto in Europa. In mezzo alla grande comunanza di cognizioni e idee che era fra noi, io riconoscevo vagamente in loro le tracce d'una educazione affatto diversa della mente e dell'animo, i sentimenti peculiari d'una gente accampata sugli ultimi termini della civiltà, all'estremità d'un continente quasi spopolato, in una specie di solitudine d'esercito invasore, e le impressioni d'una natura diversamente bella dalla nostra, più vasta, più primitiva e più formidabile. E mi stupiva anche quella loro lingua spagnuola come snodata e alleggerita della scorza letteraria, accentuata in modo nuovo per me e fiorita di parole sconosciute e bizzarre, e cantata con quel lontano ricordo di melopea indiana, che mi faceva passar per la fantasia delle facce color di rame ornate di penne. Ma più che la lingua, la facilità incredibile di parola, e la facoltà imitativa dell'intonazione e del gesto, specie quando s'infervoravano nelle descrizioni delle loro grandi montagne e delle loro sterminate pianure. Quell'avvocatino biondo, più che gli altri, descriveva la caccia al cavallo selvatico come un attore che recitasse uno squarcio classico, senz'ombra d'affettazione o d'artifizio apparente, con una vigoria di mosse e con una musica di parola maravigliosa. E in tutti notai questa dote d'un bel metallo di voce, e un'arte o una facoltà naturale, squisita di modularla; nella signora particolarmente, la quale aveva una certa voce bianca, e delle note di testa graziosissime, che a sentirle a occhi chiusi sarebbero parse d'una bimba. Veduto lo strano effetto acustico che m'aveva fatto una sera il nome dello Stato di Jujuí, pronunciato in quella maniera, essa andava cercando per gioco altri nomi indiani di monti e di fiumi del suo paese, che mi ripeteva man mano, ridendo della mia maraviglia. Ringuiririca, Paranapicabá, Ibirapità-miní. Parevan trilli d'usignuolo.

Per loro il viaggio dall'America all'Europa era come per noi una gita da Genova a Livorno: l'avevan già fatto più volte: poiché, sia qual si voglia il sentimento che hanno di sé e il concetto che hanno di noi, l'Europa è sempre per loro l'antica madre, la grande patria del loro intelletto, e li attira. Il deputato, poi, contava già otto viaggi transatlantici, di modo che la rete dei suoi amori doveva stendersi oramai sovra una selva di bastimenti. E ancor giovane, aveva il passato d'una lunga vita, anche come uomo pubblico, poiché prima dei trent'anni (doveva toccare i quaranta) era già stato redattore capo di un grande giornale, alto impiegato d'un Ministero, direttore d'una Banca, e inviato dal governo a Parigi con un incarico finanziario. E non era una eccezione fra la gioventù del suo paese. Egli diceva con ragione che il suo paese era nelle mani dei giovani, poiché la repubblica voleva che corresse nelle vene di tutti i suoi servitori il succhio primaverile che ferveva nelle sue. — Voi altri, — diceva, — affollati in un campo ristretto, e sopraccarichi di storia, di leggi e di tradizioni, dovete camminare adagio, e condotti dai vecchi: ma noi giovani di trecent'anni, che abbiamo per patria una terza parte del Sud-America, e che dobbiamo riguadagnare in fretta il tempo perduto nella lotta coi selvaggi e nella guerra di trasformazione sociale da cui siamo appena usciti, bisogna che andiamo innanzi di carriera, e guidati dall'età dell'impazienza e dell'audacia. — E scherzava sull'"abuso" della vecchiaia che si fa in Europa. — Pare che la canizie, tra voi, sia il titolo necessario per certe cariche. Avete delle malattie che danno il diritto a certi onori. Che so io? La podagra fa tutto. La vostra gioventù si stanca in un'aspettazione interminabile, e vi ritrovate negli uffici che richiedono più vigore di mente e di nervi appunto nell'età in cui il vigore vien meno. Sciupate tutte le vostre forze a salire, e quando siete sulla cima suona l'ora della morte.

Comparve in quel punto la cameriera ad annunciar l'ora del battesimo. Il deputato scappò in camerino a cambiare il berrettino di seta con una copertura di capo più sacramentale. Io m'incamminai verso la camera nautica. A prua c'era già movimento, in specie fra le donne, che volevano salir tutte sul castello centrale, per vedere; tanto che i marinai si dovettero piantar di guardia alle scalette per impedire che si ammucchiasse troppa gente di sopra. Era un vocìo, una curiosità da tutte le parti come per il battesimo d'un principino ereditario, e nessuno badava alla minaccia d'un piovasco solenne, che cominciava a far l'aria buia. Entrai con due o tre altri nella camera nautica, che era già affollata, e trovai a stento un po' di posto. Davanti a un tavolo stavano in piedi il comandante, che doveva far da ufficiale dello Stato Civile, e il Secondo e il Commissario, che facevan da testimoni; tutt'intorno, con le spalle alle pareti, la signora bionda, l'argentina, la sposa, la madre e la figliuola pianista, la brasiliana con la serva negra, e una diecina d'uomini, fra i quali il garibaldino, col suo solito viso chiuso e triste. La finestra in fondo, che dava sul castello, era addirittura riempita di facce di donne della terza classe, che formavano scala, e brillavano dalla contentezza d'aver conquistato i primi posti; e dietro di loro si sentiva il mormorio della folla. C'erano sul tavolo il ruolo d'equipaggio e il giornale di bordo, aperti; un vassoio con un bicchiere d'acqua e una saliera; e dei moduli stampati d'atti di nascita. Tutti stavano con una certa compostezza pensierosa. Quella camera singolare, tappezzata di carte marine, luccicante qua e là di strumenti nautici, con quelle ventiquattro lettere maiuscole iscritte come un epitaffio enimmatico sopra le bandierine dei segnali, – quel gruppo di persone così diverse e strane, che barcollavano ogni tanto per effetto d'un leggero rullìo, – quegli ufficiali immobili e gravi, – quel brulichìo d'una moltitudine che non si vedeva, – e quell'orizzonte oscuro dell'oceano, che tagliava il vano dell'uscio, – destavano insieme un sentimento di stupore e di rispetto che s'esprimeva in un bisbiglio sommesso.

Dopo alcuni momenti arrivò il lungo prete, con una stola e una cotta che pareva avessero servito a battezzare i primi navigatori dell'Atlantico, e l'attenzione di tutti si fissò su di lui. Entrò, curvandosi, senza guardar nessuno, e avvicinatosi al tavolo e fatto il segno della croce, cominciò a mormorare a occhi chiusi, in mezzo a un silenzio profondo, gli esorcismi d'uso per l'acqua e pel sale. Poi mise una cucchiaiata di sale nel bicchiere, l'agitò, e intintovi il dito, benedisse i presenti. Le donne fecero il segno della croce. Il bisbiglio ricominciò.

Tardando a venire il bambino, il comandante mandò il Commissario a vedere. Siccome s'era aggravato il vecchio malato di polmonite, la puerpera era stata trasferita dall'infermeria in un camerino vuoto delle seconde classi. Il tragitto da farsi non era che di pochi passi. Il Commissario ritornò subito, dicendo: — *Vegnan.*

Venivano in fatti su per la scaletta il padre, tutto trionfante, con la barba fatta, con una camicia fresca, e col marmocchio in mano, la signorina di Mestre, col suo solito vestito verde-mare, sorretta per una mano dall'argentino, e dietro di loro, con mia gran maraviglia e di tutti, la puerpera pallida, ma sorridente, tenuta su per la vita dal marinaio gobbo. Non c'era stato verso, brontolava il marinaio, aveva voluto venire, nonostante le minacce del medico, cocciuta a fare là come a casa sua, dove *dopo do zorni la se gaveva sempre messo a far le so façende*. Ultimo veniva uno dei due gemelli, con candela in mano.

Un mormorio carezzevole di pietà e di simpatia accolse il piccolo Galileo, che dormiva placidamente, col visetto rosso, ravvolto in una coperta azzurra, con una cuffietta bianca a piegoline, e una medaglia al collo.

Appena entrata, la signorina prese il bimbo dalle braccia del padre, e lo mostrò al comandante, con quel suo sorriso mesto e dolcissimo, e non a un solo credo che sfuggisse il contrasto pietoso di quel piccolo essere che incominciava la vita con quella povera e buona creatura per la quale tutto stava per finire. Tutti guardarono per un momento lei sola, che contemplava il bimbo col capo chino, mostrando negli occhi tutti i tesori di maternità che avrebbe portato nella tomba.

Il comandante, col suo schietto accento del quartiere di Prè, e con un cipiglio come se leggesse un atto d'accusa, diede lettura dell'atto di nascita scritto sul ruolo d'equipaggio.

— L'anno mille e ottocento etc., giorno ed ora etc., a bordo del piroscafo denominato *il Galileo*, iscritto al compartimento marittimo di Genova, etc., il signor medico tal dei tali ha presentato a noi, Capitano in comando del detto piroscafo, in presenza dei signori tali e tali, un bambino di sesso maschile di cui s'è sgravata la signora...

Spuntò un sorriso sulle labbra di tutti quando s'intese leggere che il luogo nativo di quel povero bambino era: *latitudine nord 4, longitudine ovest, meridiano di Parigi, 28,48*.

— ... In fede di che noi, — continuò il comandante, — abbiamo steso il presente atto che è stato iscritto a piè del ruolo d'equipaggio, ed è stato sottoscritto...

Il comandante e i due ufficiali firmarono l'atto sul ruolo e sui tre moduli stampati da rimettersi al Consolato italiano di Montevideo, alla Capitaneria del porto di Genova, e al padre; poi porsero la penna a questo, che, stentatamente, con la fronte in sudore, scarabocchiò tre volte il suo nome.

In quel punto il piroscafo fece un moto brusco da un lato, e la madrina vacillò: l'argentino la ritenne per un braccio: ed io gli lessi negli occhi l'impressione di stupore penoso ch'egli provò al sentire quel braccio senza carne. Il cielo s'era fatto più oscuro e il mare livido; qualche goccia cadeva sopra coperta.

Il prete si fece avanti.

Inteso i nomi imposti, si segnò, e messa la sua enorme mano pelosa sotto la testa del bimbo dormente, mentre l'argentino gli metteva la destra sul petto, gli fece col bicchierino le tre versate d'acqua, dicendo:

— *Galilee, Petre, Johannes, ego te baptizo in nomine Patris, et Filii et Spiritus Sancti.*

Poi: — *Galilee, Petre, Johannes, vade in pacem et Dominus sit tecum.*

Tutte le donne dalla finestra risposero: — *Amen.*

Allora disse l'*Agimus*.

Io osservavo intanto la madre, la quale girava gli occhi larghi sul bimbo, sugli ufficiali, sugli strumenti nautici, su quella strana cappella, e porgeva l'orecchio allo scricchiolìo della ruota della timoniera e al fischio lontano delle sartie investite dal vento, dando ogni tanto un'occhiata furtiva al mare oscuro; e pareva agitata da una viva inquietudine, come se ci fosse qualche cosa di profano e quasi di malauguroso in quella funzione fatta a quel modo, così alla spiccia, e in quel luogo, e con quel tempo.

— *Ave Maria, gratia plena, Dominus tecum*, — terminò il prete.

— *Sancta Maria, Mater Dei, ora pro nobis...* — risposero le donne.

Nel momento stesso un lampo vivissimo illuminò la camera e s'intese il muggito lungo d'un bove; il piroscafo balzò; la puerpera si mise a piangere.

— *Amen*, — disse il prete.

— *Amen*, — risposero di fuori.

Tutti si rivolsero alla donna, chiedendole che cos'avesse, facendole animo.

Essa s'asciugò gli occhi col dorso della mano, e domandò: — *Parché no'l ghe ga messo el sal sula boca?*[5]

Dovettero ragionarla, spiegarle: era un battesimo di necessità, non si poteva farlo completo perché non s'era in chiesa, si sarebbe completato in America; stesse tranquilla: il sacramento era valido lo stesso.

Allora baciò con espansione il bambino, si rasserenò, ringraziò, e tutti uscirono. Pioveva già forte. Eppure il piccolo corteo, seguito dal garibaldino, stentò a aprirsi il passo tra la calca per arrivare fino al camerino di seconda; il gobbetto dovette più volte far largo coi gomiti, e al gemello fu portato via il mozzicone di candela: tutti volevan vedere, non il bimbo, ma chi fossero il padrino e la madrina, per farsi un'idea della importanza dei regali che sarebbero toccati alla puerpera fortunata. Al vedere la signorina, qualcheduno batteva le mani. All'improvviso s'udì una voce alta e rauca:

— Strusciate, strusciate i signori!... Oggi lo tengono a battesimo e quando sarà grande lo faranno crepare di fame... Cretini!

Era il vecchio tribuno dal gabbano verde, ritto sulla boccaporta del dormitorio delle donne. Molti si staccarono subito dalla folla dei curiosi. Altri gli inveirono contro, altri gli fecero eco. Ma il gridìo festoso della ragazzaglia coperse le loro voci.

Messo appena il piede nel camerino, la puerpera si lasciò cadere sopra un baule, spossata; il padre mise il bambino in una cuccetta, e il padrino e la madrina tiraron fuori i regali. E allora cominciarono le esclamazioni di maraviglia e di gratitudine, a due voci: — *Ma cassa fali? Lori se desturba tropo! I ne fa deventar rossi! Oh ma che brave creature! Xelo par mi sto qua? e anca st'altro? Oh santo Dio benedeto!* — E il padre, in uno slancio di riconoscenza per il neonato, curvandosi sulla cuccetta, esclamò: — *Vorò strussiarme, vorò suar sangue per ti, vissare mie!* — ma con un accento del cuore, che prometteva sinceramente una vita di lavoro e di sacrifizio per quella piccola creatura nata fra il mare e il cielo, a mezza strada fra la patria perduta e una terra ignota, senz'altro bene al mondo che le braccia e il coraggio del padre suo. E poi: — *Tazi, vecia mata!* — gridò brutalmente alla moglie che piangeva, e le gettò le braccia al collo.

---

5 Perché non gli ha messo il sale sulla bocca?

La signorina allora si voltò verso il garibaldino che stava affacciato all'uscio, e indicandogli quell'abbraccio, gli fece con l'indice un cenno di rimprovero, e poi disse affettuosamente, sorridendo: — Ecco la famiglia.

Egli non rispose.

IL MARE DI FUOCO

Ma il battesimo, come la festa dell'equatore, non fu che una breve tregua all'irritazione che serpeggiava a prua per effetto del caldo crescente, in particolar modo fra le donne, le quali erano ogni dì più uggite e stufe di quella maniera di vita tanto lontana da ogni loro consuetudine. Da vari giorni era scoppiata la malattia contagiosa del piccolo ladroneccio, e con questa, la febbre generale del sospetto: gli asciugamani, le scarpette, i cenci sparivano come per incanto, le derubate credevano di riconoscer la roba loro nelle mani dell'una o dell'altra, e ogni momento si vedevan venire dal Commissario due scarmiglione frementi, coi ragazzi per mano, col corpo del delitto sotto il braccio, seguite dai mariti e dai testimoni, a chieder giustizia. E allora avevan luogo processi e dibattimenti in tutte le regole. Si trattava d'un fazzoletto a cui la ladra aveva levato la marca, d'uno stivaletto a cui era stata strappata la fettuccia col nome del calzolaio. L'accusata negava, invocando Gesù e la Madonna; la derubata s'incocciava, tirando giù il resto del calendario: bisognava chiamar due perite che esaminassero la marca sfatta, o un ciabattino per lo stivaletto. Ma la piemontese rifiutava le perite napoletane, la napoletana non le voleva dell'alta Italia, i mariti pigliavan le parti delle mogli, i testimoni e i curiosi tenevan ciascuno dalla sua provincia. Erano contestazioni interminabili tra montanare testarde che ripetevano cento volte la stessa ragione con la medesima frase, e pianigiane linguacciute che vomitavano torrenti di parole. Spesso anche non si capivan tra loro e bisognava nominare un interprete. Altre volte si doveva ordinare una perquisizione delle robe. Le accusate si mettevano a piangere, i bambini a frignare, i mariti a minacciarsi. — Ci rivedremo a terra, canaglia! — Ti caccerò nelle caldaie della macchina io, pendaglio da forca! — Darò le tue budella ai pesci, nato d'un cane! — Una donna accusava l'altra di bazzicare coi marinai la notte, l'altra accusava lei d'andar a dormire coi signori di prima. — Voi tutto il bastimento vi conosce! — E voi non vi lava neanche tutta l'acqua del mare! — Il povero Commissario si stillava il cervello per comprendere e per dare delle sentenze giuste; ma comunque giudicasse, gridavano sempre all'ingiustizia. Se condannava una napoletana o una siciliana, queste dicevano: — Già, l'altra è dei paesi vostri. — Se condannava una dei "paesi suoi" tutte le settentrionali strillavano. — Si sa, quelle ci han sempre modo, e che modo! di farsi dar ragione. — Ed era inutile che cercasse di persuaderle: — Ma sentite, ricordatevi: ieri ho pur dato ragione, perché l'aveva, a una delle vostre parti! — Niente: gliel'aveva data solo perché era una bella ragazza, o una donna sola, o perché perché: un secondo fine ci doveva essere. E da una parte e dall'altra s'alzava un coro di mormoni: — Già, noi non siamo italiani. — Non parliamo il genovese, noi. — Si sa, ora sono quelli di laggiù che comandano. — Era una cosa che faceva doppia pena, così lontano dalla patria, veder dar fuori in ogni litigio le antipatie di famiglia, sentire con che parole diabolicamente ingegnose si mordevano l'un con l'altro nell'amor proprio municipale, dissotterrando recriminazioni e rancori morti da tanto tempo fra noi, e soffiandovi dentro, pur troppo, per portarli redivivi in America. E dopo ogni lite le due parti si separavano nemiche e gonfie di dispetti, che trasfondevano poi a prua nei loro compaesani dei due sessi; i quali a poco a poco s'andavano dividendo in due schiere, e si guardavano in cagnesco, e s'insultavano, scansandosi a vicenda, come per paura di essere impidocchiati, o affettando di abbottonarsi la giacchetta e di toccarsi in tasca quando si passavano accanto, come per salvare il portamonete o il fazzoletto. Oh miseria! Il Commissario, per quanto fosse sollecito, non aveva tempo d'ascoltar le querele di tutti, e per quanto fosse paziente, doveva qualche volta piantarsi i denti nella seconda falange dell'indice. La grossa bolognese, la cui alterigia montava con la temperatura, voleva far perquisire tutto il piroscafo perché le avevan portato via un pettine di tartaruga, e minacciava di far screditare la *Società di navigazione* da suo fratello giornalista, appena sbarcata in America. La povera signora dal vestito di seta era disperata perché le avevan rubato una piccola spilla d'argento, un ricordo di sua sorella, diceva; ma non osava di ricorrere al Commissario per timore di qualche vendetta. E c'eran delle donne che, non tanto per timore quanto per mostrare una diffidenza ingiuriosa alle vicine, dormivano con tutte le loro robe ammontate fra le braccia e fra le gambe, anche a rischio di provocare la calunnia coi falsi contorni dell'adulterio. Una vera pazzia, insomma. E ancora le quistioni che nascevan da furti veri o mentiti eran le meno difficili. Il peggio era che l'irritazione aveva svegliato in tutti una delicatezza d'amor proprio straordinaria, che s'adombrava d'una mezza parola o d'un mezzo sorriso, tanto che ogni momento si presentava qualcuno al Commissario a lamentarsi d'una mancanza di rispetto, e il Commissariato si dovea convertire in una specie di tribunale per la casistica della dignità e della buona creanza. Il marinaio gobbo diceva che non si potea più campare. — *Dixan che gh'è de ladre!* (dicono che ci son delle ladre) — esclamava, poiché non parlava mai altro che delle donne; — ma se non s'imbarcassero le ladre, non si farebbero nemmeno più le spese del carbone, che dio le sprofondi! — A come si mettevan le cose c'era da aspettarsi da un'ora all'altra qualche baruffa seria. Già la sera innanzi, dopo il battesimo, due passeggiere s'eran fatte una cappelliera, alla muta, da signore ben educate, in un angolo oscuro del dormitorio. E la sera del giorno dopo toccò di peggio al povero scrivanello. Essendosi lasciato sfuggire una parola d'indignazione contro due emigranti che facevan degli atti osceni dietro alle spalle della genovese, provocando le risatacce di tutti, quelli gli misero le mani addosso, e stavano per conciarlo male, quando passò di là per caso il garibaldino, e lo liberò, che aveva già la cravatta in brindelli. Tutti effetti del "focolare elettrico del globo". E il Commissario seguitava a dirmi: — Ne vedrà di peggio.

Liberato lo scrivanello, il garibaldino salì sul castello centrale, di dove l'avevo visto, e mi passò accanto. Avrei voluto chiedergli dei particolari; ma la sua faccia fredda e dura mi tenne in là, come sempre. Mentre i primi giorni scambiava con me qualche parola, ora faceva appena un cenno di saluto, e qualche volta neppure un cenno. Pareva che l'uggia crescente che metteva in ciascuno quella piccola società forzata del piroscafo, gli inasprisse l'avversione per i propri simili che già portava nel cuore. Quanto più andava innanzi nella familiarità, sempre taciturna e rispettosa, colla signorina dalla croce nera, tanto più diventava solitario e chiuso, come se quella compagnia gentile rabbuiasse, invece di rasserenare, la sua filosofia. Ora non parlava più con nessuno. Passava delle ore a poppa, appoggiato al parapetto, a guardare la scia del *Galileo*, come un foglio scritto interminabile, che si svolgesse sotto i suoi occhi, narrando la storia del mondo. E la sua selvatichezza sdegnosa aveva prodotto negli altri l'effetto solito: antipatia dapprima e ostentazione di altrettanto disprezzo; poi, quando la costanza della sua condotta mostrò ch'essa derivava da natura e non da proposito, un sentimento di rispetto e di timidezza, il quale si rivelava nella prontezza istantanea con cui lo sguardo dei passeggieri saliva su per gli alberi o fuggiva pel mare, quando egli, discorrendo con la signorina, girava gli occhi su di loro, per vedere se lo guardassero, e con che viso. Sembrava anzi che fosse nata in tutti una certa simpatia per quell'orso orgoglioso, il quale non solo non faceva nulla per guadagnarsela, ma aveva l'aria di far tutto per suscitare il sentimento contrario. Era perché la tristezza, quand'è congiunta alla bellezza e alla forza, seduce, come indizio d'un nobile disprezzo per le facili soddisfazioni che possono dar l'una e l'altra; oltre di che da tutta la persona di lui, e da quel lume profondo degli occhi, che vien diritto dall'anima, traspariva la virtù che è più ammirata e più temuta nel mondo, il coraggio. Per me, quanto più mi scansava, e tanto più desideravo di conoscerlo. Provavo per lui quel sentimento di benevolenza, nato dalla stima e dalla soggezione, che rende intollerabile la noncuranza di chi n'è l'oggetto, e che vi farebbe discendere ad un atto d'umiltà per superarla. E questo sentimento si fa vivissimo a bordo, dove è ridestato ad ogni tratto dalla presenza continua della persona, e dove la indifferenza che essa ci dimostra può esser facilmente notata dagli altri, e svilirci nel concetto loro. Lui assente, cercavo di persuadermi che l'animo suo e la sua vita non dovessero corrispondere al suo aspetto e alla mia immaginazione, e che, se l'avessi conosciuto addentro, egli non avrebbe fatto che aggiungere una delusione a quell'altre mille di cui è tessuta la storia delle nostre amicizie. Ma quando lo vedevo, era inutile, avrei giurato che quell'uomo non aveva mai commesso un'azione ignobile, che disprezzava sinceramente ogni vanità umana e che anche allora avrebbe dato la vita, subito e senza un pensiero d'ambizione, per un'idea generosa. Subivo la sua superiorità come una forza magnetica, e mentre ne sentivo un certo scontento e quasi un'umiliazione, mi pareva che avrei provato un sollievo a lasciarglielo intendere, e anche a confessarglielo chiaramente. Ma il suo viso era una porta murata per tutti.

E pareva indifferente pure ai grandi spettacoli della natura. Io non gli vidi passare nemmeno un lampo sul viso, quella sera, davanti al tramonto più splendido e più strano che si fosse visto dopo che eravamo entrati nella zona torrida. Il cielo s'era rasserenato a oriente e a occidente, e il sole che stava per tuffarsi nel mare di bragia, enorme, come se si fosse ravvicinato alla terra di milioni di leghe, era attraversato nel mezzo da una striscia di nuvola sottilissima e nera, terminante di qua e di là al contorno del disco, in modo che il globo pareva spaccato in due emisferi paralleli, ma così nettamente e durevolmente, da dar l'illusione d'un prodigio. E nello stesso tempo si stendevano per aria, a un'altezza smisurata, otto maravigliosi raggi d'una luce come velata, ma di colori vaghissimi, che passarono lentamente per varie sfumature, dal bianco al rosa, al verde-chiaro, e perdurarono dopo che il disco era sparito, coprendo un terzo quasi della vôlta del cielo, come un'immensa mano luminosa che volesse afferrare la terra. Ma ci maravigliammo assai di più quando, a un cenno del comandante, voltandoci, vedemmo altri otto raggi sterminati dalla parte opposta, riflesso dei primi, meno luminosi, ma sfumati delle stesse tinte, che parevano l'albore d'un sole sconosciuto che sorgesse dalle acque, appena l'altro s'era nascosto. E il mare luccicava di tutti i colori del cielo, che pareva vi galleggiassero miliardi di perle.

Quell'animale d'un avvocato, – egli solo, – non guardava nulla; anzi voltava le spalle al tramonto, e non alzava il viso verso il riflesso, come per far dispetto alla natura: per lui il sole che discendeva nel mare era un sole odioso, per riverbero della cattiva compagnia che frequentava. In mezzo al silenzio ammirativo di tutti, egli si lamentava stizzosamente col Secondo della trascuranza cri-mi-no-sa delle società di navigazione, io che non si tenevano al corrente dei progressi dell'arte del salvataggio. Ottanta su cento dei naufraghi, diceva, s'annegano, crepano, per colpa di chi li imbarca. Perché le società non mettevano sui piroscafi il numero prescritto di salvavite? Perché non ci avevano che dieci lance, che bastavano appena a salvare un quarto dei passeggieri? Perché non esercitavano i marinai a costrurre in pochi minuti delle zattere di salvamento? Perché non avevano delle pompe Gwyn? Perché non adottavano il doppio ponte del capitano Hurst? Perché non si provvedevano di *life-boats* del Peake e di sgabelli nautici del Thompson? Eran loro, le società di navigazione, che affogavano migliaia di galantuomini, e che facevano crepar di fame gli inventori, accogliendo con una scrollata di spalle, deridendo, per avarizia, tutte le proposte di nuovi mezzi per salvare la pre-zio-sa vita dell'uomo!

Quel piccolo barbone spaurito avea una erudiziene sbarlorditoia nella materia, era un vero scienziato della spaghite. L'agente di cambio, che sapeva tutto, mi manifestò un suo sospetto: che il pover uomo avesse nel camerino un apparecchio di salvataggio straordinario e voluminoso, parecchi forse, tenuti nascosti con gran cura in un cassone segreto, che nessun cameriere aveva mai visto aperto. E diceva anzi che, essendo stato respinto bruscamente una mattina ch'era andato per fargli visita, sospettava che egli stesse provando in quel momento qualche spettacoloso vestiario di guttaperca.

— Sono gli armatori, — continuava intanto l'avvocato accalorandosi, — che ci mandano in pasto ai pesci-cani. Il codice marittimo è una canzonatura. Ci dovrebbe essere una legge applicata sul serio, che li mandasse a marcire in galera.

Il Secondo ribatteva, ed egli rincalzava con maggior calore, tanto che a poco a poco gli si aggrupparono intorno parecchi, per prendersi spasso di quella battisóffiola morbosa, che la notte calante aggravava.

Ma la conversazione fu troncata improvvisamente dal grido d'un passeggiero di terza, sul castello centrale: — Il mare in fuoco!

Tutti si voltarono verso il mare. Il piroscafo correva in fatti in un mare acceso, facendo schizzare lungo i suoi fianchi zampilli di topazi e di diamanti e lasciando dietro di sé una striscia di fosforo liquido, una strada coperta d'oro bollente, che pareva uscisse dalla sua poppa, come da una miniera in combustione. In alcuni punti era oro, in altri argento; lo spazio luminoso si stendeva a una grande distanza, digradando in una mite chiarezza bianca, che faceva pensare a quello che gli Olandesi chiamano mare di latte o di neve, veduto già da molti navigatori nel Pacifico, nel golfo di Bengala e nell'arcipelago delle Molucche. Ma vicino a noi l'acqua ardeva e viveva, era una bellezza, un inseguirsi e un incrociarsi di fuochi fatui, un tremolìo infinito di stelle e di piccoli soli, che si avvicinavano al piroscafo e balzavano lontano, e s'alzavano e s'abbassavano, senza nascondersi, dando alle onde una trasparenza splendida, come d'un mare illuminato di sotto in su dagli astri favolosi di Plutone e di Proserpina, raggianti nell'interno del globo. Si capiva bene allora come i naviganti antichi che vedevano per la prima volta quel mare risplendente ne avessero turbata la ragione. Non se ne poteva staccare lo sguardo: abbagliava, attirava come se portasse a galla tutte le ricchezze dell'universo, metteva voglia di tuffarvi la mano per pigliare una pugnata di gemme, di cacciarvisi dentro per uscirne sfolgoranti come monarchi orientali. Provavamo tutti il bisogno di trovare paragoni fantastici e di dire bizzarrie, sguazzando con l'immaginazione in quell'immensità di tesori ondeggianti, che ci scintillavano intorno come una tentazione e uno scherno. E l'ammirazione crebbe ancora quando, dopo un'ora di quella vista, comparve un branco di delfini, che si misero a guizzare e a saltare in quel fuoco, accompagnando il piroscafo, come per unire la propria alla nostra allegrezza. Allora fu un turbinìo di faville, una festa di spume e di spruzzi infiammati, una danza di costellazioni, una follia di splendori che fece prorompere i passeggieri di terza classe in grida acute, in strilli di gioia come una folla di ragazzi.

Il solo malcontento fu il marito della svizzera, che vedemmo comparire sul cassero brontolando, con la faccia rossa e indispettita. Ma, dio buono, se l'era cercata. Era andato sul castello centrale, in mezzo a un crocchio di contadini, a spiegare che quella fosforescenza delle acque era prodotta da una quantità di animaletti microscopici, chiamati con non so che nome dell'altro mondo, o in altri termini, che tutte quelle scintille erano bestie. Questa volta, per verità, l'aveva sballata troppo grossa, ed era stata accolta con una clamorosa risata.

Ma già un nuovo spettacolo attirava l'attenzione di tutti. Essendosi schiarito il cielo da ogni parte, si vedevano per la prima volta all'orizzonte le quattro bellissime stelle della croce del Sud, sconosciute

al settentrïonal vedovo sito,

scintillanti nella solitudine oscura dei così detti sacchi di carbone: i deserti del cielo australe. Da un lato splendevano limpidamente l'alfa e la beta del Centauro, e dall'altro la costellazione del Naviglio, con lo stupendo sole Canópo. Tutto il firmamento brillava terso e queto. La stella polare era scomparsa.

L'OCEANO AZZURRO

Qui, al diciassettesimo giorno, trovo notato sulla carta del Berghaus che si doveva passare la famosa linea tirata da Alessandro VI per dividere il mondo tra il Portogallo e la Spagna; e accanto queste parole: — *Bel tempo fuori e in casa.* — E difatti l'umore di quella moltitudine d'emigranti seguiva con fedeltà mirabile le variazioni del mare. Come parlando con un personaggio potente, al quale domandiamo un favore, e che ci può nuocere, il nostro viso riflette inavvertitamente tutte le espressioni del suo, così i pensieri e i discorsi di tutta quella gente si facevan neri, gialli, grigi, azzurri, lucenti secondo che era il colore delle acque. Esattissimo è il dire "la faccia del mare" poiché lo spianarsi e il corrugarsi della sua superficie, e le ombre che vi guizzano, e le tinte pallide o tetre che la coprono all'improvviso, rassomigliano in modo maraviglioso ai moti di una faccia umana, la quale rispecchi l'agitazione d'un animo mobilissimo e malfido. Quanti mutamenti si succedevano in poche ore, sempre rimanendo buon tempo! L'oceano, che appariva vecchio e stanco, ringiovaniva in pochi minuti, corso da un fremito di vita che lo mutava tutto, e poi si racquetava, pensieroso, e s'annoiava, e s'addormiva, e poi su, si svegliava come per una scossa, inquieto, accigliato, come offeso da quel guscio di noce pien di formiche che gli passava sul corpo, e pareva che meditassero un brutto tiro: poi ricadeva in una indifferenza sprezzante, o perdonava e diceva: — Passate, passate, — sorridendo. E mutava rapidamente con esso l'aspetto del piroscafo, come se quelle mille e seicento persone avessero avuto un solo sistema nervoso. Alle dieci tutti sdraiati, silenziosi, con facce di gente che non avesse più nulla a sperare a questo mondo, davano al *Galileo* l'apparenza d'un lazzaretto natante: un'ora dopo, per effetto d'un soffio che spazzava l'orizzonte o d'un raggio che dorava la prua, tutti in piedi, tutti in moto, e un mormorio, un'allegrezza di festa, di cui essi medesimi erano stupiti. E così cambiava man mano la loro disposizione d'animo verso di noi, e la maniera di accoglienza che ci facevano in casa loro. La mattina occhiatacce, voltate di spalle e anche male parole fischiate rasente le orecchie: un'antipatia spiegata per i "signori". La sera dello stesso giorno, invece, sguardi benigni, avvertimenti ai ragazzi che ci lasciassero passare, e anche parole amichevoli buttate così per aria, per attaccare discorso. E anche in questo noi facevamo come loro. Pensavamo spesso, guardandoli, con un bel sereno: — Povera e buona gente! Son nostri, infine. Che cosa non si darebbe per vederli contenti! Come sarebbe bello essere amati da loro! — E in altri momenti, nell'afa del cielo chiuso: — Che razza di cani! Pensare che ci farebbero morir tutti perpendicolarmente, se potessero! E noi li andiamo a accarezzare, imbecilli.

Ma quel giorno il mare era azzurro, e a traverso al buon umore della popolazione di terza, come per una trasparenza morale, si potevano fare molte osservazioni psicologiche nuove. Poiché bisogna notare: sotto la trama dei dispetti e degli odi se n'era ordita, in quei sedici giorni di viaggio, un'altra di simpatie, d'amori e di ripeschi, molto intricata, e assai più variopinta dell'altra. Il Commissario sapeva tutto o quasi, per veduta propria e per quello che gli andavano a riportare, richieste o no, quindici o venti comari informate d'ogni braca, le quali esercitavano a prua lo stesso ufficio che la madre della pianista e l'agente di cambio facevano a poppa. Ed era un divertimento impagabile il sentirgli sfilar la corona delle passioni, sul palco di comando, con gli occhi sulla folla, indicando via via i personaggi, con quella sua parlata lenta di giudice di pace, comicissimo dentro e grave fuori. La prua tutta nera di gente ci si stendeva di sotto come un vasto palcoscenico scoperto, accarezzato in quel momento da una brezza morbida, che faceva sventolare i panni distesi a asciugare e svolazzar le cocche dei fazzoletti e i capelli sulle terapie alle donne. Ed egli raccontava. Gli amori eran molti, ed essendo costretti a rimanere la più parte, o sempre o quasi sempre, nei confini d'una castità rigorosa, s'erano venuti rinfiammando e inasprendo, si può dire, a veduta d'occhio, come non accade mai nelle città o nelle campagne. Non c'era donna giovane, maritata o ragazza, che non avesse il suo o i suoi vagheggiatori, impudenti o prudenti, cotti più o meno, e sì e no corrisposti, alla coperta o alla palese. La continenza, e quell'aver sempre l'oggetto lì sotto gli occhi, quasi a contatto, nel disordine del vestito della mattina, o nell'abbandono del sonno lungo il giorno, e nella nudità libera della maternità, aveva fatto nascere capricci e passioncelle vive anche per matrone rustiche semisecolari, che sul continente non sarebbero state degnate d'un pizzicotto. Le giovani poi, se non eran facce da far paura, avevano addirittura dei cerchi di sospiranti; alcuni dei quali, dopo qualche tempo, si stancavano, e si voltavano a ciondolare intorno a un'altra bellezza, lasciando ad altri il posto vuoto; e così i gruppi si venivano mutando. C'erano concupiscenze passeggiere e contemplazioni platoniche, che miravano, più che altro, a ingannare il tempo, e anche corteggiamenti burleschi, fatti per spassare i camerati. Ma c'erano pure innamoramenti seri di maschi presi fino all'anima, d'un'audacia e d'una brutalità che sfidava la luce del sole e il regolamento di disciplina, ostinati e gelosi come arabi, che non volevano concorrenti d'attorno e minacciavano coltellate a destra e a sinistra. Questi avevano tutti i loro posti fissi, di dove durante il giorno, quando non si poteva nulla tentare, covavano l'oggetto dei loro spasimi con occhi di sparvieri che fissan la preda, e ingiuriavano perfino coloro che, passando, intercettassero i loro sguardi. Avevano preso fuoco perfin certe teste grigie, certi bifolchi cinquantenni dalla pelle di rinoceronte, nei quali si sarebbe detto che la scintillaccia non si dovesse accendere nemmeno per confricazione. Uno di questi, un monferrino con un muso di cinghiale, era diventato addirittura *canuto spettacolo* per la contadina di Capracotta, il cui visetto tondo di madonna mal lavata, colorito dal riflesso del suo fazzoletto a rose vermiglie, faceva girar la cùccuma anche a vari altri, non ostante la presenza d'un lungo marito barbuto. Le due coriste che andavano in giro dalla mattina alla sera, ridendo con tutti, strofinandosi a tutti, tastate da tutte le parti, pareva che si divertissero particolarmente a fuorviare i buoni mariti: le mogli le odiavano come la peste, e le apostrofavano senza complimenti, dietro le spalle e davanti, minacciando di ricorrere al Commissario, perché ripulisse la prua, ch'era una cosa che metteva schifo. Ma non eran le sole:

c'eran delle altre facce rotte di città che seducevano i padri di famiglia con un po' di farina sul muso e un po' di porcheria nel fazzoletto, e passavan davanti alle mogli costumate con un certo ghigno da schiaffi, dandosi l'aria di signore: un'infamia; che cosa ci stava a fare a Genova la questura? Ma l'avevano amara soprattutto con quello scimmione di negra dei brasiliani, che non veniva che all'ora dei pasti, e la sera, ma che aveva acceso un vero vulcano di passionacce: pareva impossibile, dicevano, con quella nappa rincagnata e quel fetore di caprone; e tutti dietro e intorno, come cani in fregola, a fiutare quel sudiciume, e lei ci sguazzava. Già per essa due mariti erano andati a un pelo dal pigliarsi a pugni, e all'uno la moglie aveva fatto una scenata che s'era intesa fin dalla macchina, all'altro la sua aveva ammollato un sonoro manrovescio, ch'egli aveva puntualmente restituito, riserbandosi a pagare gl'interessi in America. La grossa bolognese, almeno, serbava un certo decoro, voleva portare intatto nell'altro mondo, diceva il Commissario, il suo nome di *ragaza unesta*: si buccinava bensì che avesse il cuore ferito da un emigrante svizzero, e la sua condotta notturna era dubbiosa; ma di giorno, tra la gente, serbava una dignità d'arciduchessa, tanto più dignitosa, anzi, e più sprezzante, quanto più cresceva intorno a lei l'insolenza delle supposizioni facete intorno al mistero della sua inseparabile borsa. C'erano poi molte altre che, anche nell'amore, davano buon esempio: ragazze morigerate, o almeno timide, che amoreggiavano decentemente con dei giovani per bene, i quali s'atteggiavano ad amici del cuore o ad amanti di seri propositi, e stavano tutto il giorno imbastiti alle loro gonnelle, in atteggiamento languido, ma rispettoso, sotto gli occhi dei parenti. Ma, in generale, la galanteria aveva dei portamenti e parlava un linguaggio che doveva accelerare e raffinare in modo speciale l'educazione dei fanciulli, e delle molte ragazzine tra i dieci e i quattordici anni, ch'erano a bordo, e che in quel serra serra vedevano e sentivano tutto. I più bassi istinti, domati nella vita ordinaria dalle fatiche, o dormenti nella quiete solitaria dei campi, s'erano risvegliati a poco a poco, come biscie, nel petto di tutta quella gente affollata e scioperata, ai calori tropicali, e quando l'oscurità della sera imbaldanziva i circospetti e toglieva ogni freno agli impronti, se ne intravvedevano e se ne sentivano di quelle da far arrossire dei corazzieri a cavallo. Per la forma, s'intende, essendo pornografia a grossi bocconi; che, quanto alla sostanza, era la stessa che in molti salotti come si deve si distribuisce e si inghiotte a pillole d'oro, senza che nessuno si scandalizzi. E poi... che succedeva poi? Interrogato su questo punto, il Commissario s'arricciava il baffo destro, tentennando il capo. Senza dubbio, il regolamento parlava chiaro, il comandante non transigeva, e il piccolo gobbo era incorruttibile; ma la prua era vasta, rischiarata poco, piena d'angoli bui e di ripari opportuni; e tra gli emigranti, più dell'invidia e della gelosia che li avrebbe spinti a disturbare, poteva il sentimento della solidarietà, fondato sull'*hodie mihi cras tibi*, che gl'induceva a proteggere. Oltre di che, durante la notte, il gobbo non era sempre lì sulla scala del dormitorio a fare la guardia, e spesso s'addormentava; e allora era una baldoria di contrabbandi, una tarantella di peccati mortali, che, se la vedevan le stelle della Croce, spettatrici degli amori all'aria aperta degl'Indiani, dovevan proprio dire che tutti gli uomini son fratelli. Nelle notti senza luna e senza stelle, in special modo, e quando il caldo era forte, non sarebbe bastato un battaglione di gobbi. Giusto, il mio buon scrignuto passò mentre parlavamo di lui, con una boccetta d'olio in una mano, e seguendo forse un suo corso di pensieri, mi disse: — *Scià sente: l'è pezo una bionda che sette brunne.* — (È peggio una bionda che sette brune). Poi, raccoltosi un momento, e alzando l'indice, soggiunse: — *Se e' porcate pesassan saiescimo zà a fondo da sezze giorni.* (Se le porcherie pesassero, saremmo già a fondo da sedici giorni). *E aoà cöse gh'è?* (E ora cosa c'è?)

Erano i ragazzi di prua che battevan le mani a una manovra con cui s'alzavano le vele di gabbia, di parochetto e di contromezzana, in modo che il piroscafo si ritrovava con tutte le sue grandi ali spiegate, e filava sul mare azzurro nella piena maestà della sua bellezza. Nello stesso momento, come per fargli festa, uno stormo d'uccelli acquatici del Brasile venne a far tre giri intorno agli alberetti della gabbie, e poi sparve. Non m'era mai parso così bello il *Galileo*. Largo e poderoso; ma le curve agili dei suoi fianchi e la grande lunghezza gli davan la grazia d'una gondola smisurata. I suoi alberi altissimi, congiunti come da una trama di cordami, parevano fusti di gigantesche palme diramate, legate da liane senza foglie, e le ampie bocche purpuree delle trombe a vento rendevan l'immagine di colossali calici di fiori, attirati dall'America invece che dal sole. I fianchi neri di catrame e severi, la coperta irta di ordigni di ferro e sorvolata da nuvoli di fumo oscuro; ma questo aspetto rude di vasta officina, rallegrato dalle lance azzurrine librate sui parapetti, dalle alte maniche a vento candide e gonfie, dai ponti mobili spiccanti nel cielo, da cento luccichii di metalli, di legni, di vetri, da mille oggetti e forme diverse e bizzarre, che rappresentavano ciascuna una comodità, un'eleganza, una difesa, un'industria, una forza. E il rumorìo della macchina, i colpi profondi del propulsore, le piattonate dell'elice, il cigolìo delle catene del timone, il sibilo del solcometro, il fremito delle griselle, il tintinnìo dei cristalli sospesi, formano una musica diffusa e strana, che accarezza l'orecchio ed entra nell'anima come un linguaggio misterioso di gente sparpagliata e invisibile, che a bassa voce s'inciti a vicenda al lavoro e alla lotta. La poppa sussulta sotto i nostri piedi come la carcassa d'un corpo vivo; il colosso ha guizzi improvvisi, dei quali non si comprende la causa, e che paion tremiti di febbre, scatti bruschi e senza grazia, che paiono atti di dispetto, e mosse replicate di prua, che sembran gli scotimenti d'una enorme testa che pensi; e fila altre volte per lunghi tratti così fermo e pari sul mare agitato, che una palla d'avorio non si moverebbe sulle sue tavole, e pare che non lambisca le onde. E va senza posa, nella nebbia, nelle tenebre, contro il vento, contro l'onda, con un popolo sul dorso, con cinquemila tonnellate nel ventre, dall'uno all'altro mondo, guidato infallibilmente da una piccola spranghetta d'acciaio che può servire a tagliare i fogli d'un libro, e da un uomo che fa girare una ruota di legno con un leggero sforzo delle mani. Noi ricorriamo col pensiero la storia della navigazione, e risalendo dal tronco d'albero alla zattera, dalla piroga alla barca a remi, e su su per tutte le forme della nave ingrandite e fortificate dai secoli, ci fermiamo dinanzi a quella forma ultima per raffrontarla alla prima, e il cuore ci si gonfia d'ammirazione, e ci domandiamo quale altra opera meccanica più maravigliosa abbia compiuto la razza umana. Più maravigliosa dell'oceano che essa rompe e divora, e alla cui minaccia continua risponde collo strepito infaticato dei suoi congegni: — Tu sei immenso, ma sei un bruto; io son piccolo, ma sono un genio; tu separi i mondi, ma io li lego, tu mi circondi, ma io passo, tu sei strapotente, ma io so.

Ah! povero orgoglio umano! Mentre ero su quei pensieri, corse un brivido da poppa a prua, e cento voci inquiete, mille visi paurosi s'interrogarono a vicenda. Il piroscafo stava per fermarsi. Molti s'affollarono ai parapetti, a guardar giù, senza saper che cosa; altri corsero dal comandante; qualche signora si preparava a svenire. Il piroscafo si fermò. È impossibile esprimere l'impressione sinistra che produsse quella quiete improvvisa, e che triste figura di povero balocco spezzato fece tutt'a un tratto quell'enorme bastimento immobile e silenzioso in mezzo all'oceano! Come svanì subito la fiducia nelle sue forze e nella potenza dell'uomo! E nello stesso punto si rivelò la malvagità umana che gode del terrore e delle angosce altrui: dei passeggieri spargevan la voce che stesse per scoppiare una caldaia, che si fosse rotta la chiglia e che entrasse l'acqua nella stiva. S'udirono grida di donne. I fuochisti che, terminato il loro turno, risalivano in coperta col torso nudo e nero, furono circondati, incalzati di domande affannose. Gli ufficiali andavano di qua e di là dicendo parole che il mormorìo della folla non lasciava intendere. Finalmente si diffuse a prua e a poppa una notizia rassicurante: — non era nulla: il riscaldamento d'un cuscinetto dell'asse del motore; si stava riparando; fra un'ora si sarebbe ripartiti. — Tutti respirarono; alcuni, che pure s'eran fatti pallidi, scrollaron le spalle, dicendo che avevano indovinato alla prima; ma la maggior parte rimasero sopra pensiero, come accade quando s'è sentito una puntura o un battito irregolare del cuore. Quella macchina, di cui nessuno parlava prima, diventò allora il soggetto di cento discorsi, tutti pieni di una sollecitudine e di un rispetto fanciullesco, che faceva sorridere. Perché, insomma, essa era il cuore del piroscafo, è vero? Il Comando è il cervello, e se il cervello si guasta, si può vivere ancora; ma se il cuore s'arresta, tutto è finito. E come si chiamava il macchinista? Aveva l'aria d'un uomo di intelligenza e d'esperienza. Non parlava mai. Doveva aver molto studiato. Avrebbe saputo cavarci d'impaccio. Tutti ne facevan le lodi, senza conoscerlo. Solamente il mugnaio scrollava il capo, con un sorriso di pietà, portando a spasso pel cassero la sua pancia vanitosa. Macchinisti italiani! Egli si aspettava di peggio. Americani o inglesi avevano ad essere. Ma la pitoccheria nazionale non ne voleva sapere. — *Faltan patacones!* — gli rispondeva il prete. (Mancan gli scudi.) Ma a capo a mezz'ora le conversazioni languivano, quell'ora benedetta non passava mai, le inquietudini rinascevano. — Ma che ci voglia tanto, perdio, a far raffreddare un cuscinetto! — esclamava più d'uno che non sapeva neppure che cosa fosse. — È una vergogna! Ma che cosa stillano là sotto? Chi ha mai visto dei buoni a nulla... Ah! finalmente! La macchina da segno di vita, l'elice si scuote, il mare gorgoglia: sia ringraziato il cielo! Si va.

Eppure ciò che mi fece più senso in quell'avvenimento nuovo per me fu lo sguardo che si scambiarono due persone: tanto è vero che lo spettacolo più attraente per l'uomo è sempre quello dell'anima umana. Proprio nel momento che, non conoscendosi ancora la causa della fermata improvvisa, si poteva temere un pericolo grave, e tutti lo temettero, trovandomi io sulla piazzetta, vidi il mio vicino di dormitorio voltarsi a guardar sua moglie, che stava su, appoggiata al parapetto del cassero, e questa, come se avesse preveduto quell'atto, fissar lui. Fu uno di quegli sguardi che rivelano l'anima come un raggio esaminato allo spettroscopio dimostra la natura chimica della fiamma che lo vibra. Non era né d'ansietà né di paura, e neppure di curiosità dubitosa; ma uno sguardo freddo e tranquillo, il quale esprimeva la profonda certezza che avevan tutti e due dell'indifferenza assoluta dell'un per l'altro, anche davanti a quel pericolo sconosciuto da cui poteva uscire la morte. S'erano detti a vicenda con gli occhi: — Io so che non t'importerebbe nulla di perdermi, tu sai che perderei te con lo stesso cuore. — Dopo di che la signora si staccò dal parapetto, e il marito guardò altrove. Questo sarebbe stato il loro addio, se una disgrazia li avesse divisi per sempre. Ma che cosa era accaduto tra loro perché nello stesso tempo s'odiassero a quel segno e rimanessero uniti? Sempre mi ritornava alla mente, a mio malgrado, questa domanda. E pensai che ci dovessero essere dei figliuoli di mezzo, che li costringessero a stare insieme; o un figlio unico, che in casi simili è un legame più forte che parecchi. Nessuno a bordo li conosceva. Quel continuo sorriso forzato, e quasi tremante, di lei, ispirava a tutti una certa ripugnanza, benché essa, indovinando quel sentimento, si sforzasse di vincerlo, cercando di dare al suo viso e alla sua voce un'espressione di bontà e di tristezza, come se fosse addolorata, ma rassegnata ai falsi giudizi. Egli parlava con pochissimi. Pareva impacciato con la gente, come tutti quelli che sanno che la loro infelicità è manifesta, e si vergognano o si sentono offesi della pietà che essa ispira. S'indovinava peraltro da certe espressioni rapide dei suoi occhi e della sua bocca, ch'egli doveva essere stato altre volte d'animo aperto e incline all'amicizie gaie, e buono fors'anche; ma che tutte le molle della sua natura s'erano spezzate o allentate l'una dopo l'altra in una lunga lotta contro un avversario più forte e più tenace di lui. Era facile accorgersi, in fatti, che egli temeva sua moglie, ma che questa non temeva lui. Si capiva dallo sguardo di sospetto che egli volgeva intorno quando scambiava qualche parola con la signora argentina o con la brasiliana; davanti alle quali stava in quell'atteggiamento di rispetto amorevole e triste che suol tenere con le mogli degli altri chi è infelice con la propria, e vede in ognuna di quelle l'immagine d'una felicità, o almeno d'una vita tollerabile, che a lui non è concessa. E faceva tanto più pena quella timidità di fanciullo martoriato in quell'uomo alto e complesso, a cui rimaneva ancora nei lineamenti una certa bellezza virile. A guardarlo da vicino, gli si vedeva quel tremito frequente dei muscoli delle labbra, che distingue gli uomini abituati a comprimere la collera, e quel modo di fissar gli occhi nel vuoto, senza sguardo e per lungo tempo, che è proprio delle tristezze che vagheggiano il suicidio. E non mostrava mai la noia e l'impazienza degli altri passeggieri: egli pareva indifferente al tempo come i prigionieri condannati a vita. Io non mi sarei maravigliato affatto se avessi inteso dire da un momento all'altro ch'egli s'era gittato tra le ruote della macchina. Forse, a casa sua, avrà avuto la distrazione del lavoro o del movimento, qualche amico, o un vizio con cui cercava di stordirsi: per qualche ora, almeno, non avrà veduto sua moglie. Ma là, su quei quattro palmi di tavolato, esser costretto a vederla e a toccarla di continuo, a odiarla e a esser odiato sotto gli occhi di tutti, e a respirare l'alito suo in una segreta senza luce e senz'aria, era insieme il supplizio della reclusione, della berlina e della galera. E non un'anima umana con cui sollevarsi! Perché a nessuno egli aveva fatto ancora la minima confidenza, che si sarebbe risaputo, essendo smaniosi tutti di penetrare il loro segreto. E neppur essa parlava. Erano due tombe chiuse, in ciascuna delle quali si dibatteva un mostro sepolto vivo, senza chiedere aiuto né pietà.

Quella notte, però, io credetti d'essere sul punto di scoprire il mistero. La brezza era quasi cessata, e il mare dormiva, in modo che la sera tardi quando scendemmo per coricarci, scorrendo il piroscafo senza scosse e senza scricchiolio, si sentivano tutti i più leggieri rumori da un camerino all'altro, come in quei pericolosi alberghi a tramezzi di legno di certe piccole città del Reno, nei quali le Guide raccomandano di "essere discreti". Quando entrai nel mio camerino, sentii la voce soffocata della signora che parlava rapidamente, con un tuono aspro e monotono, come se facesse una lunga recriminazione, riandando il passato, ricordando fatti e persone; e la voce del marito rispondeva basso, a intervalli, con rassegnazione: — Non è vero, non è vero, non è vero. — Ma incalzando sempre più e inasprendosi l'accusa, le denegazioni di lui pure s'andavano inasprendo e precipitando. L'infelice, impotente a lottare, e neppur più curante oramai di serbare nelle dispute la dignità d'uomo, era ridotto alla misera difesa della femminetta che ripete per un'ora la stessa parola, per paura che il silenzio assoluto non le tiri addosso di peggio. Ma tutt'a un tratto si riscosse, e mise fuori un'onda di parole incomprensibili, furibonde, oltraggianti, disperate, troncate da un gemito di cane arrabbiato, che mi fece fremere... S'era addentato le mani. Essa rise. Stetti un momento in ascolto, aspettando il rumore d'una ceffata o il rantolo di lei afferrata alla gola. E intesi invece daccapo la voce di lui, ma umile e supplichevole, che pronunciò più volte un nome, "Attilio", la voce di un uomo che si confessa vinto, che domanda grazia, che consente a tutto; purché una cosa sola gli sia concessa. Attilio doveva essere un figliuolo, e suo padre uno di quegli uomini, spesso anche fortissimi di tempra, che l'affetto paterno rende pusillanimi, e tien curvi, con le braccia incatenate, sotto al flagello della donna che li può ferire a morte in quell'unico affetto.

Non mi parea possibile che a quella supplicazione miseranda non rispondesse la voce della moglie impietosita, e tesi l'orecchio... Non udii risposta. Scricchiolarono le assicelle d'una cuccetta: la signora si era coricata, senza rispondere. Allora sentii come il rumore d'una mano che frugasse violentemente dentro a una valigia, e mi passò pel capo che egli cercasse una rivoltella. Ma lei continuava a tacere. Quel disgraziato non aveva neppure più il conforto d'essere creduto capace d'un atto di disperazione. Mentre stavo ansioso, aspettando il colpo, s'affacciò un uomo al mio camerino, e al chiarore incerto del lume a bilico riconobbi l'agente.

Non intesi bene le sue prime parole perché badavo al mio vicino: ma nessuno scoppio s'udì: gli era mancato forse il coraggio, come altre volte: intesi invece il rumor d'un corpo che si lascia cadere, come spossato, e il colpo d'una mano sopra la fronte. L'agente non s'avvide di nulla. Aveva ben altro pel capo. Veniva a sfogare la sua stizza con me. Il suo camerino era diventato inabitabile... da un uomo. Egli aveva infilato un pastrano, e da mezz'ora girava in pantofole per i corridoi, aspettando che i suoi due vicini s'addormentassero. — La grammatica spagnuola, — dissi. Per l'appunto, la grammatica spagnuola; non era altro; ma battevano troppo spesso sul paragrafo delle interiezioni. Gl'importava assai che quello stucchino di Lucca della signora terminasse con dire l'*Ave Maria*. Il peggio era che mentre i primi giorni i suoi colpi di tosse e le sue gomitate contro al tramezzo gli intimidivano, ora ci avevano fatto l'orecchio, e se ne infischiavano. Facevano delle vere orgette da "gabinetto particolare", rosicchiavan dei dolci portati via da tavola, sorbivan del rosolio: gli pareva perfino che facessero dei giochi di ginnastica da camera, con salti e rotoloni; un monte di monellerie che non si sarebbero immaginate mai a vederli di sopra, con quella timidezza bugiarda di santerelli. Il giorno dopo si sarebbe vendicato; li voleva perseguitare da poppa a prua come un aguzzino, senza lasciarli rifiatare un minuto, e farli diventar pavonazzi a ogni boccone, alla mensa. Che facce! Nulla di più insopportabile del settimo sacramento a bordo, quand'era fresco. Intanto gli toccava di galoppare. Ma non aveva perso il suo tempo. Uscendo dal camerino aveva visto sparire in fondo al corridoio traversale un fantasma bianco, e riconosciuto la signora svizzera; ma non gli era riuscito di scoprire dove si fosse rimbucata, non essendo possibile dall'argentino dell'occhialetto, perché gli argentini s'eran tutti raccolti nel camerino del *gaucho*, di dove usciva un tintinnìo di calici, né dal toscano, che da due sere andava a prua, dove pareva che avesse un rigiro. Sospettava del discendente degli Incas; ma aveva bisogno d'accertarsi.

Quanto al professore, credeva che fosse sul cassero, ad aspettare una pioggia di stelle cadenti: quando la signora voleva sbrigarsene si lagnava del caldo, diceva che in due nel camerino si soffocava, e allora lui andava su a studiare le costellazioni. Certo che quel tegamaccio della cameriera genovese, che la notte stava sempre di guardia al crocicchio dei corridoi, non ci doveva star soltanto per sorvegliare il suo Ruy Blas, ma anche per proteggere le scappate di lei, che altrimenti non sarebbe stato credibile che le passasse sui piedi con tanta disinvoltura. Gli era anche parso di veder trasvolare nell'ombra la negra, e s'era fissato in testa che il marsigliese avesse iniziato un corso di studi sulla razza etiopica. E anche la cameriera veneta gli era parso che quella sera girasse per i corridoi con un becco concupiscevole, che gli destava dei sospetti. Insomma, era una notte agitata, nessuno dormiva, ci sarebbe stato molto materiale per la piccola cronaca del giorno seguente. Già aveva veduto mettere il viso all'uscio due o tre volte la madre della pianista, spiando intorno con una curiosità fiammeggiante. E a proposito: egli seguitava a tener d'occhio la figliuola, a cui brillava il viso di tanto in tanto, quando qualcuno passava; ma chi fosse questo qualcuno non aveva ancora potuto scoprire, perché sempre, quando aveva visto una di quelle illuminazioni istantanee, eran passati parecchi, e la giovane volpe era così pronta a raccogliere lo sguardo, che non gli era riuscito mai di coglierne la direzione. Oh! una passioncella senza conseguenze, un foco occulto: era tenuta a catena: tutto sarebbe finito in una lettera e in un colpo di forbici... Ma qualche cosa c'era, e avrebbe indagato ancora. E non avevo inteso la novità? Avevano mandato in fretta a chiamare il prete napoletano, che era uscito a passi di dromedario, infilzandosi il tonacene: qualcheduno doveva star male a prua. — Basta, — concluse, — vado su in *riposteria* a bere un bicchiere di birra, e poi rivengo giù a vedere se si son quetati: accidenti! Buona notte.

Fu una pessima notte. Eran vicine le dodici, e la maggior parte vegliavano ancora. L'afa opprimeva tutti. E per giunta pareva che quella notte il dormitorio si fosse mutato in una enorme cassa armonica, in cui ogni sospiro diventava sonoro, e si sentiva da un capo all'altro dei corridoi. Nel camerino dietro al mio russava il mugnaio, che ogni tanto cambiava di posizione, mettendo un gemito, e sclamando: — *Ah! povra Italia!* — che doveva essere il suo intercalare. Di quando in quando mi giungevano all'orecchio affievoliti i colpi di tosse della signorina di Mestre, che dormiva dall'altro lato del piroscafo. Il bimbo più piccolo della brasiliana, malaticcio, piangeva, e sentivo la cantilena sommessa e triste della negra, una specie di singulto d'upupa, che mi faceva passare per la fantasia i canti lamentevoli degli schiavi d'Africa sepolti nelle stive dei velieri immobili, sotto il sole dell'equatore. Di fronte a me, chiacchieravano senza un riguardo al mondo l'avvocato e il tenore, e intesi che parlavan della Grecia. Udii esclamare: — Giorgio Byron! — Poi l'avvocato che diceva: — Dunque lei non tien conto delle forze del panslavismo? — Ah! — rispose il tenore, — non mi parli del panslavismo. Per sua regola, non venga mai a par-la-re-a-me del panslavismo! — Sentii dei frammenti di conversazione del prete napoletano col chileno, che dovevan esser ritti in mutande, ciascuno sull'uscio del suo camerino: — *Cuando se produce un movimiento de baja en el precio del oro sellado...* — Finalmente tutti tacquero. Ma quando non s'è preso sonno subito, in quelle notti afose, dentro a quelle stie di camerini, non c'è più da sperare altro che uno stato di dormiveglia affannoso, nel quale il senso della vista e dell'udito rimangon come velati, ma non sopiti, e il sogno, se si può chiamar sogno ancora, piglia un andamento ad altalena vertiginoso, trasportandoci senza posa dal mare a casa nostra, e di qui sul mare, e poi daccapo a casa, con una lucidità di visione e una brutalità di disinganni che è un supplizio. E quante volte poi, a casa, anche anni dopo, si rifanno quei sogni medesimi, come se fossero rimasti stampati indelebilmente nel cervello, al pari di cose reali, distintissimi dagli altri innumerevoli della vita, quasi che fossero impressioni d'un'altra vita! E ricordo il rumor dell'acqua che batteva contro il fianco del bastimento, a pochi centimetri dal mio capo, e che in quel silenzio dello scafo si sentiva più netto che mai: un bisbiglio continuo ed eguale per lunghi tratti, il quale rompeva in parole più alte, in risa rattenute, in sibili sottili, e si smorzava in fruscii leggerissimi, e poi, páffete! uno schiaffo rabbioso, e poi un'altra volta un mormorìo di preghiera, come se il mostro chiedesse di entrare, promettendo che non farebbe male a nessuno, giurando che era mite e innocente. Ah! l'ipocrita! E senza tregua, egli striscia, raspa, lecca, picchia, cerca una fessura, si stizzisce di trovar chiuso e saldo, e si lamenta, si maraviglia che si diffidi di lui, e riperduta la pazienza ad un tratto, torna a schernire, a minacciare, a pestar la porta come un padrone sdegnato. E a quella parlantina infaticabile s'uniscon dentro ogni sorta di rumori sospetti: l'anello dell'uscio, la bottiglia dell'acqua, il lume sospeso: a momenti giurereste che c'è un altro che dorme accanto a voi, che una persona gira nel vostro camerino e fruga nelle vostre valigie. E vi riscotete all'improvviso: una persona è entrata veramente e si avvicina. È il cameriere, che viene a vedere se è chiuso il finestrino, e che, dato uno sguardo, scompare. E allora sentite altri rumori sopra coperta, passi precipitosi come di gente che accorra a un pericolo, strepiti incomprensibili, che nella quiete della notte paiono enormi, e fan sospettare un disastro: udite dei passeggieri che escon dal camerino, salgono a vedere, e ridiscendono. Nulla: eran due marinai che tiravano una corda. Richiudete gli occhi, ricominciate a sognare, vi risvegliate di sobbalzo a un rumore assordante e terribile: questa volta qualche cosa è accaduto! è seguito uno scoppio! s'è fracassata la poppa! Niente, un piovasco. Ah! finalmente si potrà dormire. Ma a traverso al finestrino appare un leggiero chiarore cinereo. Spunta l'alba. Maledizione! Ancora cinque giorni.

IL MORTO

Ancora cinque giorni! Era l'esclamazione di tutti quella mattina, e parevan più lunghi i cinque giorni che restavano dei diciassette ch'eran passati. Perché è da osservare che, in virtù di non so che legge d'inerzia psichica, il lento accrescersi del tedio e della stanchezza generale proseguiva, latente, anche negli intervalli di tempo sereno e di buon umore; cessati i quali, ciascuno si risentiva l'odioso carico aggravato a proporzione del tempo trascorso, senza il più piccolo ammanco di peso, come se si fosse sempre seccato. E quel diciottesimo giorno prometteva male. Delle nuvole nere e grigie facevano una volta schiacciata sopra il mare, il quale in una parte aveva color d'olio sbattuto, in un'altra pareva di cenere immollata, e qua e là, d'un bitume nerastro, che gonfiava e risedeva, come la pegola della bolgia dei barattieri. A prua e a poppa si fermavano molti capannelli e circolava una notizia: nella notte era morto il vecchio contadino piemontese, malato di polmonite: l'atto di morte era stato steso e firmato da due testimoni, la mattina all'alba, nella camera nautica, dopo la verificazione dovuta del medico. Quell'avvenimento, benché si sapesse che in quei lunghi viaggi, fra tanta gente, non era raro, destava una tristezza inquieta, come se fosse una minaccia per tutti. Il medico fu fermato sulla "piazzetta" dalle signore, che volevan sapere, e con la sua faccia placida di Nicotera ammansito, raccontò. Era stata una scena dolorosa. Il vecchio, prima di morire, aveva voluto rivedere la signorina di Mestre, per rimetterle i suoi pochi soldi e le carte, che le facesse recapitare al suo figliolo. Ma aveva avuto un'agonia disperata. Il prete non era riuscito a fargli accettar la morte con rassegnazione. Negli sguardi che girava sugli astanti, e intorno, su quello strano ospedale, si vedeva un'angoscia immensa, uno sgomento di fanciullo di dover morire là, in mezzo all'oceano, e di non aver sepoltura; e si afferrava con tutt'e due le mani al braccio della signorina, non dicendo più che: — *Oh me fieul! Oh me pover fieul!* — e scotendo il capo in atto di desolazione infinita. Morto, era rimasto col viso contratto in un'espressione di spavento, e ancora inondato di lagrime. La signorina, l'avevan dovuta quasi portare in coperta, e a stento s'era potuta trascinare fino a poppa.

Andai a prua. V'era l'agitazione che si vede la mattina in una piazza, dove sia stato commesso un delitto la notte: un aggrupparsi e un chiacchierar fitto e sommesso di donne, che mostravan sotto la maschera della tristezza il piacere d'aver un fatto straordinario da commentare, e quello che si prova sempre all'annunzio d'una morte: un sentimento più acuto e gradevole della vita. Discorrevano della sepoltura: quando si sarebbe fatta, in che modo; da che parte l'avrebbero gettato fuori, e se coi piedi avanti o con la testa. E facevano le supposizioni più strambe: che sarebbe stato buttato giù nudo, con una palla da cannone legata al collo; che l'avrebbero abbandonato al mare chiuso in una cassa incatramata, per preservarlo dai pesci, com'era prescritto dalla legge. Alcune dicevano che s'eran già visti avvicinarsi al bastimento dei pescicani, attirati dall'odor del cadavere; e parecchie guardavano in mare, per vedere. Molta gente s'accalcava alla porta dell'infermeria, per scendere a visitare il morto; ma un marinaio, messo là di guardia, impediva il passo. Intanto sul castello di prua, in mezzo al cerchio solito, il vecchio dal gabbano verde faceva un'orazione imprecatoria, agitando l'indice in alto: — Uno di meno! Andiamo avanti. La carne dei poveri si butta ai pesci. Quello lì, per esempio, era già condannato dal primo giorno. Sfido io, non lo nutrivano! — Diceva che invece di un buon brodo gli mandavano della lavatura di piatti e che l'avevan lasciato morire senza un cuscino sotto il capo. E si riseppe la sera dai soffioni ch'egli insinuava anche il sospetto che non fosse quello il primo morto durante il viaggio; ma che gli altri li avessero saputi tener nascosti, e poi scaricati in mare nel cuore della notte, dal cassero di poppa. — Ma ha da venire — disse a voce alta — il giorno del giudizio! — E lui e i suoi uditori mi fulminarono delle occhiate, che mi fecero rinunziare a sentir altro. Andai a chiedere notizie del piccolo Galileo.

Trovai sull'uscio del camerino di seconda il padre, seduto sopra una valigia, con uno dei gemelli fra le ginocchia, e la pipa in bocca — *El fantolin sta ben* —, mi disse, con la sua solita faccia ridente. E poi, strizzando gli occhi verso il vecchio del castello di prua, di cui arrivava la voce fin là, mi disse a bassa voce: — *Ghe xè dele teste calde.*

Poi soggiunse: — *Per mi, dal momento che se va sul mondo novo, cossa ne importa a deventar mati perché va mal le façende nel mondo vecio?*

Questa domanda era come una tastata ch'egli mi dava per vedere s'io fossi un signore intrattabile, o uno di quelli con cui si può ragionare. Ma senza ch'io rispondessi altro che un cenno del capo, mi parve che il mio viso gl'ispirasse fiducia, perché, facendo un salto, disse francamente:

— *Per conto mio de mi,* mi scusi, un torto che hanno i signori è di sparpagnar tante fandonie sull'America, e che muoion tutti di fame, e che tornan più *disparai* di prima, e che c'è la peste, e che i governi di là son tutti *spotiçi* traditori, e *cussì via.* Cosa succede allora? Succede che quando poi arriva una lettera d'uno di laggiù che fa saper che sta bene e che *el fa bessi* allora non si crede più niente di quello che i *siori* dicono, neanche quello che è vero, e sospettano che sia tutto un inganno, e che anzi sia vero tutto il contrario, *e i parte a mile a la volta.*

Gli dissi che aveva ragione e che se non si fosse detto altro che la verità, forse ne sarebbero partiti meno. — E voi andate con buona speranza? — domandai.

— *Mi?* — rispose. — *Mi razono in sta maniera.* Di peggio di come stavo non mi può capitare. Tutt'al più mi toccherà di patir la fame laggiù come la pativo a casa. *Dighio ben?*

Poi ricaricando la pipa, continuò:

— *I ga un bel dir: No emigré, no emigré.* Mi faceva *ridar* il cavalier Careti (chi sarà stato questo cavalier Careti?): voi fate male, voi fate male. Mi diceva che ogni emigrante che parte porta via al paese un capitale di quattrocento franchi. Tu vai a consumare e a produr di fuori, tu fai un danno al tuo paese. *Cossa ghe par a lù de sta maniera de razonar, la me diga?* Mi diceva anche che avevo torto di lamentarmi delle tasse perché più le tasse son forti, tanto più il contadino lavora, e così tanto più produce. *Piavolae, la me scusa, digo mi.* Io non so niente di queste cose, gli rispondevo. *Mi so che me copo a lavorar, e che no cavo gnanca da viver, mi e mia muger. Mi emigro per magnar. Lù me consegiava de spetar, che i gh'avaria bonificà la Sardegna e la marema, e messo a man a l'agro romano, che i gavaria verto i forni conomiçi e le banche, e che el governo gera a drio a megiorar l'agricoltura. Ma se intanto mi no magno! Oh crose de din e de dia! Come se ga da far a spetar co' no se magna?*

Incoraggiato dal mio consenso, allargò il campo del discorso, e cominciò a metter fuori quelle idee generali, che ogni uomo del popolo d'oggi ha più o meno confuse nel capo, intorno alle cause del malo andamento delle cose: si spende tutto a mantener soldati, milioni a mucchi in cannoni e in bastimenti, e quindi *zo tasse* e alla povera gente nessuno ci pensa: le cose solite; ma che non paiono mai tanto vere e tristi come quando si senton dire da uno, che ne esperimenta gli effetti nella miseria propria, e a cui nessuna consolazione si può dare, neppur di parole. E giusto io pensavo, mentre egli mi diceva che dopo una giornata di fatiche non trovava sulla tavola che una zuppa di brodo di cipolle, e che notte si svegliava per l'appetito, ma non si *aresegava* a mangiare per non scemare il pane ai figliuoli, che già l'avevano scarso, pensavo a che cosa m'avrebbero servito tutte le alte ragioni, che mi s'affacciavano alla mente, di necessità storiche, di sacrifizio del presente all'avvenire e di dignità nazionale. La società, che in nome di queste cose gli chiedeva tanti sacrifizi, non gli aveva neppure insegnato a comprenderle, e mi sarebbe parso, dicendogliele, d'insultare la sua miseria. E lo stavo a sentire con quell'aspetto quasi vergognato col quale tutti oramai ascoltiamo le querele delle classi povere, compresi del sentimento d'una grande ingiustizia, alla quale non troviamo riparo nemmeno nell'immaginazione, ma di cui tutti, vagamente, ci sentiamo rimorder la coscienza, come d'una colpa ereditata.

— Ah no! — disse scrollando il capo. — *Come che xè el mondo adesso, la xè una roba che no pol durar. La ghe va massa mal a tropa zente* — E mi parlò delle miserie che si vedeva intorno, delle storie compassionevoli che sentiva a prua, appetto alle quali gli pareva ancora di essere dei meno sfortunati. Ce n'eran di quelli che non avevan più mangiato un pezzo di carne da anni, che da anni non portavan più camicia fuor che i giorni di festa, che non avevan mai posato le ossa sopra un letto, e pure avevan sempre lavorato con l'arco della schiena. Ce n'era che, fatte le spese del viaggio, sarebbero arrivati in America con due scudi in tasca, e che ogni giorno mettevano da parte in una sacca un poco di galletta, per avere qualche cosa da rodere a terra, e non dover chieder l'elemosina, quando non avessero trovato lavoro nei primi giorni. Ne conosceva più d'uno, che per non arrivare in America scalzo, teneva legato intorno ai piedi con un filo di spago quell'unico paio di scarpe in pezzi che gli rimaneva, e ci metteva la testa sopra di notte, per paura che gliele portassero via. — E la senta — soggiunge — *ghe xè de quelli che i gh'ha fato tanto cativa vita, che i xè partii tropo tardi, e i va in America a farse soterar.* — E m'indicò un contadino sui quarant'annni seduto poco discosto da lui, col capo scoperto e grondante di sudore, chinato nelle mani scarne, che gli tremavano. Aveva una febbraccia che non lo lasciava mai, presa nelle risaie, e non reggeva più nulla sullo stomaco. Una notte (ma non doveva risaperlo nessuno) egli l'aveva afferrato, che si voleva buttare in mare, e sporgeva già con tutto il busto di fuori; e dopo d'allora sua moglie non lo perdeva più d'occhio: una disgraziata che faceva più compassione di lui. — *La varda ela, che robète!* — (Guardi lei, che cose!).

E diceva tutto questo con tristezza, ma senza acrimonia, non per ossequio a me, ma per quella coscienza confusa, comune a molti tra 'l popolo, e derivata in parte dall'idea religiosa, in parte da intuizione propria, che la miseria del maggior numero sia più che altro effetto d'una legge del mondo, come la morte e il dolore, una condizione necessaria dell'esistenza del genere umano, che nessun ordinamento sociale potrebbe radicalmente mutare.

— Basta —, concluse, rimettendo la pipa in tasca, e posando le mani sul capo del suo bambino —, che il Signore me la mandi buona. Se in America trovassi almeno la *brava zente* che ho trovato qui a bordo! Perché senta, *sior paron*, se quella povera *putela* inferma non va in paradiso vuol dire che non ci lasciano entrar più nessuno. Lei fa portar le minestrine alle donne *da late*, lei dà *bessi* ai poveri, lei regala biancheria a chi non ne ha, lei è la benedizione di tutti. *Ma co' ghe digo mi che el mondo va mal. Un anzolo compagno, ghe tocarà morir zovene. Vegno, ciaccolona!* — gridò verso il camerino.— *Con parmeso, paron. Mia muger me ciama. La se varda, che a momenti se verze le catarate!* —

Tutt'ad un tratto, infatti, venne giù dal cielo grigio un rovescio di goccioloni come chicchi d'uva, e subito dopo una pioggia scrosciante fittissima, che coperse tutto d'un velo, come se il piroscafo fosse entrato dentro a una nuvola. Un'onda di passeggieri irruppe urlando nel passaggio coperto dov'io mi trovavo, e respingendomi indietro d'una decina di passi, mi avvolse e mi imprigionò lì al buio, in uno stretto cerchio di giacchette inzuppate, in mezzo a un odore acuto di povera gente. E lì seguì una scena da raccontarsi. Erano appena scorsi dieci minuti, che da un ondeggiamento della folla serrata, e da uno scoppio di risa e di fischi, mi accorsi che s'era attaccata una rissa; e, alzandomi in punta di piedi, vidi una mano per aria che cadeva con movimento rapido e regolare, come un maglio, sopra una nuca invisibile. — Chi è? Cos'è? — Tutti vociavano, non si capiva nulla; due marinai accorsero; sopraggiunse il Commissario, i litiganti furono spartiti e condotti via, tra le urlate. Immaginando che andassero alla "pretura" ci corsi anch'io, pigliando per le cucine di terza classe, e arrivato là nel momento che entravano, fui molto maravigliato al vedere che i due arrestati erano il padre della genovese, sbuffante di collera, e lo scrivanello di Modena, smorto, senza cappello, con una faccia che era una vera quietanza di scapaccioni. Un corteo di facce sghignazzanti li seguitava. Gli arrestati entrarono nel camerino del Commissario; il corteo s'affollò davanti all'uscio.

Era accaduto questo. Scoppiato l'acquazzone, lo scrivano s'era gittate con gli altri nel passaggio coperto, ed era rimasto chiuso egli pure nella calca, come un'acciuga in un barile. Ma per fortuna insieme e per disgrazia, s'era dato il caso che, proprio davanti a lui, con le trecce contro al suo viso, con la schiena contro al suo petto, si trovasse imprigionata nella folla la ragazza genovese, e dietro di lui, non veduto, l'altro, ahimè! lo suocero dei suoi sogni. Il povero giovane, innamorato morto da diciassette giorni, inebbriato dal profumo, bruciato dal contatto, tentato dall'oscurità, aveva perso il lume della ragione, e s'era messo a inchiodar baci su baci sul collo e sulle spalle del suo idolo, con tal furia, con tale forsennatezza d'amore, che non aveva neppure sentito la prima scarica delle vigorosissime pacche paterne. Alla seconda era rientrato in sé, come chi rinviene da un delirio, e s'era creduto spacciato.

Il giudizio fu una scena di commedia impagabile.

Il padre, fuori dei gangheri inveiva ancora: — *Mascarson! Faccia de galea! Porco d'un ase! Te veuggio rompe o müro!* — E allungava le mani per acciuffarlo.

L'altro metteva pietà, non negava nulla, diceva d'aver perso la testa, domandava scusa, affermava di essere un giovane onesto, voleva mostrare una lettera del sindaco del suo paese (Chiozzola, mi pare) e si pigliava la testa fra le mani, piangendo come un castoro, facendo degli atti di disperazione da Massinelli in vacanza. — Ma se dico che ho perso la testa... son stato una bestia... giuro sul mio onore... non avevo l'intenzione... sono pronto a dare il mio sangue... — E sotto al suo dolore sincero e alla vergogna, traspirava la forza della passione non ignobile che gli aveva fatto far lo sproposito, uno di quei violenti amori che divampano nei mingherlini, come fiammate di gas dentro agli scartocci di vetro.

Ma il padre non si lasciava commovere, sdegnato anche più, e come offeso nell'orgoglio paterno, che un tale atto d'audacia fosse stato commesso da un così meschino personaggio, da quel mezz'uomo che reggeva l'anima coi denti, e che poi s'avviliva a quel modo. E continuava a gridare: — *Bruttò! Strason che no' sei atro! A mae figgia! E ghe vêu da faccia!* — E voleva picchiare daccapo.

E allora quello allargava le braccia, sconsolato, in atto di dire: — Son qui, fate di me quel che volete. — E poi tornava a giurare che era un galantuomo, a domandar scusa, a offrire la lettera del sindaco.

Il Commissario era molto imbarazzato a concludere. Io gli vidi passar negli occhi un sorriso che doveva rispondere alla tentazione teatrale di proporre un matrimonio. Ma il padre non aveva l'aria di accettare uno scherzo. In fine, se la cavò facendo una grande intemerata al giovane sul rispetto dovuto alle donne, e ordinandogli di non lasciarsi vedere per un po' di tempo sopra coperta; e raccomandò all'altro di quetarsi, che *la cosa* non intaccava punto la reputazione della sua figliuola, che era stimata da tutti, e via dicendo. Poi li mise fuori tutti e due, pregando il padre di tornare a prua per il primo. Questi s'allontanò, voltandosi ancora indietro a minacciar con la mano, e a lanciar due o tre aggettivi genovesi, assortiti. Il giovane, rimasto solo davanti al Commissario, si mise una mano sul petto, e disse con accento drammatico: — Creda, signor Commissario... parola di giovine d'onore... è stata una disgrazia... un momento di... — Ma qui l'amore gli gonfiò il petto e gli strozzò la voce, e alzando gli occhi al cielo, con un'espressione comica, ma sincerissima, che riassumeva tutta la storia della sua passione oceanina, esclamò: — ... Se sapesse! — Ma non potè dir altro, e se n'andò a capo basso, con la sua freccia a traverso al cuore.

La figura di quel povero innamorato che s'allontanava per il passaggio coperto, rimase legata nella mia memoria a un aspetto nuovo del mare e del cielo, che s'erano schiariti dopo l'acquazzone: il cielo tutto a grandi squarci d'un sereno purissimo, come lavato e rinfrescato, e corso da nuvole inquiete; il mare verde per vasti spazi, fra i quali si stendevano larghe strisce d'un azzurro cupo; in modo che pareva di vedere una prateria immensa, dove s'intersecassero canali smisurati, colmi fino agli orli; e si aveva l'illusione strana d'essere entrati in un continente metà terra e metà acqua, abbandonato dagli abitanti sotto la imminenza d'una inondazione, e veniva fatto di cercar cogli occhi all'orizzonte le punte dei campanili e delle torri, come nelle grandi pianure dell'Olanda. E poi, essendosi increspate alquanto le acque, che diedero a quel verde l'aspetto d'una vegetazione più forte, l'illusione mutò, e mi venne alla mente quell'ampio spazio d'oceano, coperto d'un fitto tappeto d'alghe, di fuchi natanti e di traghi del tropico, che impigliò per venti giorni le navi e spaventò i marinai di Colombo. Alcuni uccelli bianchi rigavano il cielo, lontano; il sole faceva scintillare qua e là come delle isolette coperte di smeraldi, e nell'aria spirava un tepore di primavera, in cui pareva di sentire delle fragranze terrestri, che parlavano all'anima, come un'eco di voci lontanissime, portate dai venti della pampa.

Ma il mar verde e l'episodio dell'innamorato non schiarirono che per pochi minuti la faccia scura che aveva quel giorno il *Galileo*. Solamente la signora bionda trillava d'allegrezza sul cassero, passeggiando a braccetto a suo marito, che andava accarezzando con la voce, con lo sguardo e col ventaglio, come una sposa di sette giorni, forse per compensarlo di qualche grave jattura che gli preparava per più tardi, e di cui le luccicava il pensiero nell'azzurro delle pupille infantili; mentre lui, al solito, arrotondava la schiena, e facea con gli occhi socchiusi e la punta della lingua quel leggerissimo sorriso canzonatorio per sé, per lei, per gli altri, per l'universo, che era come la smorfia simbolica della sua quieta filosofia. Su tutti gli altri pareva che gittasse un'ombra di tristezza il pensiero di quel morto che s'aveva a bordo, e che si doveva buttare in mare la notte; e tutti gli occhi si volgevano ogni tanto a prua, inquieti, come se tutti avessero temuto di vederlo apparir da un momento all'altro, resuscitato, per maledire alla sua spaventevole sepoltura. Ed era l'argomento di tutti i discorsi, i quali si facevan gradatamente più neri, come se via via che cresceva l'oscurità, quel corpo si allungasse, e dovesse a notte fitta arrivare coi piedi fino a poppa, a urtare negli usci dei camerini. E il pranzo fu poco allegro. S'impegnò tra il comandante e il vecchio chileno una discussione lugubre su questo soggetto: se il cadavere buttato in mare con un peso ai piedi, sarebbe arrivato al fondo intero; o se per effetto della pressione enorme delle acque disfacendosi e staccandosi i tessuti, non sarebbe arrivato che lo scheletro. Il comandante era del secondo parere. Il chileno, invece, sosteneva il contrario, dicendo che la pressione della massa d'acqua soprastante essendo trasmessa da quella che impregnava il corpo, in maniera da esser sentita in tutte le direzioni e oppostamente in tutti i punti, ne seguiva che il corpo avrebbe dovuto scendere illeso. Poi, accordandosi sulla velocità iniziale, sull'aumento di velocità nella discesa e sulla profondità massima dell'Atlantico, calcolarono che il cadavere avrebbe impiegato un'ora a compiere il suo viaggio verticale.

— Adagio, però, — disse il chileno, — il cadavere può trovar delle correnti che lo risospingano in su ad una grande altezza.

A quest'immagine del cadavere che tornava in su, m'accorsi che il mio vicino avvocato cominciava a fremere. Nondimeno stette fermo lì, coraggiosamente. Ma il genovese ebbe la cattiva ispirazione di riferire la descrizione, letta in un giornale di New York, della discesa d'un palombaro, il quale aveva trovato dentro alla carcassa d'un piroscafo andato a picco i cadaveri dei naufraghi mostruosamente gonfiati, ritti nell'acqua, con gli occhi fuor della fronte e con le labbra cadenti, così orrendi a vedersi al lume della lampada, che gli s'era agghiacciato il sangue nel cuore ed egli aveva preso la fuga come un pazzo; e a quell'uscita l'avvocato non poté più reggere: balzò in piedi, e sbattendo la forchetta sul piatto: — Un po' di riguardo, signori! — esclamò, e prese l'uscio. Il comandante, stizzito di quella scena, non parlò più, e il desinare finì nel silenzio. Ma al momento di alzarci, il genovese mi s'avvicinò col viso allegro, e mi disse all'orecchio: — È per mezzanotte!

La sepoltura era stata fissata segretamente per mezzanotte, per evitare un affollamento dei passeggieri di terza, fra i quali il Commissario aveva fatto correre la voce che sarebbe stata alle quattro della mattina.

A mezzanotte, il tempo s'era rioscurato, e non rimaneva che una lunga e sottilissima striscia chiara all'orizzonte d'occidente, come uno spiraglio lasciato aperto dalla immensa cappa nera del cielo, prima di chiudersi sul globo, per fare buio fitto: un mar d'inchiostro, l'aria morta. Se non eran quei pochi fanali sopra coperta, si sarebbe dovuto camminare a tentoni, come nella stiva.

Andando verso prua, sentii nell'oscurità la voce del marsigliese che parlava con accento enfatico della poesia d'esser sepolti nell'oceano, d'andar a dormire in quella solitudine infinita, e diceva: — *J'amerais ça, moi!* —

Alcuni passeggieri uscivano dal dormitorio di terza, in silenzio, guardandosi intorno. Sotto il passaggio coperto raggiunsi il prete napoletano, in cotta e stola, che andava a passi lunghi e lenti, preceduto da un marinaio, che portava l'acqua benedetta in una scodella.

A prua, vicino al dormitorio delle donne, trovai un crocchio, rischiarato di sotto in su da una lanterna, che teneva il gobbo: v'erano il comandante e il Commissario, con pochi passeggieri di prima; più in là qualche marinaio; una ventina di emigranti stavano accanto all'osteria, come rimpiattati, e qualche figura appariva confusamente sul castello di prua. Quando il prete arrivò, tutti si mossero, come per disporsi in semicerchio, e in disparte comparve il viso di cera del frate. Nello stesso momento sentii un fruscìo dietro di me, e voltandomi, vidi la signorina di Mestre e la zia, che si arrestarono sotto il palco di comando, all'oscuro.

Credendo che, secondo l'uso, si gettasse il cadavere dalla punta del castello di prua, non comprendevo perché tutti restassero lì; quando a un cenno del comandante due marinai apersero lo sportello laterale dell'opera morta, e compresi.

Intanto pareva che il piroscafo andasse rallentando il cammino; dopo pochi minuti, con mio stupore, si fermò. Non sapevo che si buttassero fuori i cadaveri a bastimento fermo per evitare che il risucchio dell'acque rotte li travolga sotto alla ruota dell'elice.

Allora tutti tacquero, e vidi al lume della lanterna il viso rosso e insonnito del comandante, che pareva irritato di dover assistere a quella cerimonia, e teneva gli occhi fissi sopra una lunga asse distesa ai suoi piedi, davanti all'apertura dello sportello.

S'intese una voce, tutti si voltarono; brillò un lume sotto il castello di prua, e subito dopo si videro uscire dalla porta dell'infermeria tre marinai che portavano una cosa informe, come un letto spezzato.

Tutti fecero largo, quelli vennero innanzi e fecero l'atto di deporre il carico sull'asse. Ma s'eran messi di traverso.

Il Comandante disse a voce bassa: — *Per drito, brüttoi.*

Ci si misero meglio, e deposero adagio il cadavere, coi piedi rivolti verso il mare: le grosse spranghe di ferro che gli avevano attaccato ai piedi picchiarono sonoramente sul tavolato.

Il morto era stato ravvolto in un lenzuolo bianco, cucito a modo d'un sacco, che gli copriva il capo, e poi disteso sulla sua materassa ripiegata in su dai due lati, e legata tutt'in giro con una corda: le spranghe sporgevano fuori dell'involto. Il tutto presentava l'aspetto miserando d'una balla di mercanzia, affastellata in furia per uno sgombero. Il corpo pareva così rimpicciolito e accorciato, che l'avrei creduto d'un ragazzo. Da una scucitura del lenzuolo, in fondo, sporgevano le dita nude d'un piede. Il naso adunco e il mento, che facevan punta sotto la tela, mi ricordarono l'espressione di attenzione premurosa con cui quell'infelice aveva cercato l'indirizzo del figliuolo, la prima volta che l'avevo visto nella sua cuccetta. E forse il figliuolo dormiva a quell'ora in qualche baracca di legno, vicino alla sua strada ferrata, e sognava con piacere che avrebbe riveduto tra pochi giorni il suo povero vecchio. Tutti tenevan gli occhi fissi sulla forma di quel viso, come se avessero aspettato di vederla muovere. Il silenzio e la quiete d'ogni cosa intorno erano così profondi e solenni, che ci pareva d'esser noi soli viventi nel mondo.

— A lei, reverendo! — disse il comandante.

Il prete si fece vicino allo sportello, e tuffata la mano nella scodella del marinaio, asperse il cadavere e diede la benedizione.

Tutti intorno si scoprirono, alcuni passeggieri di terza si misero in ginocchio. Mi voltai indietro: s'era inginocchiata anche la signorina, col viso tra le mani, nell'ombra.

Il prete incominciò a recitare in fretta: — *De profundis clamavi ad te, Domine; exaudi vocem meam.*

Molte voci risposero: — *Amen.*

Le due lanterne tenute dai marinai gettavano una luce rossiccia sui visi immobili e tristi, dietro ai quali era una tenebra infinita. Fra gli altri, vidi in seconda fila il garibaldino, e fui come ferito di trovar quel viso chiuso e duro come sempre, che non mostrava il più leggiero senso di pietà, come se si stesse per gittar nel mare un sacco di zavorra; e tornai a domandarmi come fosse possibile che l'amicizia di quella santa creatura inginocchiata là dietro non avesse potuto nulla ancora sull'animo suo; e provai vergogna d'essermi ancora una volta così puerilmente ingannato, immaginando che vi fosse una grand'anima nel petto di quell'uomo senza cuore.

Il prete mormorò con rapidità crescente gli altri versetti del *De profundis* e l'*oremus absolve.* Poi asperse un'altra volta il morto d'acqua benedetta. Al *requiem œeternam* tutti s'alzarono.

— *Andemmo,* — disse il comandante.

Due marinai, presa l'asse alle due estremità, la sollevarono lentamente, e la posarono sull'orlo del piroscafo, spingendola un poco innanzi, in modo che sporgesse fuori d'un quarto. Nell'atto che l'alzavano, vidi muovere qualche cosa di nero sul petto del morto, e avvicinandomi, riconobbi la croce nera della signorina.

Le lanterne s'alzarono.

I due marinai afferrarono l'asse dalla parte del capo, e presero a sollevarla dolcemente: il corpo cominciò a scorrere...

In quel punto mi suonarono dentro quelle parole desolate del moribondo, come se fossero gridate a voce altissima, con un grido immenso che coprisse l'oceano: — *Oh me fieul! Oh me pover fieul!*

Il corpo scivolò, disparve nelle tenebre, fece un tonfo profondo. Allora i marinai chiusero in fretta lo sportello e tutti sparirono di qua e di là, come ombre. Prima che fossimo rientrati a poppa, il piroscafo aveva ripreso il cammino, e il povero vecchio proseguiva già assai lontano da noi la sua discesa solitaria verso l'abisso.

LA GIORNATA DEL DIAVOLO

Se è vero che in ogni lunga navigazione v'è una così detta "giornata del diavolo" in cui tutto va alla peggio, e il piroscafo diventa un inferno, io credo che il *Galileo* abbia avuto la sua il giorno dopo di quella sepoltura, almeno per tre quarti, poiché, grazie al cielo, non finì com'era incominciata. Ci può aver contribuito quella morte a bordo, il sapere che da due giorni si faceva poco cammino, e un brutto mare somigliante ad una immensa lastra di platino, la quale rifletteva una vôlta di nuvole senza colore, donde pareva che piovessero falde dilatate di fuoco, come sopra i bestemmiatori dell'inferno dantesco. Ma tutto questo non basta a dar ragione d'una giornataccia compagna, e bisogna proprio ammettere un influsso misterioso del tropico del Capricorno, che si doveva passare nelle ventiquattr'ore.

Appena svegliato, sentii che l'aria era carica d'elettricità: una sfuriata di gelosia della cameriera genovese, portata via dalla passione a tal segno, che inveiva a voce alta per i corridoi contro il Ruy Blas infido, ripetendogli cento volte il nome dell'animale nero, senza un rispetto al mondo, come se fosse stata nel bel mezzo di piazza Caricamento: a fatica riuscì l'agente di cambio a farle chiudere la fontana degli improperi, minacciandola di andar diritto dal comandante. Salgo su: trovo il comandante fuor della grazia di Dio, che agitava per aria un foglio, interrogando il Commissario, e minacciando di correr lui in persona *a piggiali a pê in to cu* tutti e quarantasette. Gli avevan fatto ricapitare poco prima una lettera, firmata alla meglio da quarantasette passeggieri di terza classe, i quali si lagnavano del vitto, sollecitando in special modo "una maggior varietà nella guernizione dei piatti di carne" che era sempre la medesima; *il che*, diceva la protesta, *deve cessare*. La protesta era stata promossa dal vecchio toscano dal gabbano verde, e scritta sur un foglio di carta che rivelava un istintivo abborrimento del lavatoio in tutti quanti i sottoscrittori; la qual cosa inaspriva incredibilmente la collera del comandante, che sospettava in quella sudiceria una intenzione d'offesa, e voleva dare una lezione esemplare. Intanto ordinava un'inchiesta. Di più, il Commissario gli riferiva che durante la notte non si sapeva quali passeggiere di terza avevan tagliuzzato colle forbici il vestito di seta nera di quella certa signora, senza motivo alcuno, per pura malvagità, e che questa volta la povera donna, stata paziente e timida fino a quel giorno in mezzo a ogni sorta di sgarbi, aveva perso il lume degli occhi, ed era corsa a chiedere giustizia, singhiozzando, soffocata dall'angoscia e dall'ira. Si trattava di scoprir le colpevoli. Ma c'era altro. Non si sapeva chi, per non essere costretto a succhiare e costringere i marinai a dar l'acqua a bidoni, aveva spezzati tutti i bocchini dei cernieri dell'acqua dolce. Ma s'era sulle tracce dei rei. Si trattava di stabilire il castigo. La giornata s'annunziava male.

Salii sul cassero, dov'eran quasi tutti i passeggieri: tutti visi di gente che avessero passato la notte sui pettini di lino. Le antipatie reciproche erano salite fino a quell'ultimo limite che separa il silenzio sprezzante dall'ingiuria aperta. Si passavan sui piedi gli uni a gli altri senza salutarsi. La stessa "domatrice" che da vari giorni viveva in una specie d'effervescenza d'amor materno per tutti, se ne stava in disparte, abbattuta come se le girasse sul cuore tutta la Chartreuse della sua dispensa segreta. Il genovese mi venne incontro con una faccia truce, e fissandomi in viso il suo occhio unico, mi disse di mala grazia: — Sa lei che c'è di nuovo questa mattina?... Niente ghiaccio! S'è rotta la macchina, e il marinaio s'è sciupato una mano. È la seconda volta. Un'infamia! — Era nero. E fece per allontanarsi, ma tornò indietro, e mi domandò, guardandomi di sbieco: — E quel fritto misto d'ieri sera? — E fatta una risata ironica, tirò via. Anche il mio vicino di camerino, appoggiato all'albero di mezzana, era più stravolto del solito, e nel viso e nel vestito mostrava tutti i segni d'aver passato la notte sul cassero per non esser torturato sotto dalla sua aguzzina. Perfino gli sposi, seduti l'uno accanto all'altro sur un sofà di ferro, avevan l'aria acciucchita, e stavan muti come se per la prima volta fossero stanchi e irritati di quel letto di Procuste, in cui erano costretti a studiar lo spagnuolo da tre settimane. Che sorridessero non c'era che la signora argentina, vestita d'un bellissimo vestito verde carico, il cui colore si rifletteva come in uno specchio sul viso della madre della pianista; e la signorina di Mestre, che andava in giro con quel suo viso dolce e malinconico, e con un foglio tra le mani, a cercar oblatori a benefizio del contadino febbricitante, e di sua moglie, perché non arrivassero in America senza panni e senza scarpe. Ed era una cosa che metteva pietà per lei e faceva sdegno il vedere con che facce fredde e quasi arcigne era ricevuta, e con che stento scortese, dopo molte parole, scrivevano la maggior parte il loro nome. Pochi parlavano, e questi pochi, si capiva dalle loro guardatacce oblique che dicevano corna di qualche cosa o di qualcheduno, con l'acrimonia della gente che ha i nervi sossopra. Intesi fra gli altri il mugnaio, il quale si lamentava che a bordo d'un piroscafo come quello si permettesse ai passeggieri di salire sopra coperta in pantofole; e accennava con gli occhi il prete napoletano, che strascicava coi piedi due vere gondole di Venezia, con cui giungeva alle spalle della gente inaspettato, come uno spettro: ciò che indispettiva più d'uno. L'impudenza di quel rinnegato mangiafarina mi fece voltar le spalle a tutta quell'uggiosa compagnia. E me n'andai a prua.

Ma qui trovai di peggio. L'afa e il puzzo avevan cacciati tutti su, non ci avevo mai visto tanta gente: era una folla densa dalle cucine fino alla punta di prua, e tutti irrequieti, come se aspettassero un avvenimento, e straordinariamente arruffati, scomposti nei vestiti, e sudici, come se da vari giorni non fossero più andati a dormire. Si vedeva che n'avevan tutti fin sopra ai capelli del mare, del piroscafo, della cucina e del regolamento, e che sarebbe bastato un nulla a farli uscire dai gangheri. Nessuno giocava, non si sentiva cantare. Perfino il gruppo dei belli umori del castello centrale era muto: il contadino snasato dormiva, il cuoco enciclopedico passeggiava solo, l'album pornografico del portinaio non aveva lettori: soltanto il barbiere Veneto faceva sentire di tratto in tratto il suo ululato lamentevole di cane abbaiante alla luna, col quale pareva che esprimesse il sentimento comune di quella moltitudine. E gli emigranti affollati verso poppa guardavano le porte del salone e i passeggieri di prima con un occhio più torvo del consueto, in cui si leggeva che quella mattina ci avrebbero fatto peggio che delle spostature. Perché, insomma, eravamo noi che rubavamo loro tanta parte del piroscafo, ingombrando noi soli, tra men di cento, quasi altrettanto spazio di quello che occupavan essi, che erano un popolo: eravamo noi che ingollavamo tutti quei piatti fini, ch'essi vedevano passare sulla piazzetta due volte al giorno, e di cui ricevevano il fumo nel naso; e per noi correvano e s'affaccendavano tutti quei camerieri in vestito nero, mentre essi erano costretti a rigovernarsi le gamelle all'acquaio, e a tender la mano in cucina, come mendicanti. E in fondo erano scusabili. Noi avremmo guardato con egual dispetto... eguale? peggiore forse, una classe primissima, se ci fosse stata, di passeggieri milionari rimpinzati di fagiani e ubbriacati di Johannisberg. Essi erano stufi alla fine di quel lungo contatto forzato con l'agiatezza spensierata, di sentirsi come pigiati nella propria miseria, dentro a quella gran piccionaia piena di stracci e di cattivi odori. E non potendo picchiare noi, si picchiavan tra loro. Già la mattina alle otto s'eran presi a schiaffi e a calci i due contadini gelosi della negra, e il comandante li aveva mandati tutti e due alla gogna sul terrazzino del palco di comando, obbligandoli a star ritti, l'uno in faccia all'altro, coi nasi che si toccavano; ed essendosi tamburati anche là, erano stati chiusi in due ripostigli. Poi la bolognese, offesa d'una rispostaccia del panattiere di bordo, gli aveva rifilato un ceffone maiuscolo, per cui era stata chiamata dal Commissario. E come accade sempre, essendo contagioso l'esempio, erano accadute altre baruffe: parecchie donne avevano le trecce disfatte e il viso graffiato. Poi i ragazzi s'accapigliavano, aggrovigliandosi otto o dieci insieme, e rotolavano sul tavolato in gruppi confusi, che i parenti accorrevano a districare, prodigando sculacciate e scarpate alla cieca, e caricandosi fra loro di contumelie. L'irritazione aveva invaso perfin la cucina, dove, per rivalità di vendite di contrabbando, era scoppiato un accanito diverbio fra il cuoco e i suoi aiutanti, che si sentiva per tutta la prua, accompagnato da uno strepito furioso di cazzaruole.

Per noi di prima le cose si guastarono ancora alla colazione, che fu cattiva, e resa peggiore dal silenzio e dal cipiglio addirittura tragico del comandante, il quale avea sul cuore un affare, oltre a quello dei quarantasette, assai grave. Un'ora prima gli s'era presentata con molta dignità la madre della pianista, e gli avea sfoderata una protesta in tutte le forme contro gli svolazzamenti notturni della signora svizzera, la quale, a ore incredibili, passava in abbigliamenti leggerissimi davanti al suo camerino, attiguo a quello di lei, con molto scandalo della ragazza; quando pure lo scandalo non era peggio; il che accadeva tutte le volte ch'essa mandava il marito su, a studiare il cielo stellato, e nel camerino non restava sola. Ci doveva essere di balla qualche persona di servizio; oramai non si parlava d'altro a poppa; era una cosa che non poteva durare; il signor comandante ci avrebbe dovuto metter riparo. E il comandante, stuzzicato nel suo debole, aveva gettato fuoco e fiamme, e promesso *in so zuamento*[6] di dir quattro parole delle sue a quel barbagianni di professore, e alla signora, se fosse occorso, e anche a quell'altro o a quegli altri, che il bastimento non era quello che credevano, e che avrebbe fatto rispettare la decenza, perdio, da tutti quanti, a costo di mettere i marinai di sentinella nei corridoi. E aveva concluso solennemente: *Porcaie a bordo no ne veuggio*. C'era dunque da aspettarsi una scenata. Durante tutta la colazione, intanto, egli saettò occhiate da Torquemada sulla signora bionda, che molti altri guardavano, parlandosi nell'orecchio, senza che ella s'avvedesse di nulla. Stringata in una deliziosa veste color di tortora, più fresca e più vispa che mai, empiva l'orecchio a suo marito di cinguetii e di trilli, sorridendo a tutti i suoi amici coi suoi dolci occhi senza pensiero, simili a due belle finestre d'una sala vuota, mostrando in mille modi i denti bianchi, le mani piccole, il braccio tornito, l'anima misericordiosa. E dopo colazione ricominciò il suo va e vieni sul cassero, interrotto da scomparse improvvise a cui seguivano riapparizioni aspettate, inconsapevole, poveretta, della spada di Damocle che le pendeva sui riccioli biondi; anzi sempre più gaia e più viva, quanto più le cresceva la noia d'intorno, e come animata da un ardore d'eroina che allattasse degli assediati sfiniti, dicendo con gli occhi che non era sua colpa se non poteva fare di più in sollievo dell'umanità sofferente, ma che faceva tutto quel che poteva. Fuor d'ogni dubbio, s'era

6 Sul suo giuramento.

rimessa sul serio con l'argentino; ma il tenore e il toscano non erano abbandonati, e il Perù pareva che stesse per entrare nella confederazione.

Ma verso le tre essa discese per non più risalire, ed essendo scomparsa quell'unica faccia allegra, l'uggia ricascò sul cassero più soffocante di prima. Per un momento, nondimeno, ci distrasse un'avventura comica seguita all'avvocato. Vincendo la sua ripugnanza istintiva per l'acqua salsa, era andato a fare un bagno; ed entrato nella tinozza, s'era lasciato salir l'acqua fino al petto; ma quando poi allungò la mano per chiudere la chiavetta, sia che questa non giocasse bene, o che per turbamento egli non la girasse per il suo verso e la guastasse, il fatto è che non riuscì ad altro che a sprigionare un getto più forte, una vera colonna d'acqua impetuosa, la quale in pochi minuti colmò il recipiente, allagò il camerino, gl'infradiciò i panni e lo fece scappar fuori mezzo svestito, con la barba sgocciolante e una pauraccia di naufragato. Noi lo vedemmo passare di gran corsa sulla piazzetta, gridando ai camerieri che corressero a chiudere, che il bastimento calava a fondo. Ma questo non fu che un lampo che fece appena sorridere cinque o sei passeggieri. Il caldo essendo cresciuto, e il lezzo che veniva dai dormitori di terza diventato pestifero, la maggior parte trasportarono il corpo di calza sfatta dal cassero al salone, e si abbandonavano qua e là pei divani e intorno ai tavolini. Oh l'insopportabile gente! Conoscevo già gli atteggiamenti e i più piccoli gesti abituali di tutti, e i titoli di tutti i romanzi che leggicchiavano da due settimane, e la nota musicale dello sbadiglio di ciascheduno: mi pareva di assistere per la centesima volta a una stupida rappresentazione d'un teatro meccanico. Non era più tedio, ma una vera malinconia, che stringeva il cuore. Non si vedevan che facce allungate, fronti appoggiate sulle mani, occhi velati e immobili. La pianista sonava sul pianoforte non so che musica di funerale: il brasiliano venne a pregarla rispettosamente di smettere, perché sua moglie, coricata in cuccetta, soffriva un mal di nervi terribile: la ragazza chiuse il pianoforte con un colpo secco, e se n'andò. L'agente mi disse che la signora grassa singhiozzava nel suo camerino. Perché? Non lo sapeva. Effetti del Capricorno. Anche una signorina della famiglia in lutto, su nella seconda classe, piangeva. Una discussione acre nacque improvvisamente in un angolo tra un argentino e il marsigliese, dicendo il primo, con ragione, che dall'osservatorio di Marsiglia non si potevan vedere del Centauro altro che due stelle, quelle che segnan la testa e la spalla; mentre l'altro sosteneva che si vedevan tutte. — *Toutes les sept, monsieur, toutes les sept!* — Ma è assurdo! — *Mais, monsieur, vous avez une façon...* La comparsa del comandante, che cercava qualcuno intorno con un brutto sguardo, li quietò. Il salone ricadde in un silenzio di cripta.

Non ci potendo più reggere, uscii per andare sul palco di comando. Ma non ero ancora in fondo al passaggio coperto, che udii un grido di terrore, e vidi molta gente affollarsi ai piedi di una delle scalette del palco. Un bambino, salito fin sull'ultimo scalino, era precipitato di lassù, dando del capo sul tavolato. Sua madre, credendolo morto, gli si gettò sopra disperatamente, e strettolo fra le braccia, cominciò a urlare come una pazza: — Me lo jettano ammare! *Me lo jettano ammare! U peccirillo mio! A criatura mia!* — e faceva l'atto di difenderlo, minacciando, digrignando i denti, respingendo la folla. Il medico accorse, e menò madre e bimbo all'infermeria. Quest'accidente suscitò un gran fermento di lamentazioni contro il piroscafo, che era pien di pericoli, e contro il Comando, che non metteva un marinaio di guardia alle scale. Il vecchio dal gabbano verde prese a declamare rabbiosamente, coi capelli al vento e l'indice in aria, dal castello di prua. Ma un altro guaio era seguito poco prima. Lo scrivanello, a cui il fatto dei baci aveva rialzato il credito a prua, perché lo consideravano come uno sfregio fatto "alla principessa", era da due giorni assediato di congratulazioni burlesche, come se fosse andato più innanzi di quanto era vero, e si può pensare fin dove; ed egli s'arrovellava, negava, s'addolorava. Finalmente, a una congratulazione più brutale dell'altre, gli aveva dato il sangue alla testa, e s'era messo a sprangar calci e pugni come un matto furioso; ma, poveretto, per aver la peggio, perché gli s'eran stretti intorno tre o quattro, e impedendogli le braccia e le gambe, gli avevano strofinata la faccia col cappello, ed era stato fortuna che potesse scappare nel dormitorio, col naso scoriato. Cercai la genovese: era al solito posto, che lavorava, bella e composta come sempre, ma con un'ombra di sdegno negli occhi; poiché oramai indovinava l'insolenza oscena dei discorsi e sentiva le occhiate d'odio che le vibravano d'intorno, e da due giorni il padre le faceva la guardia accanto, in piedi, risoluto a romper la testa a qualcuno. Ma il prurito alle mani l'avevan tutti. Ogni mezz'ora si formava un attruppamento intorno a due passeggieri che si mettevan le mani sul muso o si agguantavano per la cravatta. Quando la presenza d'un ufficiale impediva loro di venire alle mani, si sfidavano con le debite forme: — A prua! — A prua! — Questa sera a notte! — A notte! — Il castello di prua era il campo chiuso prescelto solitamente dai cavalieri. Tre o quattro volte, per altro, se le diedero subito e di santa ragione, prima due, poi tre, poi una mezza dozzina, producendo un ondeggiamento in tutta la folla, e dovettero accorrere gli ufficiali e i marinai. Due ubbriachi, che avevano il vino triste, s'avvinghiarono come due belve, e s'ammaccarono le costole cascando tutti e due insieme sopra le ruote del verricello. E questa volta accorse il comandante, furibondo, col proposito manifesto di dare qualche *mascà* memoranda, per rifarsi la mano. Ma non giunse in tempo. Le cose erano al punto ch'io m'aspettavo di veder prima di sera tutta quella massa di gente avviticchiarsi e accavallarsi in un monte informe di membra, come nelle mischie guerresche del Dorè, e traboccare fuori dai parapetti nel mare. Ma invece d'avversione, sentivo più forte, in quei brutti momenti, la compassione delle loro miserie, e come un impulso affettuoso e triste verso di loro; poiché sotto l'espressione provocante di tutti quei visi, s'indovinava un oscuramento passeggiero di ogni speranza, una grande stanchezza della vita, un pianto segreto, che usciva in ira; e si vedeva che soffrivano, e che, in fondo, avevano pietà gli uni degli altri, e ciascuno di sé stesso. L'immagine vivente del loro stato d'animo erano quei due vecchi contadini del castello di prua, marito e moglie, che anche allora stavano seduti accanto sopra due bitte, con le braccia incrociate sulle ginocchia e il capo abbandonato sulle braccia, mostrando i colli magri e rugosi, che raccontavano cinquant'anni di fatiche senza compenso. Mentre stavo guardandoli, una donna incinta cadde in deliquio, sopra i coperchi vetrati della boccaporta del dormitorio, arrovesciando la faccia bianca tra le braccia delle vicine. E subito corsero cento voci: — È morta una donna, — È morta una donna. — Io me n'andai.

Dove andare? Sei ore eterne dovevano passare prima di notte. Rientrai nel salone, e cominciai a sfogliare l'album di bordo, in cui varii passeggieri avevano scritto; ma era pieno di sciocchezze, di luoghi comuni e di bugie. Allora discesi nel camerino, ultimo rifugio, per tentar di dormire. Ma il camerino mi parve più stretto, più asfissiante, più odioso che non mi fosse mai parso. I passeggieri dovevano esser discesi quasi tutti; eppure non si sentiva nessuno, come se quelle cento pareti di legno non racchiudessero che cadaveri. Non si udiva che la nenia lamentevole della negra, come un canto solitario per le vie d'una necropoli. E mi pareva che mi pesassero su l'anima non soltanto i miei, ma tutti i tedi, tutti i ricordi amari e gli affetti lacerati e i tristi presentimenti ch'erano ammucchiati su all'aria aperta, tra quei mille e seicento figliuoli d'Italia, che andavano a cercare un'altra madre di là dall'oceano. Ed era inutile che cercassi di ragionarmi, analizzando il mio stato d'animo, per dimostrare a me stesso che non c'era un perché logico del veder tutto fosco quel giorno, come gli altri, mentre pel solito, diversamente dagli altri, vedevo ogni cosa in un buon aspetto. I pensieri foschi, tenuti per un momento con uno sforzo fuor della mente, vi rientravano, appena cessato quello, come un'onda di torrente, e ne invadevano tutti i recessi. E non so quanto tempo stetti su questi pensieri; poi m'addormentai. Ma ebbi un sogno orribile: casa mia di notte, – un via vai di lumi e di facce che non conoscevo, – un rantolo in una camera di cui non mi riusciva di trovar la porta, – e poi mutata la scena in un lampo, uno spaventevole grido: — Si salvi chi può! — e il disordine disperato d'un piroscafo che si sprofonda nell'abisso...

Nel punto stesso mi svegliò un forte rumore. Non so se avessi dormito tre ore o cinque minuti. Nel camerino brillava un raggio di sole. Il rumore cresceva sopra il mio capo. Era un gridìo di gente che si chiamava per nome, un suono di passi affrettati, un tramestìo come all'annunzio d'un pericolo. Feci un salto fuori: da tutti gli altri camerini uscivano i passeggieri correndo, e si slanciavano su per le scale. Salii in coperta, mi trovai tra una folla. Guardai verso prua: quanto c'era di vivo nelle più profonde cavità del bastimento era sbucato fuori; un brulicame nero da un capo all'altro; tutti si gettavano contro al parapetto di destra, salivano sulle stie, sulle panche e sulle scale a corda, guardando il mare. Io non vedevo nulla, un baluardo di schiene mi nascondeva l'orizzonte. Interrogai due che passavano: scapparono senza rispondere. Allora salii sul palco di comando... Ah! la benedetta apparizione! La divina cosa che vidi! Un piroscafo enorme e nero, imbandierato e affollato, veniva maestosamente verso di noi, fendendo il mare azzurro, sotto il cielo limpidissimo, con la prua alta e con le vele gonfie, dorato dal sole, fumante e festoso, che pareva balzato come un prodigio dal seno dell'oceano. Era il *Dante*, della stessa società di navigazione del *Galileo*, proveniente dal Plata, diretto in Italia, carico di emigrati che tornavano in patria. Era il primo grande piroscafo che incontravamo dopo l'uscita dal Mediterraneo, ed era un fratello. Ad ogni sbuffo dei suoi grandi fumaioli stellati, ingigantiva, e apparivano più nette le mille figure umane che lo coronavano. Le due moltitudini, affollate sulle due prue, si guardavano in silenzio; ma tutti fremevano. Il *Dante* ci s'avvicinò tanto che un'improvvisa ondata ci fece rullare violentemente. Quando fu alla massima vicinanza, a portata di voce da noi, presentandoci tutta la lunghezza del suo fianco superbo, un altissimo grido, da molto tempo trattenuto, proruppe quasi ad un punto dalle due folle, accompagnato da un frenetico sventolìo di cappelli e di fazzoletti; un grido interminabile d'augurio e d'addio, d'un accento strano, diverso da ogni altro grido di popolo che avessi inteso mai, uno scoppio di voci violente e tremanti, in cui si espandevano e si confondevano le tristezze del viaggio, il rimpianto della patria, la gioia di rivederla tra breve, la speranza di ritornarvi un giorno, la maraviglia e l'allegrezza affettuosa d'incontrar dei fratelli, di sentir la voce e l'alito dell'Italia nella solitudine dell'Atlantico immenso. Furono pochi minuti. In pochi minuti il *Dante* non fu più che una macchia nera nell'azzurro, dentellata appena dalle mille teste confuse dei suoi passeggieri. Ma quella rapida visione aveva tutto mutato a bordo del Galileo, aveva risuscitato le speranze di buona fortuna, ridestati i canti, le risa, la benevolenza, la vita.

— Signore! — intesi dire vicino a me. Mi voltai: era la signorina di Mestre che toccava il garibaldino col ventaglio. Questi si voltò, e la ragazza, con un viso come illuminato da un baleno dell'anima, accennandogli con la mano scarna il piroscafo che s'allontanava, gli disse con la sua dolcissima voce: — Ecco la patria.

IN EXTREMIS

La mattina dopo tutti si salutarono sul cassero con le stesse parole allegre: — Ancora tre giorni! — Siamo agli sgoccioli! — Dopodomani, dunque! — E, singolare! quella benevolenza insolita tra i passeggieri nasceva in gran parte dal pensiero di essere tra poco liberati per sempre gli uni dagli altri. Il tempo era buono, l'aria tepida. La prua pareva un villaggio in festa. Andandovi, incontrai il marinaio gobbo, meditabondo, che teneva a mano un paio di stivali. Si soffermò e mi disse piano: — *E donne, l'è brutto quando cianzan, ma l'è pezo quando rian.* — E mi spiegò il suo giudizio, che era fondato sull'esperienza. Quando lungo il giorno passava sul piroscafo una grande allegrezza, come quella del dì innanzi, seguiva quasi sempre che la sera e la notte fossero una disperazione; per lui, s'intende, e per quella certa ragione. La notte scorsa per esempio, gli sarebbe stata contata *lasciù.* — Grandi cose, dunque? — gli domandai. Alzò gli occhi al cielo. Poi disse bruscamente: — *Son stüffo de fa o ruffian!* — E se n'andò, vedendo avvicinarsi l'agente. Il quale pure era pensieroso, tormentato da due misteri che non gli riusciva di penetrare: l'uno, già detto, chi fosse il sospiro segreto di quel crostino della pianista, di cui coglieva sempre a volo lo sguardo e mai il guardato, come se facesse all'amore con uno spirito; e l'altro, il non aver veduto nessun indizio, neppure leggerissimo, sul viso di nessuno, della scenata che il comandante aveva promesso di fare per la signora svizzera. Ed era comico il veder quell'uomo coi capelli bianchi preoccupato sul serio di quelle due bazzecole, come un ministro delle fila d'una congiura di stato. E dicono che l'oceano ingrandisce l'anima! Eppure il comandante egli lo conosceva: non era uomo da aver minacciato a vuoto, in un affare di quella natura: chi poteva aver scongiurato la tempesta? Oh! l'avrebbe scoperto, se avesse dovuto logorarsi il cervello e star appostato tre giorni e tre notti, come un cacciatore di tigri.

La buona disposizione d'animo dei passeggieri favoriva i suoi studi. Poco dopo le nove, quasi tutti stavan sul cassero, e i gruppi e gli atteggiamenti loro mi rimasero stampati netti nella memoria come ci soglion rimanere quelli che presentava la nostra famiglia il momento prima dell'annunzio o dell'avvenimento d'una sventura domestica. Gli argentini formavano un cerchio vicino al timone a mano, col marsigliese, che si dondolava, motteggiando, davanti alla signora porteña; la quale lo stava a sentire con quel doppio sorriso finissimo delle donne, che sfuma la cortesia nella canzonatura. La famiglia brasiliana, seduta al posto solito, girava intorno silenziosamente i suoi dodici occhi neri, come se vedesse tutti i presenti per la prima volta; e ai piedi della signora era accucciata la negra, come un cane. Vicino all'albero stavano in piedi il ladro, l'impiccato e il direttore della società di spurgo inodoro, che da vari giorni erano sempre insieme, senza discorrer mai, come tre amici sordomuti. L'avvocato sonnecchiava sur una seggiola lunga, con un libro sul ventre. La signora bionda sedeva sopra un sofà, pigolando in mezzo al tenore e al peruviano, a cui copriva un ginocchio con la gonnella allargata; e pareva che il contatto di quella stoffa facesse balenare agli occhi gravi del *quichua* la visione delle mille e cinquecento sacerdotesse del Sole, ma di quelle del tempo della corruzione. E sull'ultimo sedile verso poppa c'era la signorina di Mestre, più pallida degli altri giorni, fuorché alle sommità delle guance, che le ardevano; la quale parlava con una specie di eccitazione di febbricitante, ma con un sorriso d'una dolcezza inesprimibile, al garibaldino, seduto accanto a lei, col capo poderoso e bello un po' chino, nell'atto d'un uomo triste, intento a una musica che gli rammenti dei tempi felici, ma non gli ridesti più alcuna illusione. Gli altri passeggiavano, col passo vivo e irregolare della gente allegra.

L'orizzonte era velato da una nebbia leggera, e c'era una certa gravezza nell'aria, che faceva sentire tratto tratto il bisogno di tirare un lungo respiro.

Ma la temperatura era gradevole in confronto dei giorni passati. Gli argentini dicevano di sentir già *los aires* della patria. Dovevamo trovarci presso a poco alla latitudine di Santa Caterina del Brasile.

A un dato momento salì sul cassero il genovese, fregandosi le mani, e mi disse passando: — Il barometro s'abbassa.

Pur di scuotere la noia mortale che gli tarlava l'anima, egli desiderava perfin la tempesta. Ma non doveva avere il fatto suo l'uccellaccio del cattivo augurio. Altre volte aveva dato giù a un tratto il barometro, ma il mare non s'era rabbuffato. È del mare quello che si dice del popolo: che quando si vede in calma, non si capisce in che modo ne possa uscire, come non par possibile che s'abbia mai a racquetare, quando si vede in furia. Il velo dell'orizzonte, peraltro, s'andava facendo più alto e più fitto: era ora una grande fascia di vapori grigiastri, che stava per coprire il sole; e il mare, di color plumbeo, s'increspava. Ero però tanto lontano, io, dal prevedere il cattivo tempo, che mi divertivo a osservare l'avvocato, il quale, rizzatosi sul busto, girava sul grande nemico uno sguardo lento, in cui si vedeva crescere l'inquietudine, poi guardava verso il camerino del comandante, e più lontano, verso il palco di comando. Un gridìo stridulo d'uccelli mi fece levar gli occhi in su: erano gabbiani che roteavano intorno agli alberi. Quello veramente era un cattivo segno. Ma ciò che fece senso più che altro fu di vedere all'orizzonte, come sorto all'improvviso, un nuvolone di forma bizzarra, spesso e scuro, orlato di bianco dalla luce del sole impallidito, e che s'alzava rapidamente, gettando un'ombra tetra sul mare; il quale cominciava a ribollire. E facea quasi freddo.

Già i passeggieri s'erano avveduti tutti del cambiamento. I lettori avevano chiusi i libri; tutti s'erano alzati da sedere, e guardavano l'orizzonte con quello sguardo che si fissa in viso a uno sconosciuto, il quale ci si presenti per trattare d'un affare grave. Un lampo, e un brontolìo di tuono lontano, a cui tenne dietro subito un movimento brusco di rullìo, provocarono qualche esclamazione: — Ed ora? — Cos'è questo? — Si comincia male! — Le signore cercavano con gli occhi il comandante. L'avvocato era già scomparso. Alcuni altri se n'andarono pure, all'inglese. Questo bastò perché vari dei rimasti mostrassero uno straordinario buon umore, e pigliassero in faccia all'oceano degli atteggiamenti di ammiragli spavaldi, guardando le signore con la coda dell'occhio. Il marsigliese girava di gruppo in gruppo, dicendo allegramente: — *Ça se brouille, ça se brouille. Nous allons voir un joli spectacle.* — Lo spettacolo, in fatti, pareva che non si volesse far molto aspettare. Il nuvolone c'era già quasi sul capo, e altre nuvole accorrevano velocemente, alcune delle quali, lunghe e sottili, ci passavan sopra a volo così basse, che pareva che toccassero l'alberata. Il vento, intanto, si faceva più forte, e il mare principiava a ondeggiare, e il piroscafo a ballare più che fino allora non avesse mai fatto, tanto che tutti dovettero afferrarsi ai parapetti e ai sedili. Qualcuno, però, non credeva ancora che ci sarebbe stata tempesta. — Non è che un piovasco, — dicevano. Ma quelli che avevano già fatti molti viaggi, scrollavano il capo, strizzando un occhio.

Io mi ricordo bene che, osservando più che gli altri me stesso, stavo aspettando con una certa curiosità psicologica quando e come mi sarebbe entrato dentro quel sentimento che ci vergogniamo tanto di confessare; e m'illudevo di potere tener dietro al suo lento avvicinarsi, senza sospettare che mi dovesse balzar addosso tutt'a un tratto, nel punto in cui traboccando sulla bilancia dell'anima l'istinto della conservazione, il piattello della curiosità sarebbe andato per aria. Insomma, stando a terra, avevo pur desiderato molte volte di trovarmi a una tempesta di mare. Ecco dunque una buona fortuna per l'artista. Ma quando, voltatomi a guardare sulla piazzetta, vidi accorrere intorno al comandante, ufficiali, macchinisti, marinai, camerieri, e il comandante gesticolare come se desse ordini premurosi, e poi tutti sparpagliarsi di corsa da varie parti, e gittarsi ad assicurare le lance, a fermare le stie, a chiudere le boccaporte, con furia precipitosa, aprendo a spintoni la folla che fuggiva sotto i primi spruzzi del mare, allora, dico la verità, cercai in me l'artista e non ce lo trovai più. Mi parve anzi che fosse già scappato da un quarto d'ora.

I lampi spesseggiavano, il tuono brontolava più forte, i buoi muggivano. Guardai intorno a me: c'eran già dei visi pallidi. Ma in alcuni la curiosità, in altri l'avversione ad andarsi a chiudere in camerino, prevaleva ancora. Le signore si stringevano al braccio dei mariti. Gli uomini si tastavano a quando a quando con un'occhiata, ciascuno pigliando animo e alterezza dalla faccia dell'altro, che gli pareva più brutta di quello che supponesse la sua. A un tratto passò sul cassero uno spruzzo violento, e s'intese un: — *Nom de Dieu!* — e poi una risata forzata. Il marsigliese era stato scappellato e infradiciato da capo a piedi. Nello stesso punto salirono correndo quattro marinai a portar via i sofà e le seggiole. Poi arrivò il Commissario gridando: — Sotto, signori! Si chiude il salone, si spiccino. — Allora s'intese un grido dell'anima:

— Oh Dio! Dio mio! — Era la sposa. Non si può immaginare l'eco intima che ha in tutti quel primo grido, quella prima irresistibile confessione del terrore della morte, da cui tutti sentono smascherato violentemente lo stato d'animo che dissimulano agli altri e a sé stessi. E allora fu una fuga disordinata e precipitosa a traverso al polvischio degli spruzzi che già saltavano per tutta la larghezza della coperta, in mezzo a una confusione di voci concitate e discordanti: — *Oh Pablos! Pablos!* — Presto, signori, presto. — Santa Maria benedetta. — Siamo serviti. — Dio mio! — Accidémpoli! — Coraggio, Nina. — *Que relàmpagos!* — *Sciä faççan presto, per dio santo!* — Ebbi appena il tempo di vedere le punte degli alberi che descrivevan per aria dei grandi archi di cerchio, e un infernale rimescolo di gente alla porta del dormitorio di terza, e fui spinto nel salone. Una signora inciampò e cadde a traverso all'uscio. Per un momento m'apparì sulla piazzetta il Commissario, come ravvolto in una nuvola d'acqua, e sentii il nitrito lontano d'un cavallo. L'uscio fu chiuso. E nello stesso tempo uno scroscio formidabile e vicinissimo del fulmine e uno spaventoso movimento di fianco del piroscafo, che sbattè i passeggieri parte sul tavolato e parte contro le pareti, tolsero l'ultimo dubbio a chi ne poteva ancora avere: era una tempesta.

La maggior parte, afferrandosi ai tavolini e alle seggiole fisse della mensa, e barcollando come feriti al capo, si diressero verso i camerini. Altri si buttarono sui divani. Alcune signore piangevano. Lo strepitio del bastimento e del mare copriva le voci. Pareva quasi notte. Mi sembravan mutati il luogo e le persone. In quel momento in cui tutte le affettazioni, tutti gli aspetti finti cadevano, e appariva di sotto nudo l'animale atterrito, dominato tutto dal suo furioso amor della vita, eran come facce nuove, voci sconosciute, mosse e sguardi che rivelavano lati dell'anima non prima indovinati. Nella mezza oscurità dei corridoi, dove tutti cercavano brancoloni il proprio camerino, urtandosi malamente gli uni cogli altri, intravvidi dei visi decomposti di condannati a morte, che a primo aspetto non capivo di chi fossero. Quando arrivai al mio covo, sonavan già qua e là i primi rantoli del mal di mare, delle voci di pianto chiamavan le cameriere, gli usci sbacchiavano con fracasso, le valigie e le cassette danzanti urtavano contro i tramezzi: era il disordine e il vocìo strano e lugubre che si sente entrando in un manicomio, dove tutte le consuetudini della vita sono sconvolte. Un movimento subitaneo di beccheggio mi gettò nel camerino come un sacco; l'uscio si chiuse da sé; un lampo m'abbagliò. E un pensiero improvviso m'agghiacciò il sangue: — Se non uscissi più di qua dentro? — E mi sentii in una solitudine immensa, come se mi fossi chiuso da me nella tomba.

Sì, è la verità, e la dico tutta. Questo è il pensiero che mi si confisse nel cervello, acuminato, freddo, immobile, come un punteruolo d'acciaio, e tutti gli altri pensieri e immagini che susseguirono nella mia menate per varie ore non fecero che girare intorno a quello vertiginosamente. Una immaginazione cento volte scacciata si ripresentava cento volte: quella del rumore che avrebbe fatto l'acqua irrompendo dentro, in quanti secondi sarebbe giunta all'uscio, il buio repentino, la prima ondata nella gola, e quel dubbio orribile, se avrei sofferto per lungo tempo. Confusamente cercavo di ricordarmi di notizie lette e intese a quel proposito, che mi confermassero nella speranza di un'agonia breve. E mi ricordo che il pensiero d'avere una volta desiderato per curiosità una tempesta, mi pareva una cosa insensata, mostruosa, incredibile, fuori della natura umana. Ecco dunque la realtà che desideravi, stupido pazzo! Ma questi pensieri eran come spezzati dagli sforzi vigorosi che dovevo fare per tenermi afferrato all'orlo sporgente della cuccetta, in ginocchioni sul tavolato; che era l'unica maniera di non essere sbatacchiato là dentro come un topo nella topaiola; e scompigliati anche dai fragori assordanti che si succedevano sopra nel salone, dove le vetrate degli armadi, sbattute, andavano in pezzi, e torri di piatti precipitavano frantumandosi, e il pianoforte, staccatosi dalla parete, andava di qua e di là cozzando nelle colonnine e nelle tavole. Ma assai peggio di quel frastuono di palazzo messo a sacco, peggio dei gemiti umani e del muggito del mare, era il rumore che faceva la membratura del piroscafo, uno scricchiolìo sinistro di edificio dislogato dalle fondamenta, una musica di scrosci, di schianti, di lamenti acuti, come se il corpo vivente del colosso soffrisse e gridasse, e corressero dei fremiti di terrore per le sue ossa lunghe e sottili, vicine a spezzarsi. Avevo un bel tentare di farmi animo con la statistica dei naufragi, uno ogni tante migliaia di viaggi, o che so io, e con l'idea della solidità grande di quei piroscafi enormi, che l'onda non può spezzare: quella musica smentiva ogni statistica e scherniva ogni consolazione. Frattanto il mare ingrossava sempre, la pioggia cadeva a torrenti, i lampi raffittivano, il tuono rumoreggiava quasi continuo, il piroscafo faceva degli sbalzi tali che, a occhi chiusi, mi pareva di esser sopra una gigantesca altalena a corda, che descrivesse archi di mezzo miglio, e ad ogni volata perdevo il fiato, per non ripigliarlo che nei pochi momenti di quiete che passavano tra l'una e l'altra. E quell'essere in assoluta balìa d'una forza prodigiosa che non mi lasciava più libero né il movimento né il pensiero, mi dava un senso d'avvilimento fisico inesprimibile, come d'una bestia legata e mulinata nel vuoto da una grua colossale, e l'idea che quel supplizio potesse durare dieci ore, un giorno, tre giorni, mi sgomentava l'anima come il concetto dell'infinito. Pure fino a un certo punto serbai la mente lucida, tanto da ricordarmi ora presso a poco quello che in quel frattempo pensavo. Ma dopo una o due ore, credo, crescendo fuor di misura la furia della tempesta, mi si fece un gran torbido nel capo, e di quello che pensassi allora saprei più dir poco. Ricordo la voce immensa del mare, più strana e più formidabile d'ogni più spaventosa immaginazione, una voce come di tutta l'umanità affollata e forsennata che urlasse, mescolata ai ruggiti e ai bramiti di tutte le belve della terra, a fragori di città crollanti, a urrà d'eserciti innumerevoli, a scoppi di risa beffarde di popoli interi; e dentro a quella voce, il fischio acutissimo del vento nei cordami, un turbinìo di note lunghe, sonore e discordanti, come se ogni corda fosse uno strumento suonato da un demonio, grida di disperazione e di delirio che pareano uscire dai prigionieri d'una carcere in fiamme, e sibili che facevano fremere come se attorno alle antenne si attorcigliassero migliaia di serpenti furiosi. A un terribile movimento di beccheggio s'univa un rullìo violentissimo, da parere che il bastimento si volesse coricare ora sur un lato ora sull'altro, e ad ogni colpo dell'onda nel fianco, tutto, dalla coperta alla carena, tremava, come per l'urto d'uno scoglio o per il cozzo d'un altro piroscafo, e gli assiti intorno davano uno schianto da far rabbrividire da capo a piedi come il fischio d'una palla o d'una lama di scure che ci rada le tempie. Si sentiva ad ogni ondata come la botta d'un artiglio gigante che piombasse sul bastimento e ne strappasse via un pezzo; s'udiva il tonfo tremendo di centinaia di tonnellate d'acqua cadenti sul tavolato, come se un torrente vi si rovesciasse da una grande altezza, e poi il rumore di cento torrentelli correnti in tutte le direzioni, con la furia d'un'orda di pirati che fossero saliti all'arrembaggio. Dei movimenti del piroscafo non capivo più nulla, non ne prevedevo più alcuno: era come preso a calci e a schiaffi, sollevato, buttato via, palleggiato e rigirato dalle mani d'un titano. La macchina aveva degli arresti e dei silenzi improvvisi, come colpita da paralisi, l'asse dell'elice dava degli scossoni di terremoto, l'elice dei colpi interrotti e pazzi, e si sentiva a momenti girar furiosa fuori dell'acqua, e poi tuffarvisi di nuovo, con un terribile colpo. E negli intervalli fra i rumori più grandi, s'udivano sopra passi precipitati, sonerie elettriche, grida lontane d'una risonanza strana, come gli echi delle valli piene di neve, e dai camerini dei lamenti strozzati come di gente scannata, che vomitasse le viscere. A un certo punto vi fu una scossa di sotto in su così violenta, che la bottiglia dell'acqua saltò fuori del suo sostegno, e s'andò a spezzare contro il soffitto. E quello fu il principio d'un nuovo e più matto scatenìo degli elementi, e di una successione di volate così fatte del piroscafo, che credevo di balzare dalla cima d'un monte sulla cima di un altro monte, sorvolando un abisso smisurato, e ad ogni nuova discesa pensavo che fosse l'ultima, e dicevo tra me: — Ora è finita. — E avevo delle illusioni vivissime: ecco, il tavolato si spezza, le coste s'infrangono a decine, i bagli si schiantano, la chiglia s'è rotta, tutti i legamenti si schiodano, tutto lo scafo si sfascia. Non ancora? A quest'altra dunque. E un caos di pensieri, un succedersi rapidissimo di ricordi della vita recenti e remoti, una fuga turbinosa di facce e di luoghi, rischiarati ciascuno da un lampo di luce livida, confusi e sformati come per una congestione cerebrale, accompagnati da un incalzarsi egualmente rapido e disordinato di rimpianti, di tenerezze, di rimorsi, di preghiere senza parola, e tutto fuggiva e tornava, come rigirato dal vento stesso della tempesta. Seguivano quando a quando dei brevi intervalli d'istupidimento, e come il sollievo che da l'azione incipiente del cloroformio; ma poi di nuovo il sentimento della realtà, più tremendo di prima, e improvviso, come se due braccia gagliarde mi scotessero per le spalle, e una voce brutale mi urlasse sul viso: — Ma sei tu, tu che sei qui, e che devi morire! — Oh! quanto mi pareva assurda quell'idea dei tempi ordinari che sia lo stesso morire in un modo o nell'altro!... Oh morire d'una palla nel petto! Morire in un letto, con le persone care d'attorno, – esser sepolti – avere un pezzo di terra dove i figliuoli e gli amici possano andare qualche volta e dire: — È qui! — Alle volte tutti quei pensieri cadevano, e mi pareva di sentire per qualche momento che la tempesta cominciasse a rimettere un poco della sua furia; ma una nuova formidabile ondata, un nuovo roteamento vertiginoso dell'elice sollevata, come se la poppa saltasse per aria, mi strappava l'illusione. E mi rammento d'una ripugnanza invincibile a guardar il mare, d'un senso di ribrezzo profondo, come della vittima per l'assassino, quasi che in quei momenti avessi davvero coscienza d'una sorta di animalità dell'oceano, e dell'odio suo contro gli uomini, e che, affacciandomi al finestrino, dovessi incontrare mille sguardi orribili fissi nei miei. Guardavo qualche volta, ma ritorcevo gli occhi immediatamente, intravvisti appena i contorni mostruosi delle montagne nere che s'avanzavano e i profili delle muraglie ciclopiche che rovinavano d'un colpo, e tra l'una e l'altra saetta che rigavan di fuoco l'ammasso spaventevole delle nubi caliginose, una luce non mai vista al mondo, da non saper dire se fosse notte o giorno, la luce indeterminata dei paesaggi dei sogni, in cui pare che non splenda il nostro sole. E così mi s'era turbata pure l'idea del tempo, che non avrei saputo dire in alcun modo da quante ore la tempesta durasse. E mi sembrava che avesse a durare un tempo incalcolabile, non sapendo immaginare una cagione abbastanza potente per cui quell'enorme commovimento dovesse aver fine. Mi sembrava incredibile che non tutto l'oceano e il mondo intero fossero a soqquadro come quel mare, che ci fossero poco lontano e poco al di sotto di noi delle acque tranquille, e della gente sulla terra che attendeva in pace alle proprie faccende. Ma mentre mi passavano questi pensieri, che erano come un breve respiro dell'anima, ecco un'altra ondata di fianco, come un colpo di cannone da costa, un altro sussulto del piroscafo, come di balena ferita al cuore, un altro schianto di travi, d'assiti, di tavoloni scricchiolanti e gementi, il senso dell'imminenza del disastro, la morte sull'uscio, un addio a tutto, l'angoscia d'un anno in un minuto. Dio eterno! Quanto durerà quest'agonia?

Durò molte ore. N'eran passate sette od otto, suppongo, quando l'illusione, continuamente perduta e rinascente, che la burrasca sfuriasse, mi parve che durasse più delle altre volte, poi si cangiò in una speranza, a cui la mente si rifiutava di credere ancora, ma che tutti i sensi andavano a poco a poco raffermando. I movimenti del piroscafo erano ancora impetuosissimi; ma quell'odioso fischio e miagolìo arrabbiato dei cordami pareva quetato un poco, e l'urto dell'onda, se non scemato di forza, meno frequente. Considerai come un buon segno il risentire tutto il corpo indolenzito dagli atteggiamenti acrobatici a cui ero stato costretto per tanto tempo, mentre fino allora non ci avevo badato, e il riprovare curiosità di sapere che cosa fosse accaduto e accadesse dintorno a me. Tra gli schianti degli assiti e i mugghi del mare, sentii il pianto del bambino brasiliano, e altri piagnucolii, pure infantili, ma che dovevan essere di signore. Delle voci affannose chiamavano da varie parti i camerieri, i campanelli tintinnavano, i bauli viaggiavano ancora pei corridoi come se vi saltassero dentro tante bestie rabbiose. Cogliendo bene il momento per non ammaccarmi il cranio contro una parete, spiccai un salto e m'afferrai agli spigoli dell'uscio, per guardar fuori, e vidi due o tre corpi umani moversi, tenendosi di qua e di là, a passi e a tracolloni di briachi, coi vestiti scomposti e i capelli arruffati fra i quali il marsigliese, i cui connotati accusavano una maledetta paura, già passata in gran parte, ma che non voleva finir di passare. Ogni tanto, infatti, una volata del piroscafo e uno scoppio istantaneo come dello spezzarsi di dieci travi, mi faceva dare indietro e ricercar la cuccetta a due mani, col terrore che ricominciasse il ballo più indiavolato di prima. Tra l'una e l'altra recrudescenza, tesi l'orecchio verso il camerino accanto, curioso di sentire se l'angoscia del pericolo comune avesse rallentato un poco fra i miei vicini la corda tesa dell'odio; e rimasi un momento sbalordito, udendo una respirazione rotta e dei gemiti fitti che potevano far sospettare una riconciliazione più che amichevole; ma subito mi disingannò una voce scellerata che fischiò queste parole: — Speravi che tutto fosse finito, non è vero? — Ma non intesi risposta. La prima nota incoraggiante che udii fu una risata di varie voci, che venne dalla parte degli argentini. Di faccia, sentii la voce del tenore, un tentativo di gorgheggio, interrotto bruscamente da un colpo sordo, che mi parve d'una capata. Poi per un pezzo non sentii più voci umane. Lo strepito del bastimento e del mare era ancora assordante, e il rullìo tale da stramazzare un quadrupede. Ma si poteva tentare una sortita. Aggrappandomi qua e là, e premeditando bene ogni passo, riuscii a trascinarmi fino al crocicchio dei corridoi. Che spettacolo! Per le porte delle cabine che s'aprivano e si chiudevano di continuo, si vedeva dentro un indescrivibile arruffio di valigie, di cuscini, di panni, teste ciondolanti sulle catinelle, corpi allungati come cadaveri, gambe di signore scoperte fino al ginocchio, vesti spettorate, visi bianchi, fazzoletti e boccette sparse sul tavolato. Incoraggito dallo scemare del movimento, svoltai nel corridoio principale, e mi trovai faccia a faccia col genovese, che veniva avanti a sbalzi lungo la parete, con la testa fasciata, bestemmiando. — Cos'è stato? — domandai. Rispose attaccando un moccolo. Poi spiegò: morto di fame, s'era arrampicato fin su alla dispensa, per pigliar due fette di prosciutto, un rostin, una cosa da nulla, insomma, e nel meglio un salto del piroscafo l'aveva gettato con la fronte contro uno spigolo della credenza, e s'era fatto uno spacco. In quel punto uscì una voce chiara dai camerini degli argentini:

Hijo audaz de la llanura
Y guardian de nuestro cielo...

Quei tristi inneggiavano al vento *pampero*, a cui dovevano quelle otto ore di morte. Ma il vento pareva che fosse caduto quasi del tutto, benché il mare durasse agitatissimo. Delle facce immelensite si sporgevano fuori degli usci, in aria interrogativa, e poi rientravano in fretta. Una voce, che mi parve quella del Secondo, gridò dall'alto della scala: — È passata, signori! — e gli risposero varie esclamazioni dei camerini: — Oh buon Dio! — Ma è vero proprio? — *Laudate Dominum!* — Che il diavolo ti porti! — Ah! son mezz'andato! — Ma un fremito di vita ricorreva da tutte le parti, come in un cimitero sotterraneo, dove i morti cominciassero a fregarsi gli occhi e a stirare le braccia. Mi sentii toccare la spalla: era l'agente, in veste da camera, con un livido a traverso il mento, ma allegro. — Ah! che scena! — disse — ho sentito tutto. — Parlava degli sposi: nel momento del pericolo s'eran messi a pregare, e poi s'erano scambiati gli addii, singhiozzando; lui le aveva chiesto perdono d'averla indotta a quel viaggio; s'erano dato il bacio supremo, anzi molti baci supremi. — *Ah! Nina mia!* —*Ah! mœ poveo Geumo!* — E... niente spagnuolo, oh no davvero. Detto questo, scomparve, ma tornò un minuto dopo, a zig zag, facendomi cenno d'accorrere presto, che c'era una grande cosa da vedere. Lo seguitai alla meglio: si fermò davanti al camerino dell'avvocato, ch'era aperto, e mi disse di guardare, dando in una risata. Oh mostro non mai veduto! Io non riconobbi subito una creatura umana in quella informe cosa che vidi distesa a traverso al tavolato, e da cui usciva il guaito che fa Ernesto Rossi sotto le spoglie di Luigi undecimo atterrato da Nemours. L'avvocato, bocconi, insaccato in non so quale vestimento di salvataggio inglese o americano, imbottito di sughero, aveva una gobba sul petto e una sul dorso, ricoperte da una specie di corazza di cotone forte, e una corona di vesciche gonfiate intorno al busto, che gli davan l'aspetto d'un bizzarro animale mammelluto, cascato a terra senza sensi, vinto dai dolori d'un'esuberanza di latte. Quel carico enorme di ridicolo su quel pover'uomo così disfatto e così infelice destava una compassione infinita. L'agente si chinò per richiamarlo in vita, ed io lo lasciai all'ufficio pietoso.

A stento salii nel salone dov'eran già molti passeggieri: il marsigliese, il mugnaio, il toscano, il commesso parigino, il prete lungo, ed altri. Nessuna signora. Balenavano ancora dei lampi; ma il tuono scoppiava più rado e più lontano; il mare sempre gonfio e nero, e nessuno poteva reggersi ritto. Mirabile natura umana! Dal modo d'atteggiarsi delle persone già si vedeva che anche quell'avvenimento della tempesta era convertito a soddisfazione d'amor proprio, come se il non essere andati a fondo fosse stato effetto del valor personale di ciascuno, e tutti pregustassero fin d'allora l'orgoglio con cui, molto tempo dopo, per tutta la vita, avrebbero raccontato d'aver fatto fronte a quel pericolo senza paura. Era stupefacente la disinvoltura con cui più d'uno, che avevo visto pallido come un moribondo, si metteva la maschera del coraggio in faccia a coloro stessi a cui sapeva d'aver mostrato poco innanzi i segni visibilissimi del terrore. Alcuni mutavan qualche passo da un tavolino all'altro, facendo ostentazione di *piede marino*, e ridevano a tutti i propositi con le labbra ancora senza sangue. Il marsigliese diceva: *Je me suis enormément amusé*. E il mugnaio fingeva di legger l'album di bordo! I camerieri intanto riferivan le prime notizie. Il mare aveva portato via varie lance, strappato e travolto le stie dei tacchini, annegato due buoi, sfondato uno sportello dell'opera morta di prua. Un marinaio, scaraventato contro l'albero di trinchetto, s'era ferito gravemente alla testa. L'osteria era stata mezzo sconquassata. Ma il poderoso corpo del *Galileo* non aveva patito altri danni, e non s'era arrestato un minuto; e a quella notizia rinasceva e si vedeva risplendere negli occhi di tutti il sentimento già umiliato dell'orgoglio umano, la fede ardita nell'opera dell'industria e della scienza dei propri simili; sulla quale quella immane forza dell'oceano ostile non aveva potuto far altro che minacce ed insulti, di cui appena c'eravamo accorti, e che già eran dimenticati. E non dimeno all'aprirsi della porta della sala, che equivaleva al permesso d'uscire, misero tutti un sospiro di soddisfazione, come se allora soltanto si fosse veramente certi che era tutto finito.

Ah! rieccolo dunque, il formidabile animale! Ci torniamo a guardare faccia a faccia. Ma com'era brutto ancora, e malauguroso! Grandi onde nere, biancheggianti di schiuma alle creste, tumultuavano, restringendo l'orizzonte da ogni parte, sotto una volta tenebrosa di nuvole, rotta qua e là da squarci grigi di luce crepuscolare, e come agitata da una nuvolaglia sottostante mobilissima e maligna, che volesse ricominciare la lotta. Il piroscafo era tutto bagnato come se in quelle sette od otto ore fosse stato sommerso da un capo all'altro. Per tutto correvan rigagnoli e s'allargavan chiazze d'acqua sudicia. I tetti, le pareti, gli alberi, le lance sgocciolavano come del sudore della battaglia. A poppa e a prua s'agitavano ancora i marinai, con grandi stivaloni, inzuppati da capo a piedi, coi capelli appiccicati alla fronte e al collo, rotti dalla fatica. Incontrammo nel passaggio coperto il comandante, tutto rosso, sudato e sbuffante, che ci passò accanto senza vederci. E picchiando spallate e fiancate dalle due parti del passaggio, sguazzando nella melletta color di carbone, urtati dalle persone affaccendate dell'equipaggio, arrivammo a prua.

Qui c'era già molta gente uscita dai dormitori, che si teneva con le mani ai guardacorpi, stati tesi a traverso alla coperta per uso dei marinai; e presentavano l'aspetto compassionevole d'una folla fuggita per quindici giorni dinanzi a un esercito invasore. Il Commissario, che era sceso più volte nei dormitori, ci fece delle descrizioni da stringere il cuore e da vincer lo stomaco. Aveva visto là sotto delle masse intricate di corpi umani, gli uni sopra e a traverso agli altri, con le schiene sui petti, coi piedi contro i visi, e le sottane all'aria; viluppi di gambe, di braccia, di teste coi capelli sciolti, striscianti, rotolanti sul tavolato immondo, in un'aria ammorbata, in cui d'ogni parte suonavano pianti, guaiti, invocazioni di santi e grida di disperazione. Delle donne inginocchiate in gruppi, con le teste prone, dicevano il rosario, picchiandosi il petto; alcune facevano ad alta voce il voto di andare scalze a certi santuari, appena fossero ritornate in patria; altre volevano ad ogni costo confessarsi, e pregavano piangendo il Commissario che mandasse a chiamare il frate; il quale intanto stava confessando parecchi nel dormitorio degli uomini. Varie donne avevan domandato supplicando che le lasciassero andare a salutare l'ultima volta i loro mariti prima di morire, e altre di poter salire un momento in coperta, un momento solo, per gettare in mare un'immagine di santo o una crocetta che avrebbero calmate le onde. Ce n'era pure che lo scongiuravano in nome del cielo che facesse voltare il bastimento per tornare indietro. Una delle più atterrite era stata quella falsa leonessa della bolognese, che singhiozzava e s'arruffava i capelli apostrofando il destino, come un'attrice di circo. E raccontava anche degli esempi di paura ingenua. Una povera vecchia l'aveva chiamato dalla sua cuccetta, e, con la voce strozzata dal pianto, mettendogli in mano settanta lire in argento, l'aveva pregato, già che era destino che s'andasse a fondo, che gli facesse la carità di far pervenire quella somma a suo fratello, a Paranà; come se, qualunque disastro avvenisse, fosse legge di natura che gli ufficiali di un piroscafo dovessero giungere salvi a destinazione. Una povera contadina, cadendo da una cuccetta del secondo piano, aveva abortito. Altre dallo spavento avevano perso la parola, e non facevano più che voci inarticolate e gesti di deliranti. In quel momento ancora ce n'erano molte che non volevano credere che fosse cessato il pericolo, e stavano sempre afferrate convulsamente alla loro cuccetta, respingendo ogni parola di consolazione. Povere donne! Esse mettevano anche più compassione perché non nascondevano per orgoglio l'animo loro. Quelle già risalite sopra coperta, alcune con la testa fasciata, molte con dei gonfi sul viso, tutte spossate e come inebetite, che guardavano il mare con quell'occhio che si dice proprio dei groenlandesi, quasi pietrificato dalla visione abituale d'un infinito lugubre, davano una dolorosa immagine dello stato in cui dovevan essere ridotte quelle di sotto. La vivacità loquace che suol succedere ai pericoli scampati non era nata ancora. Tutti erano ancora agitati per modo che ad ogni ondata più grossa, ad ogni sbalzo forte del piroscafo, davano indietro dai parapetti, rimescolandosi, pronti a ricadere nel terrore di prima, e volgevan gli occhi dilatati verso il palco di comando, per consultare il viso degli ufficiali. Non cominciarono a rasserenarsi che quando videro uscire dalla macchina, coi torsi nudi e coi visi infiammati e sudanti, superbi della loro vittoria, i fuochisti di ricambio, che andavano a riposare delle loro fatiche straordinarie: perché, durante la tempesta, tutti erano stati chiamati, dovendo quelli che lavoravano ai fuochi esser tenuti ritti a braccia dai loro compagni, per non rompersi la nuca contro le caldaie o bruciarsi la faccia nelle fornaci.

Ma allo spuntare delle prime stelle rinacquero la spensieratezza e l'allegria, e sorse un tale cicaleccio da ogni parte che pareva che tutti i mille e settecento passeggieri parlassero insieme. Tutti descrivevano, tutti raccontavano, ed eran racconti concitati, interminabili e dieci volte ripetuti di mille piccoli incidenti di nulla, che la paura aveva ingigantiti nella immaginazione di ognuno, e che assumevano nell'esagerazione del discorso l'importanza di fatti degni di poema e di storia. Metà dei passeggieri, dimenticando o negando la paura propria, dipingeva a colori comici, e fingeva di sprezzare, e forse disprezzava realmente la paura dell'altra metà. Dopo la cena, s'intese a prua un chiasso straordinario di canti e di grida di briachi. E anche alla nostra mensa ci fu festa. Tutti sgranocchiarono come lupi, contenti della vita, beffandosi dell'oceano. E il pranzo finì comicamente con un brindisi che fece il marsigliese all'*intrepidité froide* del comandante, con l'accento e il sorriso consapevole di uno che se ne intende. Ma l'avvocato non c'era. E, con rammarico di tutti, mancava anche la signorina di Mestre, che da quelle otto ore di strapazzo era stata scossa profondamente, e aveva avuto un trabocco di sangue.

DOMANI!

La mattina seguente il cielo e il mare erano splendidi, e tutta la popolazione del *Galileo* si dava moto, perché se il tempo durava bello, si sarebbe arrivati in America la sera dopo, forse ancora in tempo per isbarcare, e bisognava preparar le robe con comodo, e intendersi un po' tra amici e conoscenti intorno al da farsi. L'affare più grave era l'iscrizione per lo sbarco, il decidere, cioè, se convenisse di andare o no dal Commissario a farsi notare fra coloro che intendevan di valersi delle offerte del Governo argentino, il quale pagava le spese dello sbarco agli immigranti che lo chiedessero, e dava loro vitto e ricovero per cinque giorni, e a quelli che si recavano nelle provincie dell'interno, il viaggio gratuito. Quell'atto di farsi o non farsi iscrivere era chiamato dagli emigranti "dichiarar di voler *essere* o no *con l'emigrazione*". Certo, i vantaggi erano grandi; ma eran grandi anche le diffidenze, poiché quella generosità del Governo (era un Governo!) dava a sospettare che vi si celasse qualche tranello, e che l'accettarla, fra l'altre cose, fosse un vincolare fin d'allora la propria libertà riguardo alla scelta dei luoghi e alle condizioni dei contratti. Ciò non ostante, i più accettavano, e v'era una processione continua all'uffizio del Commissario, che pareva ridotto un'agenzia. Entravano e, dando il nome, stroppiavano in cento modi quell'unica parola difficile che avevan da dire: — Mi noti con l'*a*migrazione. — Accetto l'*an*migrazione. — Vado con l'*ini*migrazione. — O pure, senz'altro: — Tal dei tali, *mi*grazione. — Molti, peraltro, ci andavano senz'aver anche preso una risoluzione, come si va a chiedere un parere a un uomo di legge, e dopo essersi fatti dare molti ragguagli, rifiutavano. Le più perplesse erano le donne, le quali, quasi tutte, si fermavano a riflettere ancora una volta sull'uscio, grattandosi la fronte, come se si fosse trattato del destino di tutta la loro vita; e alcune, dato il nome ed uscite, ritornavano in fretta mezz'ora dopo a farsi cancellare, perché avevan saputo che il governo *tradiva.* E con questi, era un affollarsi d'altri emigranti che venivano a chiedere informazioni intorno alla dogana, se per la tal cosa avrebbero dovuto pagare o no, e quanto, e anche se ci fosse modo di scansar la visita, per via di favore o d'astuzia. E commoveva il sentire di che povere cose si trattasse, di regali, per lo più, che portavano a parenti o ad amici d'America: chi una bottiglia di vino *particolare*, chi un caciocavallo, chi un salame, o un chilogramma di paste di Genova e di Napoli, un litro d'olio, una scatola di fichi secchi, perfino una grembialata di fagiuoli, ma di casa propria, di quel tal angolo dell'orto, di cui il parente o l'amico si doveva ricordare sicuramente. E venivano a domandare se fosse soggetto a dazio un piffero, una zampogna, un merlo, una cassapanca piena di padelle e di pentole usate. Tutti parevano compresi dal terrore della dogana di Montevideo e di Buenos Ayres, della quale avevano udite raccontare cose favolose, e ne parlavano come d'un passaggio di foresta di mala fama, dove fosse appostata una banda, che li avrebbe ridotti in camicia. Ma quelli che mettevan più compassione erano i malaticci, e certi vecchi soli: gli uni timorosi che la loro brutta cera desse nell'occhio al medico americano, alla visita dell'arrivo, e che questi li facesse cacciare in un lazzaretto; gli altri tormentati dal dubbio che non salissero a bordo in tempo, secondo l'intesa, il figliuolo o un parente prossimo, che doveva far garanzia dei loro mezzi di sussistenza; senza di che, giusta la legge argentina, che respinge le bocche inutili di sessant'anni, non avrebbero potuto sbarcare. Gli uni e gli altri venivano a domandare al Commissario, ansiosi, che cosa sarebbe accaduto di loro in quei due casi di disgrazia, e uscivano crollando il capo, tristamente.

E il Commissario scriveva e scriveva, e si vedeva ripassar dinanzi l'un dopo l'altro i protestanti della *montagna* a cui aveva fatto delle reprimende, le ragazze che gli avevan rotto la testa con gli amori, le mamme che l'avevano infastidito con le gelosie, gli innamorati impudenti, le comari mettiscandoli, i rissanati che era stato costretto a spartire e a punire; e a ciascuno mostrava di riconoscerlo con un sorriso, o con un scotimento di capo, o con una buona parola. Ed io, accanto a lui, non mi stancavo di riguardar quel camerino pieno di registri e di tabelle, pensando a quanti racconti di miserie e bugie romanzesche di ragazze e ire di litiganti e pianti di donne aveva già intesi. E più che altro mi attiravano i sacchi della posta, accumulati in un canto, legati e suggellati. Poiché v'eran là dentro i frammenti del dialogo di due mondi: chi sa quante lettere di donne che per la terza o la quarta volta chiedevano dolorosamente notizie del figliuolo o del marito, che non si facevan vivi da anni; e supplicazioni perché tornassero o le chiamassero a raggiungerli; domande di soccorso, annunzi di malattie, e di morti; e ritratti di ragazzi che i padri non avrebbero più riconosciuti, e richiami desolati di fidanzate e menzogne impudenti di mogli infedeli e ultimi consigli di vecchi: tutto questo mescolato a letteroni irti di cifre di banchieri, a epistole amorose di ballerine e di coriste, a prospetti di negozianti di vérmut, a fasci di giornali aspettati dalla colonia italiana, avida di notizie della patria; forse anche l'ultima poesia del Carducci e il nuovo romanzo del Verga: una confusione di fogli di tutti i colori, scritti in capanne, in palazzi, in officine, in soffitte, ridendo, piangendo, fremendo. E tutti quei sacchi si sarebbero sparpagliati fra pochi giorni dalle foci del Plata ai confini del Brasile e della Bolivia e fino alle rive del Pacifico e nell'interno del Paraguay e su per i fianchi delle Ande, a suscitare allegrezze, rimorsi, dolori, timori; i quali poi, alla volta loro, pigiati in altri sacchi, avrebbero fatto in direzione opposta il medesimo viaggio, ammucchiati in un altro camerino come quello, dove avrebbero visto passare altre processioni di povere genti, che se ne ritornavano al mondo vecchio, forse meno poveri, ma non più felici di quando l'avevano abbandonato con la speranza d'una sorte migliore.

Intanto la processione continuava. – Tal di tali: sta col Governo. – Tizio: con la *mi*grazione. – Caio: dis*a*mbarco ed asilo. – Il lavoro fu interrotto da un'apparizione improvvisa della bolognese, che veniva con tutte le furie addosso a lagnarsi d'una nuova sanguinosa offesa d'un canaglia d'*erbóff*, il quale, passandole accanto e toccandole la borsa misteriosa, le aveva detto, con evidente allusione a quel certo supposto irripetibile: — Pagano dogana. — Essa lo voleva vedere sul palco di comando coi ferri ai piedi e alle mani, o avrebbe proclamato davanti a tutti i Consoli d'America che gli ufficiali del piroscafo tenevano mano a tutti i più sfacciati *boletàri* di terza per avvilire le ragazze onorate. Essendo vicina l'America, non parlava più del parente giornalista. Il Commissario la rimbeccò, senz'alterarsi, promise che, finita l'iscrizione, avrebbe fatto giustizia, e si voltò in tronco verso due contadini irritati, i quali ritornavano a farsi cancellare dall'elenco, per non cadere nelle mani di quei *boia de lader* che si offrivano di sbarcare gratis gli emigranti per essere i primi a spogliarli e a far delle proposte sporche alle loro donne. Erano evidentemente notizie raccolte calde calde a prua, dove degli agitatori lavoravano a scaldare le teste. Andato là, in fatti, vidi sul castello il vecchio dal gabbano verde che perorava in mezzo a un uditorio più numeroso del solito, appoggiandosi, forse per simpatia politica pel color rosso, all'ancora di speranza, e scotendo al vento i capelli grigi. La sbarbazzata del comandante per la protesta dei quarantasette non l'aveva punto intimidito; egli aveva risposto che si sarebbe *fatto sentire sui giornali*. Ora poi la vicinanza della terra della libertà lo imbaldanziva anche più, e non solo non abbassava più la voce quando qualche dissanguatore del popolo passava da quelle parti, ma la gonfiava, rauca e rude come il suono d'un trombone, tendendo le corde del collo da far crepare la pelle. Egli dava degli ammonimenti da cui si capiva che non faceva quel viaggio per la prima volta: che si guardassero dagli argentini, dai faccendieri della colonia italiana, dai Consoli, dai protettori di tutte le tinte, ch'eran tutti d'accordo, tutti farabutti che tiravano a ingrassarsi a spese dell'immigrazione. Badassero sopra tutto, sbarcando, ai bagagli, ch'eran rubati a man salva; tenessero d'occhio le mogli e le figliuole, che s'eran dati dei casi nefandi, delle violenze consumate dagli agenti del governo, alla faccia del sole, sotto gli occhi dei padri e delle madri. E niente asili, ch'eran baracche sconquassate, dove ci pioveva nei letti, e non davano da sfamarsi, o mettevan nella minestra delle porcherie che istupidivano, che riducevano un uomo a non saper più fare il più semplice conto, e allora venivano innanzi le birbe a proporre i contratti. — All'erta, figliuoli! — gridava, — all'erta bene, o sarete assassinati peggio che in patria! Guai a chi si fida! — Ma non era il solo che arringasse: altri crocchi qua e là stavano intenti ad altri oratori, sorti lì per lì, quella mattina. Sul castello centrale teneva conferenza l'ex cuoco dottore, dilettante d'ocarina. Egli ne aveva visto d'ogni colore, sapeva ogni cosa, aveva un consiglio franco e sicuro per tutti, in qualunque parte dell'America andassero, come se in ogni parte fosse vissuto molti anni, e avesse esercitato tutti i mestieri. Diceva dei tiri scellerati che si facevano agli emigranti che avevan qualche cosa: cessioni di terre lontane per un boccon di pane; terre fertili e irrigate, dove si sarebbero fatti ricconi in dieci anni; e i merli, vuotata la borsa e partiti, trovavan poi dei deserti di sabbia, un'aria miasmatica, gli indiani a poche miglia, i leoni in volta la notte, e dei serpenti di cinque metri che s'infilavano nelle case. E costretti a scappare dalla fame, dovevano viaggiare a piedi per centinaia di miglia prima di trovare un luogo abitabile, flagellati dalla pioggia per settimane intere, e portati via da venti d'inferno, che travolgevano i cani e le vacche come foglie secche. A quei discorsi alcuni, sospettando l'esagerazione, alzavan le spalle, e se ne andavano; ma molti bevevan tutto, e rimanevano pensierosi, con gli occhi al tavolato. In altri crocchi, però, predicavano degli ottimisti: un mondo nuovo, non più tasse, non più leva, non più tirannie: la terra germogliava a toccarla appena con l'aratro, la carne a cinquanta centesimi il chilogrammo, paesi di quattromila anime dove non si vedeva la grinta d'un "signore". E citavano casi di rapide fortune, i granai ricolmi, i lavoratori dei campi che pagavano un professore apposta per i loro figliuoli. "Viva l'America! Finirete di tribolare, sangue d'un cane!"

In quella preoccupazione generale si riconosceva a primo sguardo che l'eterno femminino era passato in seconda fila, che molti amori dovevano esser stati lasciati in asso: non si vedevano più tutti quegli adoratori a occhi fissi, che covavano per dell'ore la loro bella, o le giravano intorno mezza giornata per cogliere il momento di metterle una parola nell'orecchio o un livido nel braccio. Ma quella preoccupazione appunto lasciava più liberi i pochi rimasti fedeli. Tra questi notai il povero scrivano modenese, ch'era ritornato all'antica contemplazione, appostato un po' più lontano che per l'addietro, ma più immobile, più estatico, più spasimatamente innamorato di prima, come se i mali trattamenti, i cappiotti e le umiliazioni, poveretto, non avessero fatto che rendergli più bello e più caro l'oggetto adorato per cui aveva tutto sofferto. Io l'osservai per un pezzo dal palco di comando, e non gli vidi né mover collo, né piegar costa, né sviar gli occhi, se non per la durata d'un attimo, dalla ragazza, la quale stava seduta al posto solito, facendo la calza, accanto al piccolo fratello, ritta sul suo bel torso di vergine sana e robusta, più bianca, più pulita, più fresca che mai. E aveva sempre quel suo viso placido, che da vari giorni era leggermente adombrato; ma non tardai ad accorgermi che quell'umile e infaticabile adorazione di quel povero ragazzo solo, debole, brutto, deriso, le doveva avere destato un sentimento di pietà e di benevolenza d'amica e di sorella, che ella forse si credeva in debito di lasciar trasparire, per gratitudine; perché nel punto che stavo per allontanarmi, mentre essa girava intorno quel solito sguardo tranquillo, vidi i suoi occhi fissarsi per qualche momento, con una espressione chiarissima di bontà e di simpatia, — e non mi parve che dovess'essere la prima volta, — su quel viso. Ah! Dei del cielo! Quegli lampeggiò come uno specchio al sole, s'invermigliò, si riscosse tutto, e poi tirò un grande respiro, passandosi la mano sulla fronte e guardando intorno, come stupito che tutto il piroscafo non si fosse accorto del prodigioso avvenimento che era accaduto.

Ma nessuno intorno gli badava. E quella fissità di tutti in un pensiero solo fruttò a me pure di poter girare un pezzo, liberamente, in mezzo alla folla, e di cogliere a volo molti discorsi. Quella imminenza dell'arrivo aveva finalmente svegliato in quasi tutti una certa curiosità di sapere qualche cosa delle città e delle province dove si dovevano andar a stabilire; e molti interrogavano ora un ufficiale or un altro, o i passeggieri più istruiti di prua, tirando fuori le lettere sgualcite dei parenti e degli amici, e gesticolandovi su, e dandole a leggere e rileggendole insieme essi pure, con quella considerazione straordinaria che mostrano le persone illetterate o quasi per ogni specie di documento scritto, in cui suppongono sempre la possibilità di varie e sottili interpretazioni. E sentivo pronunciare da molti quei nomi di colonie agricole, che poi mi dovevano essere così cari, Esperanza, Filar, Cavour, Garibaldi, Nuova Torino, Candelaria. Ma, Dio santo, era una pena a veder la ignoranza tenebrosa in cui brancolavano quasi tutti, la nessuna idea della divisione degli Stati e delle distanze, come se l'America del Sud fosse un'isola di cento miglia di circuito, dove tutti i paesi si trovassero a un trar di fucile l'un dall'altro. Buenos-Aires, Tucuman, Mendoza, Asuncion, Montevideo, Entre-Rios, Chilì, Stati Uniti, formavan nella mente dei più un indescrivibile e inestricabile imbroglio di idee false od oscure, dove il più accorto e paziente uomo del mondo non avrebbe saputo da che parte rifarsi per mettere un principio d'ordine e un barlume di luce. E il pensiero che pure molti di loro, dei più giovani, erano andati a scuola, e avevano imparato a leggere e a scrivere, mi faceva cascar le braccia. Qua e là, nei crocchi di famiglia, calcolavan le spese sulle dita. — Dunque, cinque per lo sbarco, tre all'osteria mettiamo per il primo giorno... — Più in là: — *Vapurino pe Rrusario, quatto pezz' e mèza*, tanto; *nu muorz' e pane pe' u viaggio, restano cinche ducate, senza cuntà 'e scarpe pe Ciccillo.* — Sentii, fra l'altre cose, che correvan cattive notizie della signorina di Mestre, alla quale più d'uno contava di rivolgersi per avere dei consigli e raccomandazioni. Parlavano d'una caduta grave; alcuni la credevano addirittura moribonda; certe donne dicevano che era già morta, ma che lo tenevan segreto, perché ci aveva colpa (in che modo non sapevano) il comandante. Il contadino di Mestre me ne domandò notizie ansiosamente. Tutta la sua famiglia s'era tornata a rincantucciare nell'antico posto, tra la stia e la botte, sotto una tenda di fasce stese ad asciugare, all'ombra delle quali il piccolo Galileo, rosso come un gambero, poppava come un vitello, tra le braccia della mamma sorridente. — *Ah! povareta!* — esclamò il contadino. — *Vardemo se quela disgrassia ghe doveva capitar a un anzolo come quela! La xé tropo bona, no la pol far vita lunga.* — E la donna soggiunse: — *La ghe diga che pregheremo per ela, a la nostra sántola, che Dio la benedissa!* — Lui aveva fede nel governo, s'era iscritto con *l'amigrazion*, non poteva credere a tutte quelle *pantalonae* che andavan dicendo quei *mati* del castello di prua. — Poi mi domandò se era vero quello che diceva l'ex cuoco sapiente del castello centrale, che dall'equatore in giù l'acqua in cui si navigava *la xera bona da bévar*, per via del gran fiume d'America che ributtava indietro le onde del mare. Ma s'interruppe per esclamare: — *Ecco i nostri noviparoni!*

Erano i cinque argentini, in compagnia del prete napoletano, che venivano per la prima volta a prua a dare un'occhiata ai loro ospiti. Il prete doveva spiegare al deputato un qualche suo progetto d'impresa finanziaria, perché gli dicea forte, agitando la mano come un ventaglio: — ... *si se encontràran los accionistas para un gran banco agricola-colonizador...* — Ed io mi unii a loro, spinto da una più viva simpatia, in quegli ultimi giorni, per i figli di quel paese a cui tanti miei concittadini stavano per affidare le sorti della propria vita. E cercavo sul loro viso le impressioni dell'animo. Ma essi guardavano e non dicevano nulla. Gli occhi loro, per altro, e ogni minimo atto rivelavan la soddisfazione d'orgoglio ch'ei risentivano al veder tutta quella gente, la quale andava a chieder sostentamento alla loro patria, la maggior parte per sempre, e i cui figliuoli a venire, nati cittadini della repubblica, avrebbero parlato la loro lingua e non più imparato la propria, e mostrato forse vergogna, come troppo spesso accade, della loro origine straniera. Essi forse, guardandoli, si rappresentavano con l'immaginazione tutti quei *mangiatori di terra* e trafficanti liguri all'opera, e vedevan guizzare le barche cariche sulle acque del Paranà e dell'Uruguay, allungarsi a traverso alle foreste le nuove strade ferrate degli stati tropicali, alzarsi i canneti di zucchero nei campi di Tucuman, e i vigneti sui colli di Mendoza, e le piantagioni di tabacco nel Gran Chaco, e le case e i palazzi sorgere a mille a mille, e miriametri quadrati di deserto verdeggiare e indorarsi sotto la pioggia dei loro sudori. Un'onda di cose mi venne allora alla bocca, da dir loro. Voi accoglierete bene questa gente, non è vero? Sono volontari valorosi che vanno a ingrossare l'esercito col quale voi conquistate un mondo. Son buoni, credetelo; sono operosi, lo vedrete, e sobrii, e pazienti, che non emigrano per arricchire, ma per trovar da mangiare ai loro figliuoli, e che s'affezioneranno facilmente alla terra che darà loro da vivere. Sono poveri, ma non per non aver lavorato; sono incolti, ma non per colpa loro, e orgogliosi quando si tocca il loro paese, ma perché hanno la coscienza confusa d'una grandezza e d'una gloria antica; e qualche volta sono violenti; ma voi pure, nipoti dei conquistatori del Messico e del Perù, siete violenti. E lasciate che amino ancora e vantino da lontano la loro patria, perché se fossero capaci di rinnegar la propria, non sarebbero capaci d'amar la vostra. Proteggeteli dai trafficanti disonesti, rendete loro giustizia quando la chiedono, e non fate sentir loro, povera gente, che sono intrusi e tollerati in mezzo a voi. Trattateli con bontà e con amorevolezza. Ve ne saremo tanto grati! Sono nostro sangue, li amiamo, siete una razza generosa, ve li raccomandiamo con tutta l'anima nostra!

E non so che riserbo sciocco, – che in quel caso era peggio che sciocco, vile – mi trattenne dal dire quelle cose. Essi m'avrebbero ascoltato con stupore, certo; ma forse non senza commozione. Il mare era così bello! E pareva che ognuno lo dovesse rispecchiare dentro di sé. Fin dal mattino s'eran visti all'orizzonte dei velieri e dei piroscafi di paesi diversi, diretti al Plata, e vari stormi d'uccelli erano venuti intorno al *Galileo* a gridargli il ben arrivato. Finito quel rimescolìo per l'iscrizione, tutti s'erano quetati, e si mostravano inclinati alla benevolenza. Parecchi emigranti che avevano ottenuto di entrare in prima classe a cercar sottoscrizioni per due lotterie, d'un orologio d'argento e d'una vecchia incisione della Madonna, a benefizio di due famiglie povere, raccolsero un monte di firme a sessanta centesimi: la estrazione, diceva il foglio, si sarebbe fatta la mattina del giorno dopo "con le garanzie volute, davanti al macello". Dopo mezzodì, non nacque più alcun diverbio a bordo. Le terze classi ebbero un piatto di braciole con patate che raddolcì molti cuori. E anche il nostro desinare fu tale da far brillare di soddisfazione perfin l'occhio unico del genovese, e reso più saporito anche dall'idea di quel "qualche cosa dopo" che dice il Brillat-Savarin dover essere nell'aspettatazione dei commensali, perché un pranzo riesca davvero piacevole: e questo era per noi il pensiero dello spettacolo che ci avrebbe offerto il piroscafo il giorno dopo, all'apparire della terra. I discorsi, che subivano già la forza d'attrazione dell'America, s'aggirarono tutti sui paesi vicini, come se già vi fossimo stati. Fra tre giorni si sarebbe sentito il *Poliuto* al teatro Colon, e al Solis *Crispino e la Comare*, col Baldelli. Si discusse il disegno della nuova piazza Vittoria a Buenos Ayres e quello del nuovo Ospedale italiano a Montevideo. I presidenti delle due repubbliche furono notomizzati fibra per fibra, e si fecero molti commenti minuti e calorosi sui giornali benevoli e ostili alla nostra immigrazione nelle due capitali. Solamente il garibaldino taceva, con un velo di tristezza sul viso, più fitto che gli altri giorni. E tacevano anche i miei due vicini di camerino. Ma sui loro visi c'era qualche cosa d'insolito: l'espressione dell'odio, come sempre; ma animata da un pensiero nuovo, come se al loro arrivo avesse a seguire qualche avvenimento, che ciascuno dei due sperava favorevole a sé e spiacevole all'altro, e da cui dovesse, in certo modo, esser decisa la loro contesa: e non si guardavano in faccia, ma s'indovinava una lotta muta e concitata fra loro, come se si pungessero i fianchi a pugnalate sotto la tovaglia, senza farsi scorgere. Avendo steso la mano tutti e due insieme per prendere una saliera, e previsto a tempo che le loro mani si sarebber toccate, le ritirarono tutti e due nello stesso punto, e continuarono a mangiar senza sale. E anche l'idea che, arrivato in America, non avrei più avuto davanti agli occhi quello spettacolo miserando, mi rallegrava.

A un certo punto osservai che mancavano la signora della Chartreuse e la madre della pianista, e non potendo supporre che con quel tempo patissero il mal di mare, ne domandai notizie all'agente, che sedeva tra me e l'avvocato. Ma come! Non sapevo nulla? Avevo già la testa in America, dunque. Oh! una scena da teatro. Da vari giorni la "domatrice" aveva sentore che quell'altra sparlasse di lei, e indovinava l'argomento della maldicenza: lo vedeva riflesso nel viso di certi passeggieri, che a certe ore la guardavan sorridendo, e che mettevan gli occhi allo spiraglio dell'uscio, passando davanti al suo camerino. Ma quel giorno la sua cameriera, incaricata di spiare, avea sentito tutto: quella serpe in gonnella la diceva affetta d'incipiente *delirium tremens*, e faceva delle descrizioni abbominevoli del suo camerino, – dove era pur stata varie volte a succhiarle il maraschino di Zara, – una vera cantina di liquorista, con le bottiglie fin sotto il cuscino del letto, dei bicchierini sporchi in tutti gli angoli, e una collezione completa di acque minerali, di polveri e di pasticche, per riparare la mattina agli sconcerti gastrici prodotti dalle bevute del giorno. Ma oramai diceva che non v'era più riparo possibile, perché il male era troppo avanzato, e citava un giudizio desolante del medico, raccomandando ai signori di non passarle vicino col sigaro acceso. Intesa questa relazione, in un momento appunto che aveva i fumi alla testa, la grossa signora non aveva fatto altro che correre difilata verso il camerino della buona amica, e incontratala a mezzo del corridoio, in presenza di parecchi, gliene aveva dette, a voce spiccata, tre – non più di tre – ma con l'accento e lo sguardo della sua professione, e di quelle che può ispirare soltanto la Chartreuse stagionata, quella vera autentica dei Frati benemeriti, quando è bevuta in dose conveniente. L'altra, con una faccia imperterrita, gliene aveva risposto una sola, trisillabica, ma che valeva quelle tre messe in mazzo. E allora... le cameriere erano accorse, e le contendenti, convulse, erano rientrate tempestando ciascuna nel proprio camerino, dove erano svenute, mezz'ora dopo.

Ma, dicendo questo, l'agente pensava ad altro, e pareva che stesse osservando una corrispondenza di sguardi fra due persone lontane della tavola. E infatti, dopo qualche minuto, gli intesi modulare a bassa voce il lungo grido di *Amleto* davanti al teatrino della reggia: — Oooooo profetica anima mia! — E subito mi afferrò per il braccio e mi confidò all'orecchio la sua meravigliosa scoperta. — Guardi dunque, senza farsi scorgere, — mi disse poi. Ed io guardai, e non tardai ad accertarmi del fatto. Ogni due o tre minuti i begli occhi azzurri e vuoti della signora bionda si fissavano per qualche momento sul comandante, e sul largo faccione rosso e burbero di costui balenava un lampo, un impercettibile sorriso mezzo nascosto dalle sopracciglia aggrottate e dai baffi ispidi, somigliante a un piccolissimo tratto azzurro apparente per lo squarcio d'un cielo nuvoloso, e subito ricoperto; ma gli occhi azzurri rifissandolo, lo squarcio si riapriva e l'azzurro si rimostrava; e non c'era il minimo dubbio: il gioco gentile si ripeteva regolarmente, c'era una intesa fra il capetto biondo e il testone rosso, la sirena aveva cantato, l'orso polare aveva dato ascolto, il *Galileo* s'era arreso. — Ah! ora capisco, — diceva l'agente, piccato, — perché la *scena* è andata in fumo! Ah! *Porcaie a bordo no ne veuggio!* Ah! pezzo d'un tartufo marino! Questo è troppo! — Ma in fondo era soddisfatto di essersi liberato dall'incubo di quel mistero, e quando salimmo sul cassero, si fregò le mani, dicendo: — E uno! Non resta più che a scoprire il fortunato a cui la signorina dedicherà il suo prossimo colpo di forbici... se le rimane ancora qualche cosa da tagliare. —

E lui e gli altri si spassarono di tutto cuore, più tardi, accennandosi la schiena rotonda del professore che, appoggiato al parapetto, dava delle spiegazioni al prete sulla costellazione dell'Orione. Era una notte incantevole, un ridentissimo augurio per il buon termine del viaggio. A occidente, sul cielo splendidamente stellato, s'alzava la luce zodiacale, in forma d'una grande piramide biancheggiante, che toccava quasi lo zenit col vertice, e abbracciava circa a un quarto dell'orizzonte. Il tratto di via lattea che corre fra lo Scorpione e il Centauro e i quattro diamanti bellissimi della Croce del Sud, appariva mirabilmente vivo. E le nubi di Magellano, le vaste nebulose solitarie che facevano battere il cuore e brillar la penna dell'Humboldt, formavano intorno al polo australe due maravigliose macchie bianche, sfumate nell'infinito. E si vedevano stelle cadenti a ogni tratto, come una pioggia rada di fiori di fuoco, che strisciavano il cielo di luce argentea, rossigna, dorata, azzurra; ma più grandi assai in apparenza, per effetto della maggior purezza atmosferica, di quel che si vedevano sul nostro orizzonte. La chiarezza del cielo era tale che il bastimento vi disegnava netti i suoi cordami e i suoi alberi neri, e guardando dalla piazzetta, si vedevano stelle fra le sartie, stelle fra i paterazzi, nei vani delle griselle, intorno alle antenne; e stelle pure si riflettevano nel mare quieto, in modo che non pareva di navigare, ma di volare sopra un naviglio aereo dentro agli splendori del firmamento. Eppure quasi nessuno guardava. Ciascuno di quei mille e settecento atomi viventi aveva dentro di sé una speranza, o un timore, o un rammarico, appetto al quale tutti quei milioni di mondi non gl'importavan di più d'un nuvoletto di polvere sollevato da terra col piede.

A prua, infatti, si sentiva un mormorio vivissimo di conversazioni; ma più raccolto e più eguale dell'altre sere; e non canti né grida: si capiva che tutti parlavano d'interessi, di faccende, di cose serie. Al momento della separazione delle donne dagli uomini, si udirono dei: — Buona notte! — pieni di sottintesi, e cento voci vibranti: — A domani, dunque! — È l'ultima notte! — Domani a terra! — Fra ventiquattr'ore in America! — Ed eran già tutti sotto da un pezzo, che dalle scale dei dormitori veniva su ancora un bisbiglio sonoro e come la respirazione d'una moltitudine commossa. Era il flusso d'un mare d'anime prodotto dall'avvicinarsi d'un mondo.

L'AMERICA

Che piacevole risvegliarsi! Quelle parole "oggi sentiremo la terra sotto i piedi" nelle quali s'esprimeva il pensiero di tutti, avevan per noi come un suono e una forza nuovi, e si provava a ripeterle una specie di piacer fisico, come quello che si sente stringendo il braccio intorno a una colonna di granito. Oltre che per l'altre ragioni, si desiderava impazientemente d'arrivare anche per questa, che, in fine d'una lunga navigazione, s'è stanchi irritati da non poterne più di quella perpetua danza di linee, di quel continuo accorciarsi, piegarsi e ritorcersi a cui s'è costretti dall'angustia d'ogni cosa, e da quell'eterno odor di salsedine, di catrame e di legno. Che allegrezza sarà riveder le strade, fiutar l'odore della campagna, e coricarsi fra quattro muri verticali, non sentendo più che la casa che ci ricetta ha un palpito di vita propria, da cui dipende la nostra! Per caso, s'era passati a notte fitta davanti alle isole Canarie e a quelle del capo Verde, e per la stessa ragione non s'era vista nemmeno quella piccola isola di Fernando de Noronha, del Brasile, che desideravano tutti per veder rotta almeno un momento la monotonia di quell'interminabile mare. Non un palmo di terra dallo stretto in poi, in diciotto giorni. Mi pareva che se ne avessi avuto una zolla nelle mani l'avrei rivoltata e odorata con piacere, come un frutto proibito. Infine, tra poche ore ne avremmo avuto da saziarsi: due pezzi di trentotto milioni di chilometri quadrati, in forma di due belle pere allungate, equivalenti ciascuna a una settantina di Italie.

Siccome si credeva d'arrivare a Montevideo di pieno giorno, così, fin dalla mattina all'alba, cominciò fra gli emigranti un lavoro di ripulitura generale, affrettato e rude, che volevano salvare al possibile il decoro nazionale, non presentandosi all'America in aspetto di pezzenti lerci e selvatici. L'acqua dolce essendo distribuita con profusione, per essere l'ultimo giorno, era un lavamento furioso, come d'una folla di cavatori usciti da una miniera di carbone, un tuffar di teste nelle gamelle, una musica di soffi e di sbuffi, e spruzzi d'acqua da ogni lato, che parea che piovesse. Molti spingevano vigorosamente il pettine a traverso a foreste capillari rimaste vergini da Genova in poi; altri, coi piedi nudi, si pulivan le scarpe a sputi e a cenciate; e chi spazzolava, chi sbatteva, chi passava in rivista i suoi panni spiegazzati e spelati. Il barbiere veneto, imitatore dei cani, aveva aperto bottega all'aria libera, vicino all'opera morta di sinistra, dove gli scorticandi, seduti in lunga fila come i turchi sulle piazze di Stambul, aspettavano il loro turno, grattandosi le guance a due mani e motteggiando fra loro. Si vedevano biancheggiare a centinaia colli e braccia nude di bimbi scamiciati e di donne in gonnella. Alcune si pettinavano l'una coll'altra, o spopolavano la testa ai ragazzi; altre rabbriccicavano in furia giacchette e calzoncini, o vuotavano sacche e valigie logore in cerca di panni freschi o di biancheria, e in quell'allegrezza che aveva ravvivato la cordialità, le famiglie si prestavano mille piccoli servizi, con grande ricambio d'insistenze e di ringraziamenti ad alta voce. Un fremito di vita giovanile correva da tutte le parti e al disopra del mormorio vivo della folla, s'udivan di tratto in tratto delle grida: — Viva l'America! — o dei trilli acuti in falsetto, come li fanno i popolani dell'alta Italia, in fondo a ogni strofa di canzonetta. Alla colazione, rallegrata da un suon di pifferi e di zampogne, fu fatta una distribuzione straordinaria di galletta, di cui tutti s'empiron le tasche, e il "cambusiere" mescè senza possa rum e acquavite come un cantiniere di reggimento il giorno della battaglia. Dopo di che, tutti i passeggieri, appoggiati al parapetto o seduti, si voltarono verso occidente, ad aspettare l'apparizione del nuovo mondo.

Ma le ore passarono, e la terra non spuntava. Il cielo era sparso di nuvole, ma l'orizzonte sgombro, e il mare presentava sempre la sua linea azzurra nettissima, senza un'ombra di promessa. Dopo il mezzogiorno i passeggieri cominciarono a dar segni di stanchezza. A quella gente che aveva avuto tanta pazienza per tre settimane, non ne rimaneva più un briciolo per le ultime ore. E molti già s'indispettivano e si lagnavano. Come mai non si vedeva nulla? Gli ufficiali avevan dunque sbagliato i calcoli? La terra *si sarebbe già dovuta vedere*. Oramai non saremmo più arrivati in giornata. E Dio sa quando si sarebbe arrivati. — Piroscafi italiani! — era tutto detto: fortuna quando s'arrivava entro l'anno. E facevan delle allusioni maligne, quando passava un ufficiale, guardandolo di mal occhio. Molti, anzi, affettando di non creder più che s'arrivasse, scrollavan le spalle e voltavano la schiena al mare, fingendo di occuparsi d'altro. Ma ogni volta che l'ufficiale del dispaccio, ch'era di guardia sul palco, appuntava il canocchiale, tutti fissavano gli occhi su di lui, in grande silenzio; e non ricominciava il mormorio se non quando era tolta ogni speranza dall'atto d'indifferenza con cui egli riabassava lo strumento. Egli però non si moveva dall'estremità del terrazzino; il che faceva credere che s'aspettasse da un momento all'altro di veder qualche cosa. Il contadino dal naso mozzo, intestato di voler esser il primo ad annunziare l'America, stava ritto a metà della scaletta del palco, pronto a cogliere a volo il primo movimento dell'ufficiale, per lanciare il grido, e ad ogni alzata del cannocchiale faceva con la mano verso la folla un gesto maestosamente buffo, come d'un tribuno che imponga silenzio alla moltitudine in un momento supremo.

A poppa, intanto, tutti pure aspettavano; le signore sedute, rivolte a occidente; gli uomini facendo dei nastri pel cassero, eccitati. La signorina di Mestre stava al suo posto solito, tra il garibaldino e la zia, più pallida in viso, e più sfinita che gli altri giorni; ma non più triste; anzi più accesa e più vivente negli occhi, che non l'avessi mai vista, e con un'espressione di bontà straordinaria, che pareva una bellezza nuova che le fosse venuta, dopo il trabocco di sangue. Per la prima volta era vestita tutta di nero, e la chiarezza diafana delle sue carni pigliava da quel vestito un risalto che metteva sgomento, come una faccia viva che uscisse di sotto a un panno mortuario. Essa e la zia tenevan sulle ginocchia delle carte e dei piccoli involti di panni, che andavano raccomodando con la punta delle dita. C'erano pure la madre della pianista e la signora grassa, sedute alle due estremità opposte del cassero; la prima con la sua solita faccia di isterica, che mostrava i bei denti, con un'espressione di ferocia rincrudita; l'altra col suo faccione benigno, ridipinto di beatitudine alcoolica, come se avesse tutto dimenticato. Tutte le altre signore facevano coi loro vestiti chiari una macchia di colori allegri, come una filza di bandiere marine, spiegate in segno di festa. Ma anche lì si cominciava a manifestar l'impazienza: i piedi stropicciavano il tavolato, le mani tormentavano i ventagli, le teste s'agitavano, le conversazioni andavano pigliando una tinta verdognola, e non si dicevano contro il comando le sciocchezze piccose degli emigranti, ma si pensavano, e schizzavan dagli occhi di tutti.

A una cert'ora, la signorina s'alzò, appoggiandosi al braccio della zia, e tutt'e due, coi loro involti, si diressero verso le terze classi. Sulla piazzetta si unì a loro la cameriera veneta, che le aspettava, tenendo fra le braccia altre robe. Essendo quella l'ultima visita ch'essa faceva a prua, curioso di vedere, presi per la passerella delle seconde classi, e passando per il castello centrale, andai sul palco di comando.

Aveva forse scelto quell'ora per esser meno osservata, essendo tutta l'attenzione dei passeggieri rivolta all'orizzonte. Dal palco potei seguire con gli occhi tutti i suoi giri in mezzo alla folla, e fui maravigliato al vedere quanta gente conosceva, a quanti aveva fatto del bene in quei pochi giorni.

Rimise al contadino malato di febbre e a sua moglie il frutto della colletta; diede roba a un'altra famiglia, vicino all'albero di trinchetto; ad altri porse biglietti e lettere; poi s'accostò alla ragazza genovese, e non vidi bene, perché la gente s'era affollata, ma mi parve che le infilasse un anello nel dito. I ragazzi le correvano incontro da ogni parte, un branco dei più piccoli la seguitava, ed essa passava una mano sulle fronti, e coll'altra dava dolci e soldi. Andò a salutare la famiglia di Mestre, e baciò il piccolo Galileo. Vari uomini le si avvicinarono col cappello basso, e stettero discorrendo un poco con lei, come se le chiedessero consiglio. Qua e là dava strette di mano, e sembrava che si congedasse. Il suo piccolo viso bianco e i suoi capelli di morta si perdevano nella folla, poi riapparivano: si nascose nell'ombra sotto il castello di prua, ricomparve alla porta della "cambusa" sparì per la scala dell'infermeria, la rividi accanto al verricello, in mezzo a un gruppo di donne che sporgevano verso di lei i bambini lattanti, perché la toccassero. Dove passava, le faccie ridenti si ricomponevano, quelli che schiamazzavano, abbassavan la voce, tutti si scansavano e si voltavano. E il suo volto mostrava una stanchezza mortale, ma sempre aveva quel sorriso, un tremolìo luminoso negli occhi velati e sulle labbra smorte, nel quale pareva che si fosse ridotta tutta la sua vita, come un ultimo luccicore di sole sopra una rosa bianca, già curvata verso terra. Quando fu al passaggio coperto per tornar verso poppa, si fermò un momento e respirò, premendosi una mano sul petto. Lì sopraggiunse la contadina di Mestre che le baciò la manica del vestito, e scappò. Essa riprese il cammino, lentamente.

E la terra non spuntava! Ma già io non avevo più alcuna impazienza. Ed ero stizzito con me stesso perché, dopo averla tanto sospirata, quell'imminenza dell'arrivo in America non mi destava più alcuna commozione. Era un altro fenomeno morale simile a quello che avevo provato nei primi giorni del viaggio, in faccia al mar giallo; una specie di sincope del sentimento della curiosità e del piacere. Come se non mi rimanesse uno solo dei mille ardenti desideri con cui ero partito, il pensiero della terra nuova non mi dava più che un senso di noia, accompagnato dalla preoccupazione meschina delle seccature dello sbarco, e dalla molestia d'un brucior di gola che m'aveva lasciato un sigaro cattivo. E mi faceva perfino dispetto l'agitazione degli altri, – sciocchi, – che parevano smaniosi di ritornare alle fatiche e agli affanni d'ogni giorno, come se quelle tre settimane di navigazione non fossero state per tutti uno dei periodi meno tristi della vita. Tanto che, per non vedere, m'andai a sedere nel camerino del Commissario, e vi rimasi un pezzo a rileggere un vecchio numero del *Caffaro* maledicendo, tra una colonna e l'altra, ai libri, ai racconti di viaggio, alle stampe e alle conferenze che ci rendono familiari i paesi più lontani, e ci mandano a vederli con la mente già piena e sazia della loro immagine, incapaci d'ogni forte impressione. Dio mio, è così: mi dovrei vergognare di confessarlo: a poche miglia dal continente americano, io mi scervellavo sopra una sciarada del giornale genovese, della quale mi scappava il *secondo*

Il secondo è sempre in moto;

e correvo col pensiero tutti i regni della natura per rintracciar quel segreto, mentre il marinaio gobbo, indifferentissimo egli pure all'America, lustrava la maniglia d'ottone dell'uscio, canterellando una canzonetta ligure

Gh'ëa na votta na bælla figgia

con una voce strascicata e nasale, che mi addormentava.

A un tratto il canto cessò, come se l'attenzione del marinaio fosse improvvisamente attirata altrove, e udii dalla parte del palco un grido altissimo – lungo – interminabile – lamentevole:

— L'America!

Mi corse un brivido per le vene. Fu come l'annunzio d'un grande avvenimento inatteso, la visione immensa e confusa d'un mondo, che mi ridestò tutt'in un punto la curiosità, la maraviglia, l'entusiasmo, la gioia, e mi fece scattare in piedi, con un'ondata di sangue alla fronte.

Un altro grido, ma di mille voci, rispose a quel primo, e nello stesso tempo il piroscafo s'inclinò fortemente a destra sotto il peso della folla accorrente.

Corsi sul cassero, cercai all'orizzonte... Per qualche momento non vidi nulla. Poi, aguzzando lo sguardo, distinsi una striscia rossastra che si perdeva a destra e a sinistra in due lingue sottili, simile a una nuvola leggerissima che lambisse la faccia del mare.

E stetti qualche minuto a guardare, stupito come gli altri, senza sapere di che.

Molte esclamazioni proruppero intorno a me. — *Estàmos a casa!* — *Ghe semmo finalmente!* — *Quatre heures, vingt—cinq minutes!* — esclamò il marsigliese, guardando l'orologio: — *l'heure que j'avais prevue.* — Ecco la vera t*i*erra del progresso! — gridò il mugnaio. — Il tenore disse semplicemente, con l'aria di dire una cosa profonda: — L'America! — La signora grassa, sovreccitata, chiamava l'uno e l'altro per nome, fraternamente, per pregarli che guardassero, che facessero festa a quel lembo di terra, ch'essa vedeva forse assai più vasto di noi. La sola faccia che rimaneva chiusa era quella del garibaldino, e al vederlo, provai un nuovo senso di ripulsione per lui, parendomi che fosse troppo, che fosse una miseria ignobile alla fine quella di veder tutto l'universo morto perché son morte quattro povere illusioni nel nostro povero cuore.

E corsi subito a prua, dove al primo tumulto era seguito un grande silenzio. Tutti stavano con gli occhi fissi su quella striscia di terra nuda, dove non vedevano nulla, immobili e assorti, come davanti alla faccia d'una sfinge, a cui volessero strappare il segreto del proprio avvenire, e come se al di là di quella macchia rossastra apparissero già al loro sguardo le vaste pianure su cui avrebbero curvato la fronte e lasciato le ossa. Pochi parlavano. Il piroscafo volava, la striscia di terra s'alzava e s'allungava. Era la costa dell'Uruguay. Non si vedeva né vegetazione né abitato. Parecchi che s'aspettavano di scoprire una terra maravigliosa, parevan delusi; dicevano: — Ma è tale quale come i paesi nostri. — In un crocchio parlavano di Garibaldi, che su quella costa aveva combattuto, e si capiva che il trovar dopo tanti giorni di viaggio una terra sconosciuta dove quel nome era vivo come nella patria, ingigantiva smisuratamente la sua gloria nel loro concetto. Una contadina giovane, seduta vicino all'uscio del dormitorio, con un bimbo fra le braccia, piangeva, e suo marito la trattava di *fabioca* (scimunita), dandole del gomito nella spalla. Domandai a una vicina che cos'avesse. *Un'idea*, rispose. La vista dell'America, come se soltanto al vederla si fosse persuasa d'aver abbandonato irrevocabilmente il suo paese, le aveva stretto il cuore, e s'era messa a piangere. Mi spinsi oltre, vicino al castello di prua. E trovai due operai torinesi seduti sull'opera morta... Ah! questa non la scorderò mai più. Sulle acque dell'oceano, in faccia al nuovo mondo e al nuovo avvenire, in quel momento solenne, discutevano intorno all'ubicazione precisa della trattoria di Casal Borgone: se fosse sul crocicchio di via Deposito e di via del Carmine, o di via del Carmine e di via dei Quartieri; e uno di essi s'arrabbiava. In generale, le donne si mostravan più pensierose degli uomini; molte parevano attonite. Di allegri veramente non c'erano che i giovanotti, che per l'allegrezza si pizzicottavano e si tiravan dei calci di traverso. Dei vecchi, alcuni voltavan le spalle al mare, rincantucciati al loro posto solito, nell'atteggiamento di gente che non avesse più nulla da sperare da quel lembo di terra rossa, fuorché di morirvi in pace. I due vecchi coniugi del castello di prua, seduti sulle loro due bitte, dormivano.

Ma poco tempo dopo, cessato il primo effetto dell'apparizione, come se fosse un'intesa, scoppiò a prua un'allegrezza smodata, un coro di canti e di fischi, e un gridìo di gente che s'affollava intorno all'osteria alzando i bicchieri e i bidoni, un bolli bolli da tutte le parti, da parere che in pochi minuti avessero tracannato delle brente di vin generoso. Tutti i belli umori diedero spettacolo. Il vecchio del castello centrale si mise a modulare i suoi gemiti imitativi, accoccolato in mezzo a un cerchio di gente che ridevano con la bocca da un orecchio all'altro; il contadino snasato rifaceva le facce delle donne atterrite dalla tempesta, provocando una tempesta d'applausi; poi scese il saltimbanco capelluto dal castello di prua, con la sua faccia tetra, a far la ruota sopra coperta, fra due ali di donne in visibilio. E in un accesso di gioia l'ex portinaio dalla testa pelata, stracciato l'album famoso delle sudicerie, ne distribuì i fogli ai suoi compagni, i quali si sparsero tra la folla, formando altrettanti cerchi sghignazzanti; di modo che di lì a poco non fu più che un solo accesso clamoroso di grassa ilarità pornografica che scosse tutte le pance e squarciò tutte le bocche dalla cucina al macello, accompagnato da un chiasso assordante di suon di strumenti, di versi da briachi e di urlate, sul quale s'alzava di tanto in tanto il grido lungo e lamentevole del barbiere, latrante alla luna.

Il sole intanto era andato sotto, diritto davanti a noi, di là dalla terra, e si vedeva un crepuscolo stupendo, bello quanto i più belli che avevamo visto sui tropici; spettacolo frequente in quella parte d'America, per effetto della grande quantità di vapori che s'alzano dalle acque del Plata e dei due fiumi enormi che lo formano; i quali vapori, accumulandosi in alto, quando l'aria è queta, si tingono di luce e la sfumano e la rifrangono con una forza di colori che vince ogni fantasìa. Non appariva più all'orizzonte che una zona fiammeggiante, ma rotta in mille forme di cattedrali d'oro, di piramidi di rubini, di torri di ferro rovente e d'archi trionfali di bragia, che si sfasciavano lentamente, per dar luogo ad altre architetture più basse e più bizzarre, le quali finirono con presentare l'aspetto delle rovine ardenti d'una città sterminata, e poi d'una serie di giganteschi occhi sanguigni, che ci guardassero. E di sopra il cielo era oscuro, e il mare di sotto, nero. A quella vista, s'era rifatto il silenzio a prua, e gli emigranti guardavano, trasecolati, come se quello fosse un fenomeno arcano, proprio di quel paese. S'intravvidero alcuni isolotti: Lobos a sinistra, Gorriti a destra, poi l'isola di Flores, poi i fanali dei banchi d'Archimede. Il silenzio era così profondo a prua, che si sentiva distintamente lo strepito della macchina. Il piroscafo filava come una barca sur un lago.

Un emigrante esclamò: — Che bel mare!

— Non siamo più in mare, — osservò un marinaio, ch'era accanto a me. — Siamo nel fiume.

L'emigrante e i suoi vicini si voltarono a cercare l'altra riva, e non vedendo che la linea netta dell'orizzonte marino, rimasero increduli. Ma navigavamo già di fatto nel Plata, la cui riva destra era a più di cento miglia da noi.

Quando l'ultima luce crepuscolare disparve, vedemmo scintillare i fanali di Montevideo, e una striscia lontana e confusa di case, rischiarata qua e là vagamente, e una selva di bastimenti, di cui non si vedevan che le punte.

Oramai si sapeva che non si sarebbe più sbarcati, e la folla era stanca delle commozioni della giornata; ma tutti rimasero sopra coperta per gustare il piacere della fermata.

Di lì a poco, in fatti, il piroscafo cominciò a rallentare il corso e l'anelito; poi parve appena che si movesse; e infine quel mostruoso cuore di ferro e di fuoco che da ventidue giorni batteva affannosamente, diede l'ultimo palpito, e il colosso s'arrestò, morto. A un fischio che suonò sul palco, le due àncore enormi si staccarono dai suoi fianchi, e caddero fragorosamente, trascinando con la rapidità del fulmine le loro grandi catene, che sollevaron scintille dai due occhi di ferro; il mare gorgogliò sul davanti; il piroscafo tremò, e ritacque. I suoi due giganteschi artigli avevano afferrato il fondo del fiume.

Gli emigranti stettero ancora qualche minuto ad assaporare la sensazione nuova dell'immobilità e del silenzio, e poi scesero a lunghe file, lentamente, nei dormitori, e anche i passeggieri di prima, non allettati dal movimento dell'aria, si ritirarono.

Ed io rimasi quasi solo, stupito che, dopo aver tante volte trovato il viaggio insopportabilmente lungo, mi paresse in quel momento così breve, e vago come un sogno, mentre ne ricordavo tante cose. Non avendo mai visto nulla per via, che mi segnasse le distanze nella mente con immagini ben distinte le une dall'altre, tutte le giornate mi si confondevano all'immaginazione in una sola, e mi pareva d'aver percorso quello spazio sterminato di un volo. Nessun momento del viaggio, fuorché la tempesta, mi rimase come quello stampato nell'anima. Il fiume smisurato era come immobile, quasi che le sue acque riposassero stanche del corso di duemila miglia, che avevan fatto dalle montagne del Brasile; il cielo era oscuro e tranquillo, Montevideo dormiva, nella rada nessun movimento e nessun rumore, il piroscafo muto; un silenzio altissimo pesava su tutte le cose; e mi parea che venisse di lontano, dagli altri grandi fiumi, dalle pianure sterminate, dalle foreste immense, dalle mille cime delle Ande: il silenzio misterioso e formidabile d'un continente assopito.

Mi riscosse dalla meditazione il comandante, che mi passò accanto fregandosi le mani, – cosa insolita, – come se dentro alla sua testa irta d'orso marino pregodesse una notte beata. Fui tentato di ripetergli il suo ritornello: — *Porcaie a bordo...*

Ma egli mi prevenne domandandomi col viso serio: — Che cosa faranno in casa sua a quest'ora?

Guardai l'orologio e risposi: — A quest'ora la mia casa è al buio, e tutti dormono.

Egli si mise a ridere, fregandosi le mani. — *Anche vosciâ sciâ gh'è cheito!* — disse. — (Anche lei c'è cascato.) — A quest'ora in casa sua ci batte il sole, e i suoi ragazzi domandano il caffè e latte.

Non ci avevo pensato.

Ma il buon comandante, che era veramente contento, mi domandò ancora se, prima di imbarcarmi, avessi pregato l'armatore di avvertire la famiglia appena ricevuto l'annunzio dell'arrivo.

Risposi di sì.

— Ebbene, — disse, — fra tre ore la sua famiglia saprà che è arrivato in America in buona salute.

Non avevo pensato neanche a questo, e discesi, contento anch'io, a dormire il mio ultimo sonno nel ventre del *Galileo*.

SUL RIO DE LA PLATA

Dormire? *Mentita speme.* Come accade a tutti dopo una giornata d'agitazione alla quale si sappia che ne seguirà un'altra non meno agitata, i passeggieri non dormirono che quanto voleva irresistibilmente la stanchezza: verso le due dopo mezzanotte quasi tutti si svegliarono, e tra sospiri di signore, sbadigli virili e conversazioni sommesse, che in quel silenzio del bastimento immobile sonavano come un ronzio di tafani, non vi fu più quiete. Un'ora prima dell'alba si sentirono dei passi affrettati e la voce del medico, accorso per uno svenimento della signorina di Mestre, alla quale aveva dato un crollo lo sforzo fatto il dì innanzi per salir sul cassero e far la sua ultima visita a prua. Poi cominciò il piccolo brasiliano a strillare e la negra a cantar la sua nenia. E allora tutti saltaron giù dalle cuccette e si misero ad apparecchiare rumorosamente le proprie robe, chiacchierando senza riguardi. Quando allo spuntare del giorno, dopo essersi scanagliati per mezz'ora nei corridoi, il cameriere e le cameriere entrarono col caffè nei camerini, trovaron già i passeggieri in piedi, lavati e strigliati, con la mancia alla mano.

Ruy Blas, presentandomi il vassoio, mi fece i suoi auguri di buona permanenza in America col suo porgere corretto di cameriere da palco scenico, ma con una voce così languida e cert'occhi di triglia così pesti, che anche un bambino v'avrebbe letto il proposito di mostrare una grande mestizia per la sua separazione imminente dalla misteriosa creatura che l'amava. Mentre io sorbivo il caffè egli guardava il cielo per il finestrino, mordendosi il labbro di sotto, come per reprimere la voce del cor ferito; e poi, prendendo la mancia, corresse l'umiltà dell'atto con un inchino elegante e pieno di dignità. Uscendo subito dopo di lui, lo vidi entrare nel camerino del prete; del quale intesi poco dopo la grossa voce che contava lentamente: — *Dos, tres, cinco, seis...* — lire, m'immagino, che Ruy Blas doveva ricevere nella mano aperta, come un accattone, fremendo di vergogna per la sua regina.

Sopra coperta, trovai il comandante e gli ufficiali in faccende. Erano saliti a bordo allora un impiegato gallonato del porto di Montevideo e un medico, – quello un omone con un fil di voce, questo un mezz'uomo con una voce di gran cassa; – i quali, dopo essersi informati dello stato sanitario dei passeggieri, si recarono a prua a contare il personale d'equipaggio. Tutti i passeggieri di terza, intanto, s'andavano radunando sul cassero centrale per sfilare davanti all'impiegato uraguayo che li doveva numerare, e al medico, che avrebbe fatto in disparte le facce sospette. Dal castello centrale si dovevano avanzare a uno a uno, passare sul ponte che correva di sopra alla "piazzetta" e poi, scendendo dal cassero per la scaletta di destra, tornare a prua. Sull'ampio castello centrale non c'era più un palmo di spazio vuoto: una folla fitta come un reggimento in colonna serrata lo copriva da un capo all'altro, non levando che un leggiero mormorìo. Il cielo era rannuvolato; il fiume immenso, d'un color giallo di mota; e la città di Montevideo, lontana, non appariva che come una lunga striscia biancastra sopra la riva bruna, rilevata dalla parte d'occidente in un colle solitario, il Cerro, memore di Garibaldi: un paesaggio vasto e semplice, che aspettava il sole, in silenzio. Lontano fumavano dei vaporini che venivano verso di noi.

Salii sul cassero per vedere l'ultima volta i miei mille e seicento compagni di viaggio. Arrivarono pochi minuti dopo l'impiegato e il dottore uruguayo, il comandante, gli ufficiali, il medico di bordo. E la triste processione incominciò. Triste, non solo in sé medesima, ma perché quella numerazione della folla come d'un armento, del quale non importava a nessuno di conoscere i nomi, faceva pensare che tutta quella gente fosse contata per essere venduta, e che non ci passassero davanti cittadini d'uno Stato d'Europa, ma vittime d'una razzìa di ladri di carne umana fatta sopra una spiaggia dell'Africa o dell'Asia. I primi passarono lentamente. Ma a un atto d'impazienza dell'impiegato del porto, il comandante fece un cenno, e allora cominciarono ad affrettare il passo, a sfilare quasi correndo. Le famiglie passavano unite, il padre primo, le donne dopo, coi bimbi in collo e i ragazzi per mano, i vecchi dietro; quasi tutti portando sotto il braccio o sulle spalle gl'involti della roba più preziosa, che non s'eran fidati di lasciare nei dormitori. Molti erano puliti, e vestiti dei panni migliori, che avevan tenuti in serbo per quel giorno; molti altri più cenciosi che alla partenza, imbrattati di tutto il sudiciume che si può raccattare strusciandosi per tre settimane in tutti gli angoli d'un bastimento, con le barbe lunghe, col collo nudo, con le dita dei piedi fuor delle scarpe; alcuni perfino senza cappello; e più d'uno si teneva chiusa a due mani la giacchetta senza bottoni, per nascondere la nudità irsuta del petto, che traspariva. Belle ragazze, vecchi inarcati, giovanotti di vent'anni, operai col camiciotto da lavoro, pastori dalle lunghe capigliature, contadine calabresi dal busto verde, zampitti, brianzole con le raggere di spille nelle trecce, montanare piemontesi con la cuffia bianca, si succedevano, l'uno mettendo il piede sull'orma dell'altro, come comparse sopra un ponte di teatro, in uno spettacolo che rappresentasse la fuga d'un popolo. Alcuni passavano saltellando, per ostentazione buffonesca d'allegrezza; altri con faccia torva, non guardando in viso nessuno, come se fossero offesi di quella berlina d'un momento. I borghesi, le mezze signore che portavano ancora in dosso qualche segno dell'antica agiatezza, passavan con la testa bassa, vergognandosi. I vecchi lenti e le donne impacciate dagli involti erano spinti da parte, o cacciati innanzi con un urtone da quei che sopravvenivano, brutalmente; i bimbi piangevano, per paura di esser buttati giù; gli urtati bestemmiavano. Quante facce di mia conoscenza vedevo passare! Ecco l'ometto del telegramma alla moglie, con la sua faccia piena di rughe facete, che ha ancora l'aria di crederci; ecco il vecchio dal gabbano verde che corre coi capelli grigi al vento, gettando un'occhiata di sfida e di disprezzo ai passeggieri di prima affollati sul cassero; ecco il saltimbanco tatuato, le due coriste scarmiglione, la famiglia di Mestre, col piccolo Galileo che fa colazione correndo; ecco il portinaio pornografo, la bella genovese che passa col viso roseo e gli occhi bassi, la grossa bolognese che misura il ponte a passi imperatorii, col suo inseparabile borsone sul fianco, e l'omicida putativo del castello di prua, e la madonnina di Capracotta, e il barbiere latrante, e la povera vedova dell'assassinato. Via via che sfilavano, mi ripassavan per la mente tutti gli accidenti tristi e comici di quella strana vita di ventidue giorni, e tutti i sentimenti mutevoli di simpatia, di dispetto, di affetto e di diffidenza che quella gente m'aveva ispirati; ma che ora erano sopraffatti tutti quanti dal sentimento unico e profondo d'una pietà dolorosa e piena di tenerezza. E non finivan mai di passare, come se si fossero raddoppiati durante la notte. Ancora famiglie dietro famiglie, ragazzi dietro ragazzi, faccie di città e di campagna, dell'alta e della bassa Italia, figure di buona gente, di briganti, di infermieri, d'asceti, di vecchi soldati, di mendichi, di ribelli, sempre più rapidamente correnti, come se gl'incalzasse il terrore di non arrivare in tempo in America a trovare la loro parte di terra e di pane. Oh l'interminabile miseranda sfilata! E l'immaginazione, come uno scherno, mi rappresentava ostinatamente, di là da quella miseria affannata, le baldorie patriottiche degli sfaccendati, dei benestanti e degli illusi, urlanti d'entusiasmo carnevalesco nelle piazze d'Italia imbandierate e splendenti. E provavo un senso d'umiliazione, che mi faceva sfuggire lo sguardo de' miei compagni di viaggio stranieri, di cui mi giungevano all'orecchio come ingiurie al mio paese le esclamazioni affettate di compassione e di stupore. E intanto seguitavano a passar panni laceri, e canizie tristi, e donne sparute, e bimbi senza patria, e nudità, e vergogne e dolori. Lo spettacolo durò una mezz'ora, che mi parve eterna. Passò fra gli ultimi, lentamente, il frate dal viso di cera, colle mani infilate nelle maniche. Poi passò il drappello degli svizzeri col berretto rosso. E come Dio volle, fu finita.

Allora, dal primo vaporino arrivato salì sul piroscafo un branco di gente, parenti ed amici dei passeggieri, che si sparpagliarono a prua e a poppa, cercando con lo sguardo e chiamando per nome le persone; e cominciò da ogni parte un grande scambio di baci, d'abbracci e di saluti. Tre signori s'avvicinarono al supposto "ladro" e mentre noi ci aspettavamo che l'arrestassero, tutti e tre si scappellarono e s'inchinarono profondamente, e l'uno disse: — *Monsieur le ministre...* — Caspita! Tutti rimasero stupiti. A giudicar le persone dai connotati! Ma l'attenzione di tutti fu attirata subito altrove da una scena penosa. Un giovanotto messo bene, e bello, ma antipatico, corse incontro ai miei due vicini di camerino, che si slanciarono tutti e due insieme verso di lui, esclamando: — Attilio! — Ma a due passi di distanza s'arrestarono, aspettando ch'egli scegliesse l'uno o l'altro da abbracciar pel primo, come se quella preferenza dovesse essere l'espressione d'un giudizio decisivo del loro passato e d'una sentenza irrevocabile del loro avvenire. Il giovane titubò un momento, non commosso però, guardandoli entrambi, e poi si gittò fra le braccia della signora, che lo strinse al petto con un'apparenza di grandissima tenerezza, smentita all'istante dallo sguardo satanico di trionfo che lanciò a suo marito. Questi impallidì come un morto, e si guardò intorno: tutti temettero che stramazzasse sul tavolato. Ma restò su, facendo un grande sforzo, e sorrise... di un sorriso da metter compassione e paura. Scioltosi dalla madre, il giovane s'avvicinò a lui, e gli diede sulle guance smorte un bacio freddo, che quegli non ebbe la forza di rendere. Tutti voltarono gli occhi in là, con un senso di ribrezzo, come alla vista d'un assassinio. E io me n'andai subito verso prua, senz'aver più il coraggio di girare uno sguardo su quel disgraziato.

Ma qui un'altra scena pietosa m'aspettava. Un crocchio di vecchi, donne e uomini, circondavano il Commissario, chiedendogli protezione e consiglio, affannati, spaventati, con le labbra tremanti. Erano di quei sessagenari soli che non potevano sbarcare senza che un parente prossimo si presentasse all'arrivo a farsi mallevadore dei loro mezzi di sussistenza. Ora i parenti che aspettavano non s'erano fatti vedere, e naturalmente, perché essi dovevano sbarcare a Buenos Aires; ma confondendo in quel momento l'Uruguay con l'Argentina, e trovandosi soli, si credevano perduti. Che cosa sarebbe accaduto di loro? Non si può dire l'angoscia e l'avvilimento di quella povera gente, che dopo aver abbandonato l'Europa, si credevano respinti dall'America, come inutili carcasse umane, neanche più buone a ingrassare la terra, e già immaginavano un viaggio di ritorno disperato alla patria, dove non avevano più affetti, né casa, né pane. Il Commissario cercava di persuaderli, che non s'era nell'Argentina, ma nell'Uruguay, che i loro parenti si sarebbero presentati a Buenos Aires, dall'altra parte di quel fiume che vedevano, che si rassicurassero, che s'angustiavano senza perché. Ma quelli non intendevano ragione, erano come istupiditi dall'affanno, e parevano anche più miseri e più infelici in mezzo all'allegrezza chiassosa dei giovani che ogni momento li urtavano, passando, e gridavan loro nell'orecchio: — Allegri, vecchi! — Viva la repubblica! — Viva l'America! — Viva la Plata!

Stentai a liberare per un momento da loro il Commissario, per salutarlo, e da lui ebbi ancora notizia del giovane scrivano, il quale, disperato di doversi separare dalla genovese, che sbarcava a Montevideo, era stato preso da un accesso di convulsioni e metteva sottosopra il dormitorio. Poi andai a salutare gli altri ufficiali, che avrei riveduto di là a due mesi a Buenos Aires, dopo altre due traversate dell'oceano. Volli anche salutare il mio povero gobbo, che trovai sulla porta della cucina, con una padella alla mano. — Oh! finalmente! — esclamò, tirando un respiro di soddisfazione, — *ci avremo ora dozze giorni senza donne!* — Eppure — gli dissi — voi finirete col pigliar moglie. — *Mi* — rispose, toccandosi il petto col dito — *piggià moggê?* — Poi in italiano, con una curiosa intonazione declamatoria: — Questo non sarà giammai! — E mi soggiunse nell'orecchio, contento: — *Dozze giorni!* — ma vedendo avvicinarsi il comandante, disse in fretta: — *Scignoria, bon viaggio!* — e strettami la mano, mi voltò il popone, e scomparve.

Intanto altri vaporini s'erano avvicinati, ed uno toccava la scala reale. Tornai sul cassero a salutare i passeggieri di prima che scendevano, in mezzo a un tramestìo di valigie, a uno scambio vivace di strette di mano e di buoni auguri. Ed ebbi allora una prova di più di quanto sia difficile il conoscer la gente per viaggio. Certi passeggieri, con cui avevo avuto per tutto quel tempo una dimestichezza quasi d'amico, se n'andavano senza dir crepa o salutando appena col cappello, come se m'avessero già dimenticato; altri coi quali non avevo mai scambiato una parola, si vennero ad accomiatare da me con una espansione affettuosa e sincera, che mi fece rimanere. E fra molti altri interveniva la stessa cosa. Il marsigliese fu cordiale: mi ripeté che amava l'Italia, perché gli uomini come lui erano superiori agli odi dei governi, e che avrebbe fatto il possibile per conciliar gli animi degli italiani e dei francesi nell'Argentina. — *Tachez d'en faire autant parmi vos compatriotes. Quant'à moi, on me connaît dans les deux colonies. On sait* — concluse con un gesto solenne — *que j'apporte la paix! Adieu.* — L'agente di cambio si presentò a salutare gli sposi, i quali s'intimidirono, presentendo la frecciata del parto. — Oramai — disse loro — non troveranno più alcuna difficoltà per la lingua in America, perché... sia detto senza rimprovero, un gran bell'esercizio l'hanno fatto! — E quelli scapparono giù per la scala. Allora egli apostrofò l'avvocato, che stava per scendere, con un involto rotondo sotto il braccio, che doveva essere un salvavite: — Avvocato, ora sarà tranquillo. — Ma quegli, lanciando uno sguardo obliquo sul fiume, brontolò: — Non si sa mai. Alle volte questo sporco rio è anche più infame dell'oceano atlantico... — E cominciò a scendere con grandi precauzioni, non rispondendo ai saluti di nessuno. Discesero la signora bionda e suo marito, i miei vicini di camerino col figliuolo, la "domatrice", la pianista e sua madre, i francesi, il prete, i passeggieri di seconda, ed altri. Quando tutti furon giù, seduti sulla piccola poppa, l'agente mi diede una gomitata in un fianco, esclamando: — *Eureka!* — e mi fece un cenno col viso. Guardai a destra sul cassero del *Galileo*, e vidi affacciato al parapetto, in un atteggiamento studiato di amante pensieroso e afflitto, Ruy Blas, che teneva lo sguardo fisso sul vaporino, e seguendo la direzione del suo sguardo, andai a posare il mio sul viso della piccola pianista, impassibile come sempre, ma con gli occhi rivolti a lui, con una fissità acuta e tenace, che non lasciava dubbio, che prometteva per la prima occasione una di quelle lettere matte e di quelle recisioni temerarie in cui si sfogavano da lontano le sue furibonde passioncelle compresse. — Ah la piccola Maria di Neubourg — esclamò l'agente, — regina delle gatte morte! — Ma già il vaporino s'allontanava. Quasi tutti ci salutarono con la mano. La signora grassa mandò un bacio al *Galileo* con un gesto impetuoso. Osservai ancora una volta il mio povero vicino di camerino, seduto in disparte dal figliuolo e dalla madre, per il quale cominciava una nuova vita di angoscie e di torture. E colsi a volo un curioso saluto della signora svizzera, la quale, non sapendo a chi rivolgersi particolarmente dei molti amici che la guardavan dal cassero, abbracciò con un largo e dolce sguardo di gratitudine tutta la poppa del *Galileo*. E l'ultimo che notai fu il professore, seduto accanto a lei, con la schiena arrotondata, sorridente con gli occhi socchiusi e la lingua a un angolo della bocca, in aria di beffarsi della moglie, degli amanti, dell'Atlantico, del vecchio continente e del nuovo. Poi tutti i visi si confusero e si perdettero ai miei occhi per sempre.

Un altro vaporino s'era avvicinato in quel frattempo, sul quale dovevano scendere gli argentini, la famiglia brasiliana e tutti gli altri. Ma nessuno, per delicatezza, volle scendere prima della signorina di Mestre, che si sapeva dover essere portata, e che ancora non s'era vista in coperta quella mattina. Il comandante, interrogato, scrollava il capo. Tutti stettero aspettando alla porta del salone, in due ali. Prima uscì il garibaldino che, pigliando per curiosità quell'aspettazione rispettosa, girò intorno uno sguardo sprezzante. Poi comparve la signorina, seduta sopra una seggiola a bracciuoli, portata da due marinai, e accanto la zia, con gli occhi rossi. La povera malata, vestita di nero, bianca come un cadavere, teneva la testa appoggiata sulla spalliera e le mani sulle ginocchia, come se non avesse più forza di muoverle; ma nei suoi occhi che quasi non avevan più sguardo e sulla sua bocca da cui pareva che non uscisse più alito, errava ancora quel suo sorriso leggerissimo, d'una mestizia e d'una dolcezza infinita. Quando passò, tutti si scopersero, ed essa rispose con un movimento soave delle labbra, senza parola. I marinai si soffermarono vicino allo sportello della scala. Il comandante, tenendo il berretto in mano, la salutò, con quel laconismo secco con cui gli uomini burberi nascondono la commozione: — Buon viaggio, signorina... guarisca! — E si voltò bruscamente per ordinare che si facessero stare indietro gli emigranti ch'erano accorsi, e che a ogni costo si volevano affollare intorno alla ragazza, a cui avrebbero levato il respiro. Respinti, salirono brontolando sul castello centrale, per vederla scendere e partire. Il garibaldino fu l'ultimo a salutarla, mentre era già sul piccolo ripiano della scala. Essa gli porse la mano, ch'egli baciò, e poi, alzando l'indice in aria di rimprovero sorridente e amorevole, gli disse ancora una parola, ch'io non intesi. Egli chinò il capo, senza rispondere. I due marinai cominciarono a scendere con grande cautela, l'uno sorreggendo la seggiola pel davanti, l'altro per la spalliera, e avvertendo l'inferma che si tenesse forte ai bracciuoli: la zia le teneva dietro, ansiosa, raccomandandole di non guardare l'acqua. Quando furono in fondo alla scala, un marinaio del vaporino aiutò gli altri due, e, senza scosse, la deposero a poppa, rivolta verso il *Galileo*. Tutti gli altri discesero e presero posto: il solo garibaldino rimase a bordo, appoggiato al parapetto, poco lontano da me. Il vaporino si mosse.

Allora tra gli emigranti, che s'erano affollati al parapetto del castello centrale, proruppe l'ammirazione e la gratitudine per quella creatura angelica, che avevan visto tante volte in mezzo a loro, impietosita delle loro miserie, dolce con tutti come una sorella, e da cui tanti di essi avevan ricevuto conforti e benefizi: non s'intese un grido, ma un mormorìo lungo di saluti, in cui parve che traboccasse tutto quello che le amarezze e i rancori d'un'esistenza travagliata avevan lasciato di buono e d'affettuoso in quella moltitudine. — Buon viaggio, signorina! — Dio la benedica! — Dio la faccia guarire! — Si ricordi di noi! — Buon viaggio alla nostra amica! — Addio! — Addio! — E sventolavano i cappelli e le pezzuole. Essa rispose con un saluto stanco della mano, e poi, con la mano stessa, alzando ancora una volta gli occhi velati e dolcissimi verso il suo amico, rifece quell'atto dell'indice, come per dirgli: — Ricordatevi!

Il vaporino era già lontano, e la sua figura spiccava ancora distintissima a poppa, come un fior nero in mezzo a un mazzo di vari colori confusi. Quando non apparve più che una macchietta nera piccolissima, si vide qualche cosa di bianco muoversi sopra di lei: era lo sventolìo d'un fazzoletto. – Era per lui. – Gli diede uno sguardo. Ah! era troppo! Neppure in quel momento si scoteva! Ma nell'atto che dicevo questo tra me, la sua fronte si contrasse, le sue labbra tremarono, il suo petto si gonfiò, e tutt'a un tratto un singhiozzo gli scoppiò dal cuore, uno solo, netto, profondo, violento, come il grido d'un uomo a cui tutta l'anima si sollevi come un cavallone dell'oceano. Poi si coprì il viso con le mani. Era il pianto finalmente! Era forse la bontà, l'amore, la patria, la pietà delle miserie umane, erano tutte le forti e dolci virtù della sua giovinezza generosa che rientravano impetuosamente nel suo largo petto di ferro per il vano che v'aveva aperto quella piccola mano di moribonda; era forse l'umanità che riafferrava il suo soldato, il quale le si rigettava sul seno dopo un lungo oblìo, come a una madre, domandandole perdono, e promettendole di ricominciare ad amarla e a servirla come nei begli anni della fede e dell'entusiasmo. La visione era svanita, la creatura benefica sarebbe morta; ma forse quel suo ultimo sorriso, che non era più d'una creatura umana, gli avrebbe rischiarato il cammino fino al suo termine, e quello sventolìo bianco sarebbe rimasto per sempre sull'orizzonte della sua vita, come l'insegna della sua redenzione.

Egli continuò a rimanere immobile contro al parapetto, con le braccia incrociate, come inchiodato là da un pensiero nuovo e profondo che assorbisse tutta l'anima sua, ed era là ancora quando, ritto sopra un nuovo vaporino in mezzo a un gruppo d'amici, io vedevo il colossale *Galileo* a poco a poco abbassarsi e accorciarsi, mostrando però sempre lungo i suoi parapetti le mille teste degli emigranti, come il formicolìo d'una folla affacciata agli spalti d'una fortezza solitaria in mezzo a una pianura senza fine. E riandando rapidamente quel viaggio di ventidue giorni, mi pareva davvero d'essere vissuto in un mondo a parte, il quale, riproducendo in piccolo gli avvenimenti e le passioni dell'universo, m'avesse agevolato e chiarito il giudizio intorno agli uomini e alla vita. Molta tristezza, molte brutture, molte colpe; ma assai più miserie e dolori. La maggior parte delle creature umane è più infelice che malvagia e soffre di più di quella che faccia soffrire. Dopo aver bene odiato e sprezzato gli uomini, senz'altro frutto che di amareggiarci la vita e d'inasprire intorno a noi la malvagità che ce li rese odiosi e spregevoli, noi ritorniamo all'unico sentimento sapiente ed utile, che è quello d'una grande pietà per tutti; dalla quale, a poco a poco, gli altri affetti buoni e fecondi rinascono, confortati dalla santa speranza che, nonostante le contrarie apparenze passeggiere, l'immenso peso dei dolori scemi lentamente nel mondo, e l'anima umana migliori.

Quando misi piede a terra, mi voltai a guardare ancora una volta il *Galileo*, e il cuore mi batté nel dirgli addio, come se fosse un lembo natante del mio paese che m'avesse portato fin là. Esso non era più che un tratto nero sull'orizzonte del fiume smisurato, ma si vedeva ancora la bandiera, che sventolava sotto il primo raggio del sole d'America, come un ultimo saluto dell'Italia che raccomandasse alla nuova madre i suoi figliuoli raminghi.

15365608R00113

Printed in Poland
by Amazon Fulfillment
Poland Sp. z o.o., Wrocław